中華章法學會主編

辭章章法學體系建構叢書 第一冊

章法學綜論

陳滿銘 著

萬卷樓圖書股份有限公司出版

目次

總序

——辭章章法學體系建構叢書出版緣起

　　章法學是探討宇宙萬事萬物「層次邏輯」關係的一門學問。自四十多年前，個人開始用科學方法帶動團隊將「層次邏輯」落於辭章上加以研究，到了今天，已具備「基礎性」、「概括性」、「多元性」、「系統性」與「藝術性」，而建構了完密之體系。其累積之成果，以整個團隊來說，相關論文屬博碩士學位的有七十篇以上，屬期刊（含學報）雜誌的也近八百篇。就單以已出版或正出版的著作而言，即有數十種，是足以呈現辭章章法學體系之重要內涵，而且是兼顧理論與應用的。以下就是其中比較重要的專著：

　　偏於「基礎性」者，有：

　　　　陳滿銘《國文教學論叢》（1991年）

　　　　陳滿銘《國文教學論叢續編》（1998年）

　　　　仇小屏《文章章法論》（1998年）

　　　　陳滿銘《文章結構分析：以中學國文課文為例》（1999年）

　　　　陳滿銘《詞林散步：唐宋詞結構分析》（2000年）

　　　　夏薇薇《賓主章法析論》（2002年）

　　　　陳佳君《虛實章法析論》（2002年）

　　　　陳滿銘《章法學綜論・第二章第一節》（2003年）

　　　　陳滿銘《辭章章法導讀・第三章》（2014年）

　　　　陳滿銘《章法學新論・第一、二、三章》（2014年新著）

　　　　陳滿銘《〈四書〉義理螺旋結構析論》（2014年新著）

偏於「概括性」者，有：

仇小屏《篇章結構類型論》（2000年）
陳滿銘《章法學新裁》（2001年）
陳滿銘《章法學綜論・第二章第二節》（2003年）
陳滿銘《篇章結構學》（2005年）
黃淑貞《篇章對比與調和結構論》（2005年）
黃淑貞《辭章章法四大律研究》（2007年）
陳滿銘《辭章章法導讀・第四章》（2014年）
陳滿銘《章法學新論・第四章》（2014年新著）

偏於「多元性」者，有：

陳滿銘《章法學論粹》（2002年）
陳滿銘《學庸義理別裁》（2002年）
陳滿銘《論孟義理別裁》（2003年）
陳滿銘《章法學綜論・第四、七章》（2003年）
陳滿銘《篇章辭章學》（2005年）
陳滿銘《辭章學十論》（2006年）
陳滿銘《章法結構原理與教學》（2007年）
陳佳君《篇章縱橫向結構論》（2008年）
仇小屏《呂祖謙「古文關鍵」文章論研究》（2010年）
陳滿銘《唐宋詞拾玉：以篇章結構分析為軸心》（2010年）
陳滿銘《比較章法學》（2012年）
陳滿銘《辭章章法導讀・第五章》（2014年）
陳滿銘《章法學新論・第五、六章》（2014年新著）

偏於「系統性」者，有：

陳滿銘《章法學綜論・第三、五章》（2003年）

陳滿銘《多二一（0）螺旋結構論：以哲學、文學與美學為研究
範圍》（2007年）

謝奇懿《辭章學的螺旋結構及其在寫作評分規準的應用》（2010
年）

陳滿銘《篇章意象學》（2011年）

陳滿銘《章法結構論》（2012年）

陳滿銘《辭章章法導讀・第六章》（2014年）

陳滿銘《章法學新論・第七章》（2014年新著）

偏於「藝術性」者，有：

仇小屏《古典詩詞時空設計美學》（2002年）

陳滿銘《章法學綜論・第六章》（2003年）

蒲基維《章法風格析論》（2007年）

黃淑貞《建築美學：合院「多二一（0）」結構研究》（2012年）

陳滿銘《辭章章法導讀・第七章》（2014年）

陳滿銘《章法學新論・第七章》（2014年新著）

　　很可惜的是，在「基礎」層面，有代表作是幾本碩論：涂碧霞的
《凡目章法析論》、高敏馨的《平側章法析論》、李靜雯的《點染章法析
論》與潘伯瑩《圖底章法析論》；而在「概括」層面，則有一本代表作
是顏智英的博論《辭章章法變化律研究──以古典詩詞為考察對象》；
至今都還沒有出版，希望能早日和大家見面。另外，值得一提的是，這

一章法學「基礎性」、「概括性」、「多元性」、「系統性」與「藝術性」體系之建立，早在二〇〇三年六月就由《章法學綜論》一書初步完成，這對後來研究的拓廣與加深，產生了相當大的影響，就是今年出版的《辭章章法學導論》與新著《章法學新論》，也和它作了不同角度之呼應，因此在此都特別採分章方式予以呈現，以傳達這種訊息。

　　這次為了整體而有系統地展現個人研究的成果，採納萬卷樓圖書公司總經理梁錦興先生之提議，在徵詢多位學術界先進與章法學學術團隊核心成員的意見後，決定推出一種叢書十冊，即這套《辭章章法學體系建構叢書》，由萬卷樓圖書公司於二〇一四年八月出版，依序是：

　　《章法學綜論》（整體照應基礎性、概括性、多元性、系統性與藝術性，2003年初版）

　　《篇章結構學》（從不同深廣度，整體照應基礎性、概括性、多元性、系統性與藝術性，2005年初版）

　　《多二一（0）螺旋結構論：以哲學、文學、美學為研究範圍》（以多元性、系統性與藝術性為主，2007年初版）

　　《章法結構原理與教學》（從不同深廣度，整體照應基礎性、概括性、多元性、系統性與藝術性，2007年初版）

　　《唐宋詞拾玉：以篇章結構分析為軸心》（以基礎性、多元性為主，2010年初版）

　　《篇章意象學》（以多元性、系統性與藝術性為主，2011年初版）

　　《章法結構論》（以多元性、系統性與藝術性為主，2012年初版）

　　《比較章法學》（以多元性為主，2012年初版）

　　《章法學新論》（從不同深廣度，整體照應基礎性、概括性、多元性、系統性與藝術性，2014年新推出）

　　《〈四書〉義理螺旋結構析論》（以基礎性、多元性與系統性為主，

2014年新推出）

　　關於這套叢書，必須進一步作說明的，首先是其中全面以實例解析辭章的章法結構為重心，直接為其他各冊之理論與舉例作進一步的驗證的，本來已準備收入《文章結構分析──以中學國文課文為例》與《唐宋詞拾玉──以篇章結構分析為軸心》兩冊，希望藉此兼顧理論與實際，能呈現個人研究章法學之進程與結果。不過，因另有一新著《〈四書〉義理螺旋結構析論》需推出，所以考慮結果，決定以它取代《文章結構分析──以中學國文課文為例》，列入這套書內，將章法分析的實例由文學性提升到哲學性，使其涵蓋面能更為擴大。此外，今年剛推出的《辭章章法學導讀》，雖因係導讀性質而未收入，但它既可為此十冊套書，就其「基礎性」、「概括性」、「多元性」、「系統性」與「藝術性」之體系，作一簡介；也可提供給一些對「辭章章法學」有興趣的朋友，作初步的導覽。希望能由此很快就進入「章法學」園地，逐漸深入，以一窺堂奧，而又藉此推拓、提升，能著眼於宇宙間萬事萬物「層次邏輯」甚至「雙螺旋」的層層系統及其關係，以增進認識。所以在此特別凸顯其獨特性與重要性。

　　其次是辭章章法學在基本上是形成「微觀、中觀、宏觀」的「三觀」體系的。就在這體系中，「微觀」中的「結構類型」也以「三疊（一、二、三）」或「移位」、「轉位」與「包孕」形成「三觀」；「中觀」中的「章法族系」又以「對比類」、「調和類」與「中性類」形成「三觀」，「偏離現象」則以「負偏離」、「零度」與「正偏離」形成「三觀」；「宏觀」中的「篇章統合」再以「多」、「二」與「一（0）」形成「三觀」，「藝術特色」又以「真」、「善」與「美」形成「三觀」；「螺旋體系」更以「微觀」、「中觀」與「宏觀」形成「三觀」。如此以小「三觀」為基礎，逐層建構大「三觀」的體系，因此，章法學的「基礎性」、「概

括性」、「多元性」、「系統性」與「藝術性」，也可用「三觀」作統合
如下表：

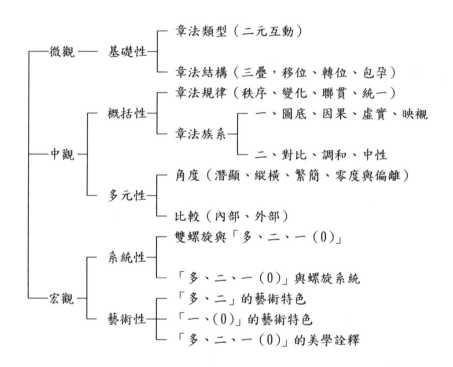

由此可看出「三觀」理則對辭章章法學體系建構的重大影響及其普遍
性。

　　然後是辭章章法學所以能建構一體系，成為一門學科，是要感謝兩
岸學界朋友持續的支持與鼓勵的。先如「三一語言學」創始人王希杰教
授說：「章法學已經初步形成了一門科學。陳滿銘教授初步建立了科學
的章法學體系。……如果說唐鉞、王易、陳望道等人轉變了中國修辭
學，建立了學科的中國現代修辭學，我們也可以說，陳滿銘及其弟子轉
變了中國章法學的研究大方向，建立了科學的章法學，把漢語章法學的

研究轉向科學的道路。」（〈章法學門外閑談〉，2002），次如語言風格學家黎運漢教授指出臺灣章法學之研究：「有了較為清醒、自覺的理論意識，……在學科構建中頗為重視理論建設，……有較高的理論品格，綜合呈現出一個較為科學的理論體系，……運用了比較科學的研究方法，使漢語章法學基本具備了成為一門新學科的資格。」（〈陳滿銘對辭章法學的貢獻〉，2005），又如語言學學者王曉娜教授說：「陳滿銘先生……研究的是章法，這項研究涉及了當今語言學領域的一個學術前沿──篇章語言學。陳先生的研究獨樹一幟，自成一家，展開了篇章語言學領域的一片新天地。篇章語言學是以語篇內的連貫話語為主要研究對象的，語篇成分之間的關聯性和語篇的整體性，是篇章語言學的核心問題。《章法學新裁》以篇章的構成形態，即綴句成節段，組階段成篇的方式為研究對象，確立了章法的共同理則，即秩序、變化、聯貫和統一，揭示了語篇的關聯性和整體性規律，以此為基礎建構了章法學體系。這一體系，在其建構和闡釋方面都具有鮮明的特色。」（〈章法研究的新天地──試論陳滿銘先生的《章法學新裁》〉，2005），再如修辭學家孟建安則指出臺灣章法學之研究：「對漢語辭章章法學研究做出了巨大的貢獻。這種貢獻突出地表現在五個方面：第一，培育了具有強大戰鬥力的科研團隊，取得了極為豐碩的研究成果；第二，提出並闡釋了眾多的新概念和新觀點，解決了許多較為重大的理論問題；第三，引入並堅持了『科學的方法論原則』；第四，提供了章法分析與章法教學的『科學範例』；第五，構建了科學而完備的漢語辭章章法學體系。由此可以推定，陳滿銘先生已經形成了自己獨具特色的研究路子，其所創建的漢語辭章章法學已經成熟並成為一門學科，達到了前所未有的高度，具有很強的生命力和感召力。」（〈陳滿銘與漢語辭章章法學研究〉，2007），近如辭章學大家鄭頤壽教授說：「篇章辭章學（章法學）的『三觀』理論建構了科學的、體系嚴密的學科理論大廈，是『篇章辭章學』

（章法學）藝術之所以能夠成『學』的最主要依據。分清這『三觀』，『大廈』的建構就有了層次性、邏輯性；抓住這『三觀』，就抓住了學科體系的『綱』和『目』。」（〈陳滿銘與漢語辭章學〉，2013）。而其他如王德春、林大礎、胡習之、曹新華、張春榮、張慧貞、陳徵毅、蔡宗陽、鄭娟榕、鄭韶風、鐘玖英等專家學者，也都從各個面向作肯定與鼓勵，令人感動不已。

　　最後是向直接參與這一叢書出版的工作夥伴：萬卷樓圖書公司總經理梁錦興先生、副總經理兼副總編輯張晏瑞先生、主編吳家嘉小姐、校對林秋芬小姐和其他多位工讀生與章法學研究團隊代表蒲基維博士，誠摯地致上萬分謝意！還有要補充說明的是，這十冊套書，除九、十兩冊是全新推出外，其餘八冊都依據原版作了一些必要調整，所以章節、內容、頁碼已有所不同：而又由於各冊要求忠實呈現其研究的階段性歷程與其內容結構之完整，以致難避免對同一重要主題有重複探討而舉例說明的現象，但是其論述之深淺、繁簡與偏全是各有差異的；不過，無論怎麼說，都是缺憾：在此，謹請　　讀者見諒！

　　　　　　　　　　　　　　　　　　　　陳滿銘

　　　　　　　　　　　　　　　　序於國文天地雜誌社
　　　　　　　　　　　　　　　　二〇一四年七月九日

自序

　　對章法與辭章學，尋尋覓覓，經過了三十多年，終於掃除了層層之烏霾，浮現出它比較清晰的面目。

　　辭章是結合「形象思維」與「邏輯思維」而形成的。這兩種思維，各有所主。一般說來，如果是將一篇辭章所要表達之「情」或「理」，訴諸各種主觀聯想，和所選取之「景（物）」或「事」接合在一起，或者是專就個別之「情」、「理」、「景」（物）、「事」等材料本身設計其表現技巧的，皆屬「形象思維」；這涉及了「立意」、「取材」與「措詞」等問題，而主要以此為研究對象的，就是主題學、意象學與修辭學等。如果是專就「景（物）」或「事」等各種材料，對應於自然規律，結合「情」與「理」，訴諸客觀聯想，按秩序、變化、聯貫與統一之原則，前後加以安排、布置，以成條理的，皆屬「邏輯思維」；這涉及了「運材」、「布局」與「構詞」等問題，而主要以此為研究對象的，就字句言，即文（語）法學；就篇章言，就是章法學。至於合「形象思維」與「邏輯思維」而為一，探討其整個體性的，乃為文體學、風格學。而以此整體或個別為對象加以研究的，則統稱為辭章學或文章學。

　　可知章法所探討的，為篇章之邏輯結構，是源自於人類共通之理則，亦即對應於自然規律來說的。所以一般創作者雖日用而不知、習焉而不察，卻很自然地反映在作品之上，而且也很早就受到辭章學家的注意，不過他們所看到的都只是其中的幾棵「樹」，而一概不見其「林」。一直到晚近，經過多年努力的探究，才逐漸「集樹成林」，並確定它的原則、範圍和主要內容（含類別與模式），尋得它的哲學基礎和美感效果，建構了一個體系，而形成一個新的學門。

　　既然章法所探究的是篇章的邏輯結構，當然是奠基在「陰陽二元對待」之上的。而「陰陽二元」，乃是萬物（事）創生、含容而形成「對待」的根本要素，既可徹上，也可徹下。因此它可徹上、徹下地形成「多」、「二」、「一（0）」的螺旋結構。這可從《周易》（含《易傳》）與《老子》等兩種古籍中，找出證據，不但可由「有象」而「無象」，找出「多、二、一（0）」之逆向結構；也可由「無象」而「有象」，尋得「（0）一、二、多」之順向結構；並且透過《老子》「反者道之動」（四十章）、「凡物芸芸，各復歸其根」（十六章）與《周易・序卦》「既濟」而「未濟」之說，將順、逆向結構不僅前後連接在一起，更形成循環不息的螺旋結構，並特別凸顯「二」（陰陽、剛柔）的居間（徹上徹下）功能，與「一（0）」（即「太極」、「道生一」）的根源力量，呈現了中國宇宙人生觀之精微奧妙。

　　這種循環不息的螺旋結構，如落到文學的創作與鑑賞之上，則「（0）一、二、多」呈現的是創作之順向過程、「多、二、一（0）」呈現的是鑑賞之逆向過程。而章法分析所接遇的，就是逆向的「多、二、一（0）」結構。基於此，本書除「前言」（第一章）外，首先概談「章法基礎」（第二章），其次談「章法哲學」（第三章），又其次談「章法結構」（第四章），再其次談「章法美學」（第五章），最後談「比較章法」（第六章），即有形或無形地，始終用「陰陽二元對待」或「多、二、一（0）」結構加以貫穿。因此，本書的內容可說是環環相扣、牽一髮動全身的。這和前此所出版《章法學新裁》、《章法學論粹》結集單篇論文成書的，有所不同。

　　闖入「章法」多年，一路走來，有辛苦，也有喜悅。尤其是得到一些肯定與鼓勵時，往往就因喜悅而忘了辛苦。這些肯定與鼓勵，大都來自辭章學界，如臺灣學者張春榮教授以為「其用志『章法』，深耕廣織，握管不輟，……全力聚焦章法結構，漸成體系。……是自歲月自學

養中鍛鍊出的一把利刃，揮向國文教材教法，揮向章法學的未來，以結合心理基礎與美感效果的目標，其建構之功，誠有目共睹」（見〈拓植與深化——陳滿銘《章法學新裁》〉,《文訊》2001 年 6 月，頁 26-27）。

又如大陸學者鄭韶風強調：臺灣的章法學已開拓了漢語辭章學研究的新領域，和大陸的北京（以張志公為首）、福州（以鄭頤壽為首），各以所長，形成了三支強而有力的隊伍。她又認為「陳滿銘教授抓住『章法』作了深入的開挖，除了寫論文外，還寫幾部專著來論析辭章章法論」，而「開了『章法』論的專門辭章學先河」（見〈漢語辭章學四十年述評〉,《國文天地》17 卷 2 期，2001 年 7 月，頁 93-97）。

再如福州師大鄭頤壽教授，在二〇〇一年十一月於廈門舉行的「海峽兩岸閩南文化學術研討會」上發表〈臺灣辭章學研究述評〉一文，以重點方式加以評述，認為臺灣之章法學研究具有「哲學思辨」、「多科融合」、「（讀寫）雙向兼顧」、「體系完整」、「重點突出」、「行知相成」等六大特點，並且指出「臺灣學者陳滿銘教授，在研究（章法學）這一方面具有突出的成就，雖非絕後，實屬空前。……從辭章章法理論研究方面，由前人『見樹不見林，語焉而不詳』的狀況，發展到對章法的範圍、原則與內容等多視角的切入，形成一個體系」（《首屆海峽兩岸閩南文化學術研討會論文集》，頁 1-15）。又在二〇〇二年五月於蘇州「海峽兩岸中華傳統文化與現代化研討會」上，發表〈中華文化沃土，辭章學圃奇葩─讀陳滿銘的《章法學新裁》及其相關著作〉一文，以為「一門新學科的建立，必須有自己的理論體系，這個『理論』必須是高屋建瓴的能夠統帥、籠罩學科的所有內容，正如網之有綱，綱舉而目張。這就是辭章章法的辯證法，是一種居高臨下的哲學思辨。陳教授為中心的辭章學隊伍的作品，這一特點十分突出」（《海峽兩岸中華傳統文化與現代化研討會論文集》，頁 131-139）。

又如南京大學王希杰教授也指出：「『章法』一詞是多義的。『章法』，是文章之法，但是，有兩種『章法』：一種是客觀存在的『章法』，它顯然是與文章同時出現的。有文章就有章法，不同的文章有不同的章法，但是沒有完全沒有章法的文章，不過是章法的好和壞罷了。另一種『章法』，是研究者的認識和主張，是知識和理論，是文章的研究者的辛勤勞動的成果，它當然是文章出現之後的事情。後一種『章法』，即對章法的研究也是早就有了的，中國古人對章法的論述很多。但是『章法學』的誕生是比較晚的事情。章法學作為一門學問，不是有關部門章法的個別的知識，而是章法知識的總和，是一種概念的系統。章法學是一門實用性很強的學問，也有極高的學術價值。它同文章學、修辭學、語用學、文藝學、美學、邏輯學等都具有密切關係。章法學已經初步形成了一門科學。陳滿銘教授初步建立了科學的章法學體系。……陳滿銘教授創建了章法學的四大律，……這是陳教授及其弟子的章法學大廈的四根支柱。這是滿銘教授對章法學的貢獻。中國傳統的章法研究已經是很豐富的了，文論、詩話、詞話、曲話、藝概中就有許多關於章法的言論。劉勰的《文心雕龍》中對章法的研究已經是很像樣的了，有一些非常精彩的觀點。但是像陳教授這樣一來以四大規律來建立章法學理論大廈，這還是第一次。如果說唐鉞、王易、陳望道等人轉變了中國修辭學，建立了學科的中國現代修辭學，我們也可以說，陳滿銘及其弟子轉變了中國章法學的研究大方向，建立了科學的章法學，把漢語章法學的研究轉向科學的道路。」（〈章法學門外閑談〉，《國文天地》18 卷 15 期，2002 年 10 月，頁 92-101）

再如於去年（2002）年底接獲北京中國科技報研究會之邀請，擬將前於二〇〇一年五月發表在《中國學術年刊》二十二期之〈談篇章之縱向結構〉一文，選編入《中國科技發展精典文庫》（第二輯）；後經過同意，改以〈章法「多、二、一（0）」結構的節奏與韻律〉一篇刊入，

這不能不說是將「章法學的研究轉向科學的道路」的另一小收穫。

這些肯定與鼓勵,在周遭一些「章法好笑」、「章法僵化」、「章法瑣碎」、「章法無用」、「章法莫須有」、「章法異想天開」、「章法庸人自擾」、「章法走火入魔」的種種打擊聲中,是彌足珍貴的。也十分幸運地,這些肯定與鼓勵終於得到了一些迴響。就在二〇〇一年九月,起先在臺北臺灣師大國研所開「章法學研討」的課,一年四學分,由博、碩士生選修,這可算是兩岸在研究所開「章法學」課程之第一次嘗試;接著在臺南成功大學中文系,於二〇〇二年二月開始開「章法學」的課,一學期三學分,由大學部與進修部的學生選修,這又算是兩岸在大學部開「章法學」課程之首次,值得珍惜。

有了這嘗試性的一、二步,殷切盼望能陸續踏出三、四、五、六步,以至於千萬步,逐步地將「章法學」推廣出去,一方面既可利於應用,以分析辭章,使其深入;一方面又可利於研究,以檢驗理論,使其正確、周全。而本書之推出,正是其中的又一步;此外,也預定以團隊之力,繼續推出《辭章章法學史》、《辭章章法現象史》、《辭章章法哲學》、《辭章章法結構》、《辭章章法美學》、《比較章法》、《辭章章法風格論》、《辭章章法「變化律」之研究》、《辭章章法「統一律」之研究》《圖底章法析論》、《凡目章法析論》、《平側章法析論》……等書。這樣步步踏出,相信對「辭章章法學」研究之開拓與提升,將有所助益;而對整個「辭章學」或「文章學」的研究與發展,也將得以盡棉薄之心力。

陳滿銘

序於臺灣師大國文系

二〇〇三年四月五日

第一章
前言

　　章法學是研究篇章邏輯結構的一門學問。它受人注意，是很早的事。早在南朝時，劉彥和在《文心雕龍‧章句》裡便提到了章法[1]。而後來也有許多文論家觸及此一問題[2]，卻非由於僅見樹而不見林，語焉而不詳，則因為與修辭、文法或風格牽扯不清，所以就對它的範圍、原則與內容，一直模糊不明，更不用說是尋出哲學基礎、掌握美感效果，而形成一個體系了。

　　就在三十幾年前，為了講授「國文教材教法」這門課程之需要，不得不接觸「章法」。記得有蠻長一段時間，為了要弄懂「章法」，只好埋在古今人書堆裡摸索，卻始終不得要領。於是改弦更張，先以捕捉到的有限「章法」，切入各類文章，作一檢視；再就所發現的「章法」現象，加以分析、統整，以求得其通則。這樣一路走來，才逐漸地集樹而成林，深入了「章法」的領域。

　　回顧這段路，走得雖辛苦，卻也十分慶幸自己沒有因而放棄它。數一數近三十年來所發表的有關「章法」的文章，共有六十幾篇。其中最早的是〈常見於稼軒詞裡的幾種詞章作法〉（原題〈稼軒詞作法舉隅〉）

1　王更生：「本篇（〈章句〉）……說明四個重要課題：一、字句章篇的外在聯繫與內在關係，二、是論章法，三、是論句法，四、是論調聲換韻問題。」見《文心雕龍選讀》（臺北市：巨流圖書公司，1994年10月一版一刷），頁291。
2　劉熙載：「詞之章法，不外相摩相蕩，如奇正、空實、抑揚、開合、工易、寬緊之類是也。」見《藝概‧詞曲概》，《劉熙載文集》（南京市：江蘇古籍出版社，2000年12月一版一刷），頁142。

一文，於一九七四年六月發表於臺灣師大《文風》第 25 期，所涉及的
章法有「今昔」、「遠近」、「大小」、「虛實」（情、景）、對照（「正
反」）、演繹（「先凡後目」）、歸納（「先目後凡」）等，結合縱、橫向
作說明，這可算是「清醒、自覺」[3] 的初步嘗試。而在後來的十七年
裡，又依序發表了下列文章：

1　〈談詞章的兩種基本作法——歸納與演繹〉，《中等教育》27 卷
　　　3、4 期。

2　〈章法教學〉，《中等教育》33 卷 5、6 期。

3　〈談安排詞章主旨的幾種基本形式〉，師大《國文學報》14 期。

4　〈談運用詞章材料的幾種基本手段〉，《中等教育》36 卷 5 期。

5　〈談主旨見於篇外的幾篇課文〉，《國文天地》3 卷 4 期。

6　〈談主旨見於篇末的幾篇課文〉，《國文天地》3 卷 6 期。

7　〈談主旨見於篇首的幾篇課文〉，《國文天地》3 卷 7 期。

8　〈談主旨見於篇腹的幾篇課文〉，《國文天地》3 卷 8 期。

9　〈演繹法在詩詞裡的運用〉，《國文天地》3 卷 9 期。

10　〈歸納法在詩詞裡的運用〉，《國文天地》3 卷 11 期。

11　〈談採先敘後論的形式所寫成的幾篇課文〉，《國文天地》3 卷 12
　　　期。

12　〈談詞章聯絡照應的幾種技巧〉，《中等教育》36 卷 6 期。

13　〈詞的章法與結構〉，《教學與研究》11 期。

3　鄭頤壽：「陳教授把『情』、『理』、『景』、『物』、『事』分為『縱向』，『章法』為『橫
　　向』，這與劉勰的『情經辭緯』說是一脈相承的，即把『章法』定位在『辭』——『形
　　式』上。明白這些，是下文評述辭章法論的基礎；是闡釋臺灣學者清醒、自覺的
　　辭章學意識的根據。」見〈臺灣辭章學研究述評〉，《國文天地》17 卷 10 期（2001
　　年 3 月），頁 99。

14　〈國中國文課文分析舉隅〉，《國文教學研討會論文集》。

15　〈如何畫好課文結構分析表〉，《國文教學津梁》。

　　在這些或長或短的文章裡，對自己的研究進展而言，可得而言者有幾點：首先是〈章法教學〉一文，首度以「秩序」、「聯貫」、「統一」等三大原則來規範章法，而所涉及的章法，除「遠近」、「大小」、「今昔」、「本末」、「輕重」、「虛實」、「凡目」外，還兼及詞句、節段的聯貫與主旨的安置（篇首、篇腹、篇末、篇外）等，結合教學進行探討。其次是〈談運用詞章材料的幾種基本手段〉一文[4]，大大地開拓了章法的視野，共涉及了「賓主」、「正反」、「順逆」（時、空、事理）、「虛實」（真偽、情景、時間、空間）與「抑揚」等章法。又其次是〈演繹法在詩詞裡的運用〉與〈歸納法在詩詞裡的運用〉二文，首度以「單軌」與「雙軌」來凸顯「凡目」法所形成之結構類型。再其次是〈談採先敘後論的形式所寫成的幾篇課文〉一文，首度談到了「敘論」這種常見的章法。接著是〈談詞章聯絡照應的幾種技巧〉一文，首度針對著「聯貫原則」，用「基本」（詞句、節段）與「藝術」（材料、方法）兩類，加以舉例說明。最後是〈如何畫好課文結構分析表〉一文，首度提出畫好課文結構表之注意事項，希望藉以收到推廣的效果。

　　到了八〇年代，在前六年裡，又發表了如下文章：

1　〈插敘法在詞章裡的運用〉，《國文天地》7 卷 4 期。

2　〈談詞章主旨、綱領與內容的關係〉，《國文天地》7 卷 5 期。

3　〈常見於詩詞裡的兩種寫景法〉，《中等教育》42 卷 5 期。

4　運材與取材不同，前者運用的是邏輯思維，而後者為形象思維。見陳滿銘：〈章法叢書序〉，《國文天地》18 卷 3 期（2002 年 8 月），頁 101。

4　〈凡目法在高中國文課文裡的運用〉,《第一屆臺灣地區國語文教
　　學學術研討會論文集》。

5　〈談詞章的兩種作法——泛寫與具寫〉,《國文天地》8 卷 2 期。

6　〈凡目法在國中國文課文裡的運用〉,《國文天地》8 卷 2 期。

7　〈談文章作法賞析——以國中國文課文為例〉,《國文天地》9 卷
　　4 期。

8　〈談詞章剪裁的手段——以周敦頤〈愛蓮說〉與賈誼〈過秦論〉
　　為例〉,《國文天地》9 卷 5 期。

9　〈談詞章的義蘊與運材的關係〉,《國文天地》10 卷 6 期。

10　〈章法分析與國文教學〉,《臺灣、大陸、香港、新加坡四地中學
　　　語文教學論文集》。

11　〈談課文結構分析的重要——以高中國文課文為例〉,《兩岸暨港
　　　新中小學國語文教學國際研討會論文集》。

12　〈談詞章主旨的顯與隱——以中學國文課文為例〉,《國文天地》
　　　11 卷 3期。

13　〈從軌數的多寡看凡目法在詞章裡的運用——國高中國文課文為
　　　例〉,《國文天地》11 卷 5 期。

14　〈談〈與宋元思書〉與〈溪頭的竹子〉二文在結構上的異同〉,《國
　　　文天地》11 卷 7 期。

15　〈凡目法在蘇辛詞裡的運用(上)〉,《國文天地》11 卷 11 期。

16　〈凡目法在蘇辛詞裡的運用(下)〉,《國文天地》11 卷 12 期。

17　〈談篇旨教學〉,《高級中學國文英文物理化學四科輔導資料彙
　　　編》。

18　〈談補敘法在詞章裡的運用〉,《國文天地》12 卷 6 期。

　　這些文章,可以一提的有如下幾點:首先是〈插敘法在詞章裡的運

用〉一文，首度分「解釋」、「追述」、「具寫景物」和「拈出主旨」（綱
領）等四方面，來說明「插述」法的妙用。其次是〈談詞章的兩種作
法——泛寫與具寫〉一文，首度呈現了「泛具」章法的概略面貌。又其
次是〈談詞章剪裁的手段〉一文，首度分全篇、節段兩類，談到了「詳
略」（疏密[5]）這一章法。再其次是〈從軌數的多寡看凡目法在詞章裡的
運用〉一文，除了涉及單、雙軌之外，又首度談到了三、四、五、六等
軌所形成的凡目結構。末了是〈談補敘法在詞章裡的運用〉一文，首度
以「補敘事情發生的時間」、「補敘事情形成的緣由」、「補敘人名或追
懷親友、舊遊」等三方面，舉例說明「補敘」法的功用，這和「插敘」
法，對章法「變化原則」之確立，是有催化作用的。

　　而後四年，則陸續又發表了下列文章：

1　〈談辭章主旨在凡目結構中的安排〉，《國文天地》13 卷 3 期。

2　〈談三疊法在辭章裡的運用〉，《國文天地》13 卷 5 期。

3　〈談辭章章法的主要內容（上）〉，《國文天地》13 卷 7 期。

4　〈談辭章章法的主要內容（下）〉，《國文天地》13 卷 8 期。

5　〈高中國文〈散曲選〉課文結構分析〉，《國文天地》14 卷 6 期。

6　〈高中國文〈近體詩選〉（一）課文結構分析〉，《國文天地》14
　　卷 7 期。

7　〈蘇軾〈留侯論〉結構分析〉，《國文天地》14 卷 10 期。

8　〈談見於詩詞裡的凡目結構〉，《第一屆中國修辭學學術研討會論
　　文集》。

9　〈如何進行課文結構分析——以高中國文教材為例〉，《臺灣省政

5　「疏密」可用於指「章法」，也用於指「風格」。見劉衍文、劉永翔：《文學鑑賞論》（臺
　　北市：洪葉文化事業公司，1995 年 9 月初版一刷），頁 495-514。

府教育廳國文科教學研究專輯（五）》。

10 〈談篇章結構（上）〉，《國文天地》15 卷 5 期。

11 〈談篇章結構（下）〉，《國文天地》15 卷 6 期。

12 〈談篇章結構分析的切入角度〉，《國文天地》15 卷 8 期。

13 〈談平提側收的篇章結構〉，《第二屆中國修辭學學術研討會論文集》。

14 〈文章主旨或綱領安置於篇腹的結構類型——以蘇、辛詞為例〉，《人文及社會學科教學通訊》11 卷 3 期。

15 〈談縱橫向疊合的篇章結構〉，《國文天地》16 卷 7 期。

　　在這十幾篇文章中，有如下幾點，是值得一提的：首先是〈談辭章主旨在凡目結構中的安排〉一文，首度就一種章法，結合主旨來談它們的關係。其次是〈談辭章章法的主要內容〉一文，首度在三大原則（秩序、聯貫、統一）上，又加「變化」一大原則來規範章法；它的內容，除前此所提到的十幾種章法外，又新增了「高低」、「貴賤」、「親疏」、「立破」、「問答」、「平側」（平提側注）、「縱收」和「因果」等八種，到此，章法學的一個體系，總算大略完成了。又其次是〈談篇章結構〉一文，首度結合章法與內容來談篇章結構；所謂篇章結構，平常雖多只是指由章法形成之結構而言，但嚴格說來，還要包括內容（情意）在內，兩者一縱（情意）一橫（章法），是不可分割的。所以談內容（情意），甚至於談篇旨、義蘊，看似與章法無關，但實際上卻息息相關，尤其是主旨之安置與綱領之通貫，更涉及章法之「統一原則」，怎麼可以棄而不顧呢？接著是〈談篇章結構分析的切入角度〉一文，首度用不同角度切入同一文章，據所形成之結構，探討其優劣，以強調結構分析「沒有絕對是非，只有相對好壞」的觀點。繼而是〈談平提側收的篇章結構〉一文，首度提出這種結構，而這種結構雖普遍存在，卻不能用

「平提側注」來加以涵蓋[6]，因此特地凸顯出來，為篇章結構旁添一個類型。最後是〈談縱橫向疊合的篇章結構〉，首度用結構分析表呈現縱、橫向互相疊合的情形，提供了分析文章結構的努力方向，期望有助於章法學將理論與應用結合的研究。

　　到了九〇年代，在近兩年多裡，又主要發表了如下論文：

1　〈談篇章的縱向結構〉，《中國學術年刊》22 期。

2　〈文章主旨置於篇外的謀篇形式——以詩詞為例〉，《第三屆中國修辭學學術研討會論文集》。

3　〈《孟子‧養氣》章的篇章結構〉，《慶祝莆田黃錦鋐教授八秩嵩壽論文集》。

4　〈論辭章章法的四大律〉，《國文天地》17 卷 4 期。

5　〈論章法與情意的關係〉，《國文天地》17 卷 6 期。

6　〈章法教學與思考訓練〉，《人文及社會學科教學通訊》12 卷 4 期。

7　〈論時空與虛實——以幾首唐詩為例〉，《國文天地》17 卷 9 期。

8　〈論章法與邏輯思維〉，《第四屆中國修辭學國際學術研討會論文

6　辭章中有一種「平提側注」的章法，宋文蔚在《評注文法津梁》裡解釋這種方法說：「篇中有兩項或三項者，如義均平列，則於總提後平分各項，用意詮發；若義有輕重，或偏重一項，則開首用筆平提，以下或用串說，或用側注，均無不可。又有擇其最重要之一項，用特筆提起，再分各串項者，尤見用法變化。」這是說：將所要論說或敘述的幾個重點，以平等地位提明的，叫「平提」；而照應題面，對其中的一點或兩點加以關注的，叫「側注」。這種章法，如單就「側注」的部分而言，則稱為「側接」或「接筆」；如所提重點只限於兩組，則又叫做「兩義相權」。它無論是形成「先平提後側注」、「先側注後平提」、「平提、側注、平提」或「側注、平提、側注」等結構，在辭章裡，都隨處可見，沒什麼稀奇。但將所要論說或敘述的幾個重點，以同等的地位加以提明，而特別側於其中一點或兩點來收結，卻有回繳整體之功用的，則很少受到人的注意。見陳滿銘：〈談平提側收的篇章結構〉，《第二屆中國修辭學學術研討會論文集》（高雄市：高雄師範大學國文系，2000 年 6 月），頁 193-214。

集》。

9　　〈論時空交錯的虛實複合結構──以蘇辛詞為例〉，《中國學術年刊》23 期。

10　　〈論幾種特殊的章法〉，《國文學報》31 期。

11　　〈論章法與國文教學〉，《親民工商專科學校國文教學學術研討會論文集》。

12　　〈論「因果」章法的母性〉，《國文天地》18 卷 7 期。

13　　〈論章法的哲學基礎〉，《國文學報》32 期。

14　　〈論章法與層次邏輯〉，《國文天地》18 卷 9 期。

15　　〈談章法結構的節奏與韻律〉，《國文天地》18 卷 10 期。

　　　這些論文可以一提的，首先是〈談篇章的縱向結構〉與〈論章法與情意的關係〉二文，首度就縱向的「情」、「理」、「景」（物）、「事」，論述它們的單一與複合類型，進而談內容（含情意、材料）和橫向（章法）結構的關係，以補〈談篇章結構〉一文之不足。其次是〈《孟子‧養氣》章的篇章結構〉一文，首度用「先整後零」之方式，提供結構分析的整表與零表，化繁瑣為簡易，以分析長篇之辭章，並深入探討章法結構與義理之邏輯關係。又其次是〈論辭章章法的四大律〉一文，再度確定「秩序」、「變化」、「聯貫」與「統一」為章法之四大規律，呈現其層進關係，以統合各種章法。再其次是〈章法教學與思考訓練〉、〈論章法與邏輯思維〉、〈論章法與層次邏輯〉三文，主要用「邏輯思維」來確定章法，論述它與四大律的關係，從而說明它對思考訓練之重要。再其次是〈論時空交錯的虛實複合結構〉一文，就辭章中不可或離之「時」與「空」，由章法切入，單取其交錯〔含融合〕部分，再配合其中「虛」與「實」複合為一的類型，分「先虛後實」、「先實後虛」、「虛、實、虛」、「實、虛、實」等四種結構，並附以結構分析表，作一番考

察，以見這種章法結構之藝術奧妙。又其次是〈論幾種特殊的章法〉一
文，特將平日分析辭章時所遇到的幾種特殊「條理」，分偏全、點染、
天（自然）人（人事）、圖底、敲擊等，舉古典詩詞或散文為例作說明，
以見這幾種特殊章法的究竟，為章法新增了五種類型。再其次是〈論
「因果」章法的母性〉一文，特在近四十種章法中，舉一些關涉到因
果，而可用因果來代替的章法為例作一說明，以強調因果乃邏輯關係中
最基本、最普遍的一種[7]。又其次是〈論章法的哲學基礎〉一文，首度
將建立在「陰陽二元對待」基礎上的章法，就其類型與規律，歸根於
《周易》與《老子》，找出「多、二、一（0）」邏輯結構，以統合各章
法結構，為章法學體系之建立，奠定堅實之基礎。最後是〈談章法結構
的節奏與韻律〉一文，首度用「多、二、一（0）」邏輯結構，藉章法
結構之「移位」與「轉位」、「調和」與「對比」[8]，先凸顯其節奏，再
層層統合為韻律，進而呈現一篇風格。

　　為了將章法學廣加傳揚，又先在上舉六十幾篇期刊或專書論文之
外，撰寫了《文章結構分析》和《詞林散步——唐宋詞結構分析》兩本
書，分別於一九九九年五月、二○○○年一月，由萬卷樓圖書有限公司
出版。前者選了國、高中國文課本中的七十幾則課文為例，各附以結構
分析表，作了扼要的結構分析；後者則選了唐宋名家詞一百二十首，也

7　陳波：「因果聯繫是世界萬物之間普遍聯繫的一個方面，也許是其中最重要的方面。
　　一個（或一些）現象的產生會引起或影響到另一個（或一些）現象的產生。前者是
　　後者的原因，後者就是前者的結果。科學的一個重要任務就是要把握事物之間的因
　　果聯繫，以便掌握事物發生、發展的規律。」見《邏輯學是什麼》（北京市：北京大
　　學出版社，2002 年 1 月一版一刷），頁 167。
8　一般而論，由移位所造成的，是較簡單或反復、齊一之節奏，主要在顯現其偏於陰
　　柔之調和性；而由轉位所造成的，則為較複雜或往復、變化之節奏，主要在顯現其
　　偏於陽剛之對比性。這樣，由局部而整體地層層疊合成為一篇韻律。參見陳滿銘：
　　〈論章法「多、二、一（0）」結構的節奏與韻律〉，臺灣師大《國文學報》33 期（2003
　　年 6 月），頁 81-124。

　　各附以結構分析表，從章法的角度切入，結合情意加以分析，幫助讀者深入作品。然後又結集上舉相關論文，共三十六篇，推出了兩本書，即《章法學新裁》與《章法學論粹》，前者出版二〇〇一年一月，後者出版於二〇〇二年七月，正式以「章法學」之名，接受大眾之檢驗。

　　此外，也於一九九三年起，將「章法學」納入了指導博、碩士研究生撰寫學位論文的主題範圍。開始是指導臺灣師大碩士班仇小屏同學，以《中國辭章章法析論》一文，於一九九七年五月取得碩士學位。由於它首度以長篇論文形式，兼顧理論與實例，驗證了一個章法學的體系，頗受學界稱許，於是將字數由六十多萬字精減過半，以《文章章法論》為名，由萬卷樓圖書公司於一九九八年十一月出版。接著又指導她將章法由二十幾種擴充至三十五種，形成各種結構類型，並且兼及其心理與美感來探討，也由萬卷樓圖書公司於二〇〇〇年二月出版，普獲好評。然後又指導她由章法切入，嘗試尋出其心理基礎與美感效果，來研析古典詩詞時空設計之類型，特以《古典詩詞時空設計之研究》為題，完成博士論文；後改名《古典詩詞時空設計美學》，由文津出版社，收入《章法叢書》中，於二〇〇二年十一月出版。又於最近指導她，陸續完成〈論辭章章法的對比與調和之美──以正反法、賓主法與圖底法為考察對象〉、〈論辭章章法的移位、轉位及其美感〉、〈論辭章章法的原型與變型〉等論文，這對章法學之推深而言，是頗關鍵性的研究。

　　其次是指導碩士班夏薇薇同學，以《文章賓主法析論》一文，於二〇〇〇年六月取得碩士學位。又其次是指導碩士班陳佳君同學，以《虛實章法析論》為題，撰寫其碩士論文，於二〇〇一年六月取得碩士學位（以上兩種都收入《章法叢書》中，於二〇〇二年十一月出版）。而陳佳君同學，最近又在指導下，寫成了〈論章法之族性〉與〈論章法之四虛實〉二文，一求同而一求異，相當有參考價值。再其次是指導教學碩士班黃淑貞同學，以〈主旨（綱領）安置於篇腹的結構類型析〉為

題，於二〇〇二年十二月取得碩士學位。另外，也指導碩士班江錦玨同學，以《古典詩詞義旨教學研究──以高中國文課文為例》，於二〇〇一年六月取得碩士學位。又指導教學碩士班劉寶珠同學，以《作文運材教學設計之研究──以賓主法、因果法、正反法為例》，於二〇〇二年八月取得碩士學位（以上兩種都分別以《詩詞義旨透視鏡》、《習作新視窗》為名，先後於二〇〇一年九月、二〇〇二年十二月由萬卷樓圖書公司出版）。這是將章法有系統地應用於教學的一種嘗試。

　　由以上多年、多樣之耕耘為橋樑，終於在最近能著手處理最為關鍵性的問題，而針對著章法「多、二、一（0）」的邏輯結構，完成了如下幾篇論文：

1　〈論「多」、「二」、「一（0）」的螺旋結構──以《周易》與《老子》為考察重心〉（2000.9）。
2　〈論辭章章法的「多、二、一（0）」結構〉（2002.10）。
3　〈論辭章章法「多、二、一（0）」的核心結構〉（2002.11）。
4　〈論辭章章法的「多、二、一（0）」結構的節奏與韻律〉（2002.12）。
5　〈論辭章的章法風格〉（2003.2）。

　　這幾篇論文的撰寫，都是在探討了章法的哲學基礎之後，一一鎖定「陰陽二元對待」，朝「有理可說」之方向來解決問題的結果。其中首篇試從《周易》（含《易傳》）與《老子》等古籍中，棄異求同，不但由「有象」而「無象」，找出「多、二、一（0）」之逆向結構；也由「無象」而「有象」，尋得「（0）一、二、多」之順向結構；並且透過《老子》「反者道之動」（四十章）、「凡物芸芸，各復歸其根」（十六章）與《周易・序卦》「既濟」而「未濟」之說，將順、逆向結構不僅前後連

接在一起，更形成循環不息的螺旋結構，並特別凸顯「二」（陰陽、剛柔）的居間（徹上徹下）功能，與「（0）」的根源力量，呈現中國宇宙人生觀之精微奧妙，藉以解釋章法現象及其美感效果。次篇單就逆向之「多、二、一（0）」結構，以散文、詩詞為例，分別予以說明，並探討其美感效果，以見「多、二、一（0）」結構在辭章章法分析、鑑賞上的妙用，從而由此將哲學、文學、美學「一以貫之」。三篇從「章法『多、二、一（0）』核心結構之形成」、「章法『多、二、一（0）』核心結構之認定」與「章法『多、二、一（0）』核心結構與美感」三方面加以探討，以見章法核心結構在一篇辭章「多、二、一（0）」之結構裡所起的重大作用。四篇特舉散文與詩詞為例，就其「多、二、一（0）」的逆向結構切入，探討由其移位、轉位[9]而造成之節奏與韻律，也約略說明其美感效果，即小見大，以凸顯章法「多、二、一（0）」結構與節奏、韻律間的密切關係。五篇依然以章法「多、二、一（0）」的結構為依據，扣緊與風格關係至為密切之「二」（陰陽、剛柔）與「（0）」，先就「移位」（順、逆）與「轉位」（拗），探討章法風格之形成因素，再舉幾首詩詞為例，對整體結構之陽剛與陰柔的成分予以量化，推算出其比例，然後亦略及其美感效果，以見章法風格之梗概。當然在目前，對各種結構所引生「陰柔」或「陽剛」之「勢」數（倍）的推斷，還十分粗糙，有待改進；但畢竟已試著從「無」生「有」地跨出一步，作了一些探討，對一篇辭章之剛柔成分，初步推定其量化之準則，從而計算出其比例。這樣冒著招來「走火入魔」之譏的危險，作此嘗試，就是希望藉此拋磚引玉，能使辭章風格學，甚至整個辭章學之研究，加緊腳步邁向科學化，在「直覺」、「直觀」之外，拓展出「有理可說」的無限空間，以擴大影響力。

9　仇小屏：〈辭章章法的移位、轉位及其美感〉，《辭章學論文集》上冊（福州市：海潮攝影藝術出版社，2002 年 12 月初版一刷），頁 98-122。

　　不厭其煩地，這樣將一路走來的種種，在此作一陳述，主要是在凸顯「章法學」這一新大廈的建構，其整體之設計，甚至所用之一梁一柱、一磚一瓦，都不是憑空檢來、隨意搬用的；而它一樓層又一樓層地臻於完工，更不是一朝一夕之事。

第二章
章法基礎

茲分「類型」與「規律」兩層論述，以見章法之主要基礎。

第一節　章法類型

　　章法處理的是篇章中內容材料的邏輯關係[1]。目前所發現的章法約四十種，如今昔法、久暫法、遠近法、內外法、左右法、高低法、大小法、視角變換法、時空交錯法、狀態變換法、知覺轉換法、本末法、淺深法、因果法、眾寡法、並列法、情景法、論敘法、泛具法、空間的虛實法、時間的虛實法、假設與事實法、凡目法、詳略法、賓主法、正反法、立破法、抑揚法、問答法、平側法、縱收法、張弛法、插敘法、補敘法、偏全法、點染法、天人法、圖底法、敲擊法等[2]。茲概介各主要章法之「定義」和「美感與特色」於後：

一　今昔法

定義：將時間中的「今」（現在）與「昔」（過去），依篇章需求作適當

1　陳滿銘：〈論章法與邏輯思維〉，《第四屆中國修辭學國際學術研討會論文集》（臺北縣：中國修辭學會、輔仁大學中文系，2002 年 5 月），頁 1-32。
2　陳滿銘：〈談辭章章法的主要內容〉，《章法學新裁》（臺北市：萬卷樓圖書公司，2001 年 1 月初版），頁 319-360。又見〈論幾種特殊的章法〉，臺灣師大《國文學報》31 期（2002 年 6 月），頁 193-222。另見仇小屏：《文章章法論》（臺北市：萬卷樓圖書公司，1998 年 11 月初版），頁 1-510、《篇章結構類型論》上、下（臺北市：萬卷樓圖書公司，2000 年 2 月初版），頁 1-620。

安排的一種章法。

美感與特色：「由昔而今」的順敘方式，是最為常見的敘述方式，也是最符合事物本身的發展規律的，而合乎規律的東西就是真的，就是美的。至於「由今而昔」地逆敘，是將美感情緒波動最急促、最密集的部分先呈現出來，非常醒目。而「今、昔、今」的結構方式，會將激烈的美感情緒再次重現，形成呼應，有餘韻不絕的感受，是僅次於順敘結構外，最為常見的結構類型。還有其他「今昔疊用」的結構，「今」與「昔」之間會形成一再的、強烈的呼應，美感也因此而產生[3]。

二　久暫法

定義：將文學作品中的長、短時間作適當安排的一種章法。

美感與特色：久、暫的時間安排，是配合情感的波動，所形成的長時與瞬時的對照。當文學作品呈現「由暫而久」的時間設計，則「暫」會更強調出「久」，而時間的悠久本身即會產生美感，而且最有利於歷史感的帶出。至於「由久而暫」的設計類型，則是強調出「暫」，選取情意量最為豐富的一剎那，來作特寫的呈現[4]。

三　遠近法

定義：將空間遠、近變化記錄下來而形成的一種章法。

美感與特色：「由近而遠」的空間變化中，距離由近而遠地拉開，附著於空間的景物也漸次的呈現在讀者眼前，造成一種「漸層」的效果；而且空間若向遠方無限延伸時，常會使人湧起一股崇高感，並使其中醞釀的情緒得到最大的加強。而「由遠而近」則會將空間拉近，並讓近處的

---

3 《篇章結構類型論》上，頁 40-42。又參見仇小屏：《古典詩詞時空設計美學》（臺北市：文津出版社，2002 年 11 月初版一刷），頁 169-183。

4 《篇章結構類型論》上，頁 50-51。又，《古典詩詞時空設計美學》，頁 183-190。

景物得到最大的注意。此外尚有多種「遠近迭用」的空間結構，這一方面可以滿足愛好新奇變化的審美心理，而且也合乎中國傳統遠近往還的遊賞方式[5]。

四　內外法

定義：將文學作品中所出現建築物內、外的空間轉換表達出來的一種章法。

美感與特色：因為有建築物（門、窗、帷、牆……）在「隔」，因此這種內外空間造成的「漸層」效果最好，也因此而特別有一種幽深曲折的美感，最適合用來醞釀幽邃的境界[6]。

五　左右法

定義：將空間在左、右之間移動，而造成的橫向變化記錄下來的一種章法。

美感與特色　向左、右延展的空間，最能傳達出「均衡」的美感，而且特別容易造成遼闊的空間感，也因此而產生安定靜穆的感受。此外，這種空間很容易凸顯出在左、右造成均衡的物（或人），這也是特色之一[7]。

六　高低法

定義：記載文學作品中空間高、低變化的一種章法。

美感與特色：在「由低而高」的空間中，方向是往上的，因此給人一種輕鬆、自由的感受；而且當它創造出一個高偉的空間時，容易使審美主

5　《篇章結構類型論》上，頁 67-69。又，《古典詩詞時空設計美學》，頁 54-66。
6　《篇章結構類型論》上，頁 82-83。又，《古典詩詞時空設計美學》，頁 66-74。
7　《篇章結構類型論》上，頁 89-90。又，《古典詩詞時空設計美學》，頁 77-83。

體由靜觀而融合，終於達致崇高的情境。至於「由高而低」的置景法，則方向是往下的，因此沉重、密集、束縛，可是力量也因此而非常驚人。而「高低迭用」的空間，則可靈活的收納上上下下的景物，以烘托出作者的主觀情感[8]。

七　大小法

定義：將空間中大的面與小的面之間，擴張、凝聚的種種變化記錄下來的一種章法。

美感與特色：大小空間展現的是平面美。形成的若是「由大而小」的包孕式空間，則最後會凝聚在小小的一「點」上，具有最強大的集中效果。「由小而大」的輻射式空間剛好相反，會有擴大、奔放的效果，是平面美的極致。而「大小迭用」的空間，則會形成「大者更擴散、小者更集中」的效果[9]。

八　視角轉換法

定義：不從單一的角度去描摹景物，而是將空間三維──長、寬、高互相搭配，造成視角的移動，並將此種變化體現在文學作品中的一種章法。

美感與特色：中國傳統的觀照方式即是仰觀俯察、遠近遊目，因此特別容易形成視角變化的空間。這樣的空間結構方式，一方面可以自由的收羅不同空間的不同景物；而且空間的轉換，會造成「躍動性的空間美」，十分靈動[10]。

8　《篇章結構類型論》上，頁 102-103。又，《古典詩詞時空設計美學》，頁 83-91。
9　《篇章結構類型論》上，頁 120-121。又，《古典詩詞時空設計美學》，頁 91-97。
10　《篇章結構類型論》上，頁 133-134。又，《古典詩詞時空設計美學》，頁 100-104。

九　時空交錯法

定義：在文學作品中，分別關注了時間的流逝，以及空間的呈現，使兩者之間相輔相成，以求篇章內容完整、美感多元的一種章法。

美感與特色：人處在四維時空中，都有空間知覺與時間知覺，體現在作品中，會形成空間時間的混合美；這種美，美在同時掌握流動的時間與廣延的空間，因而更凸顯出人處在宇宙的一點中，種種作為、感受的意義，營造出一個專屬於作者個人的「小宇宙」[11]。

十　狀態變化法

定義：將外在世界中，萬事萬物某一狀態本身的變化，呈現在文章中的一種章法。

美感與特色：由於人對某一對象的某種特徵的注意越集中，在大腦皮層的相應部位就越能引起優勢興奮中心，這就是「有意注意優勢」，藉助於此，人們可以達到非常有效的觀察。創作者對觀察的結果感覺到美，便會用文字準確地傳達出來，於是出現對狀態變化的刻畫；但這與其說是對事物形態的模擬，還不如說是對美感情緒波動的模擬[12]。

十一　知覺轉換法

定義：在篇章中描摹不只一種的知覺，藉此展現創作者對大千世界多面認識的一種章法。

美感與特色：人的任何一種知覺活動，都離不開感覺；因此人的感覺器官接收客觀世界的訊息，經過審美心理的運作後，就產生了種種的知覺美。在這之中，視覺和聽覺出現的次數最頻繁，與美的關係也最密

---

11 《篇章結構類型論》上，頁 145-146。又，《古典詩詞時空設計美學》，頁 237-255。
12 《篇章結構類型論》上，頁 179-180。

切，因此這兩種知覺特稱為「美的知覺」；不過，各種知覺之間，都是彼此輔助的；而且最終都會匯歸為「心覺」，在心覺中獲得內在統一，這才是目的與極致[13]。

十二　因果法

定義：由一因一果所組合而成的一種章法。「因為……所以……」的構句方式是十分常見的；相反地，由「所以」至「因為」的情形也有；甚至「因為」與「所以」多次交互出現的情況也屢見不鮮。因此，這樣的思維方式，其應用範圍擴大到篇章時，那就形成因果法了。

美感與特色：因果邏輯的應用十分廣泛，所以因果法在文學作品中也就相當的常見。其中最常出現的型態是「由因及果」，這樣可以因順推而產生規律美，也可以全面地弄清楚事情的前因後果。而「由果溯因」的結構，因為「果」一開始就出現，很能夠挑起讀者的「期待欲」。而其他的變化類型，除了變化的美感外，也藉助「因」與「果」的多次呈現，來更深入內容[14]。

十三　眾寡法

定義：將多數與少數形成相應成趣的一種章法。

美感與特色：「由眾而寡」的結構，會突出一個焦點，是為「寡」；而「由寡而眾」的結構，則會因涵蓋範圍的擴大，而有一種放大的作用。而且眾、寡的變化也可以打破沉悶，造成新鮮感[15]。

---

13 《篇章結構類型論》上，頁 160-161。
14 陳滿銘：〈論「因果」章法的母性〉，《國文天地》18 卷 7 期（2002 年 12 月），頁 94-101。又，《篇章結構類型論》上，頁 223-224。
15 《篇章結構類型論》上，頁 234。

十四　情景法

定義：是借重具體的景物（實），來襯托抽象的情意（虛），以增強詩文的情味力量的一種章法。

美感與特色：在主客關係中，主體佔了主導的位置；主體依據其特殊的情意，揀擇適合的景象，此即所謂的「知覺定勢」。因此景與情的關係是相應相生的，所以可以產生一種「調和」的美感；所給予人的是欣賞而不是推理，是領悟而不是說教[16]。

十五　論敘法

定義：將抽象的道理與具體的事件結合起來，使之相輔相成的一種章法。

美感與特色：作者依據其特殊的需要，去揀擇適合的事件來表達主觀的情意，然後體現在篇章，因此「敘」與「論」必然是可以相適應的；而且從具體的事物中提煉出抽象的理論，揭示了客觀真理，這個過程本身即會產生美感[17]。

十六　泛具法

定義：將泛泛的敘寫和具體的敘寫結合在同一篇章中的一種章法。本來它的涵蓋面很廣，可涵蓋「情景」、「敘論」、「凡目」、「虛實」等章法，卻由於「情景」、「敘論」、「凡目」、「虛實」等章法，十分常見，必須抽離出去，各自獨立，以顯現其特色，因此在此僅存「事」與「情」、「景」與「理」之兩種類型。

---

16 《篇章結構類型論》上，頁 261-264。又，陳佳君：《虛實章法析論》（臺北市：文津出版社，2002 年 11 月一版一刷），頁 47-67。

17 《篇章結構類型論》上，頁 285-286。又，《虛實章法析論》，頁 68-90。

美感與特色：在這種情形下，「抽象」和「具象」一方面會分別形成抽象美和具象美，一方面也會因為互相適應而達成調和的美感[18]。

十七　空間的虛實法

定義：將眼前所見的實空間，以及設想得來的虛空間揉雜於篇中，使空間處理靈活而有彈性的一種章法。

美感與特色：在想像力的奔放縱馳下，虛、實空間轉換自如，是最能展現空間變化之美的；而且「實」與「虛」之間的相生相濟，為文學作品增添了靈活調和的美感[19]。

十八　時間的虛實法

定義：是將「實」時間〔昔、今〕與「虛」時間〔未來〕揉雜於篇章中，以求敘事〔寫景〕、抒情〔議論〕的最好效果的一種章法。

美感與特色：時間的虛實法能掌握過去、現在、未來，是其他章法所沒有的優勢。而且「實」與「虛」之間互相聯繫、滲透、轉化，而生生不窮，也就是由局部性的交流所產生的靈動美，趨向整體統一的和諧美[20]。

十九　假設與事實法

定義：將假設與事實作對應安排的一種章法。此處的「假設」，指的是虛構的事物；而「事實」，指的是現實世界中已發生的一切；兩兩對

---

18 《篇章結構類型論》上，頁 295。又，《虛實章法析論》，頁 34-46。
19 《篇章結構類型論》上，頁 318。又，《古典詩詞時空設計美學》，頁 154-162。又，《虛實章法析論》，頁 159-174。
20 《篇章結構類型論》上，頁 318。又，《古典詩詞時空設計美學》，頁 228-235。又，《虛實章法析論》，頁 145-158。

應、結合，組織成文學作品。

美感與特色：所謂的「事實」是指從現實世界中提煉出來的真實；而「假設」在文學中更佔有特別的地位，是人類心理的直接投射，是出乎現實而超乎現實，可以說是比真實更真實。而當此二者在作品中相互呼應時，輝耀出的是客觀世界與主觀世界所共同彰顯的真實[21]。

二十　凡目法

定義：在敘述同一類事、景、情、理時，運用了「總括」與「條分」來組織篇章的一種方章法。

美感與特色：凡目法的形成，基本上是運用了歸納、演繹的邏輯思考；也就是說歸納式的思考會形成「先目後凡」的結構，演繹式的思考會形成「先凡後目」的結構，而「凡、目、凡」、「目、凡、目」的結構，則是綜合運用了歸納、演繹的推理方式而形成的。所以「凡」是總括，具有統括的力量；「目」則是條分，條分的項目是並列的，因而有一種整齊美。而且「凡、目、凡」和「目、凡、目」結構還有一個特點，那就是具有對稱（均衡）與統一的美感[22]。

二十一　詳略法

定義：是將詳寫、略寫的筆法在篇章中相互為用，以突出主旨的一種章法。

美感與特色：美感的一個很大的來源是「比例」，「比例」指的就是兩部分配稱或不配稱。而詳寫、略寫都必須以突出主旨為第一考量，所以

---

21 《篇章結構類型論》下，頁 331-332。又，《虛實章法析論》，頁 189-205。

22 陳滿銘：〈談見於詩詞裡的凡目結構〉，《第一屆中國修辭學學術研討會論文集》（臺北市：中國修辭學會、臺灣師大國文系，1999 年 6 月），頁 95-116。另參見《篇章結構類型論》下，頁 355-356。又參見《虛實章法析論》，頁 91-118。

這就涉及了部分與全體的比例是不是很適當的問題；不只如此，詳寫與
略寫之間也要配合得恰到好處，這就是部分與部分的比例協調。當部分
與全體、部分與部分之間都配置得十分亭勻時，自然會給予人極大的審
美享受[23]。

二十二　賓主法

定義：運用輔助材料〔賓〕，來凸顯主要材料〔主〕，從而有力地傳
達出主旨的一種章法。

美感與特色：根據「相似」聯想，去尋找輔助的「賓」，以烘托出
「主」，因而產生調和之美；而且有主有從，都是為了烘托出主旨而服
務，這就會形成繁多的統一，因此而產生映襯與和諧美[24]。

二十三　正反法

定義：將極度不同的兩種〔或兩種以上〕的材料並列起來，作成強烈
的對比，藉反面的材料襯托出正面的意思，以增強主旨的說服力與感染
力的一種章法。

美感與特色：正反法是在「對比」的原理上產生的，對比因為具有極大
的差異性，因而有鮮明、醒目、活躍、振奮的強烈感受。而且有「相對
立的形態」出現在篇章中，反而能使主體〔正〕的特點更突出、姿態更
優美。除此之外，還可以增強主旨的感染力，這又再一次證明了「繁多
的統一」這一美學至理[25]。

---

[23] 《篇章結構類型論》下，頁 371-372。又，《虛實章法析論》，頁 119-144。

[24] 《篇章結構類型論》下，頁 398-401。又，夏薇薇：《賓主章法析論》（臺北市：文津
　　　出版社，2002 年 11 月初版一刷），頁 391-402。

[25] 《篇章結構類型論》下，頁 432-434。

二十四　立破法

定義：將「立」與「破」之間形成針鋒相對，使得所欲探討的主題更加
是非分明的一種章法。

美感與特色：立破法是根據對比的原理而成立的，但是因為強調「針鋒
相對」，所以效果更加的強烈。而且「立」通常是積非成是的成見，也
就是「心理的惰性」，當它被「破」推翻時，自然會促成讀者理解上的
飛躍，效果極為突出[26]。

二十五　問答法

定義：是藉著「問」與「答」來組織篇章的一種章法。不過，「連問不
答」既有組織的效果，而且「對話」也應包括在其中。

美感與特色：語言具有「刺激」與「反應」的雙重屬性，前者會形成
「問」，後者會形成「答」，而且一般的對話也會形成「刺激—反應」的關
係，因此可以將兩個不同的部分連結起來。並且「問」有懸疑的效果，
「答」則會帶來撥雲見日的輕鬆感。至於「連問不答」則因意脈的流貫而
連結為一個整體，而且因為一直沒有回答，於是造成了懸宕的特別效果[27]。

二十六　平側法

定義：平提數項的部分，和側注其中一、二項的部分，兩者結合起來
所形成的一種章法。

美感與特色：平側法最大的優點，就是很容易藉著側注，凸顯出重心
來。而且平提的部分也同時具有收束和拓開的作用，這也會帶來美感[28]。

---

26 《篇章結構類型論》下，頁 455-456。
27 同前註，頁 501。
28 陳滿銘：〈談平提側收的篇章結構〉，《第二屆中國修辭學學術研討會論文集》（高雄

二十七　縱收法

定義：是將「縱離主軸」、「拍回主軸」的手段交錯為用的一種章法。

美感與特色：「縱」就是放開，「收」就是拉回。當美感情緒四處流溢時，其表現出來的形態就是「縱」，但這其實是為了收束美感情緒，使之集中到一點上，也就是「收」。放開、收束的交互作用，可以藉著因落差而產生的力量，來推深作品中的情意，增強美感[29]。

二十八　張弛法

定義：造成文章中緊張與鬆弛的不同節奏，並使之互相配合的一種章法。

美感與特色：審美情緒波動大時，產生「張」的節奏；波動小時，產生「弛」的節奏。前者予人緊張感，後者則是舒緩的；張、弛節奏若作更多次不同的搭配，會有起伏呼應的效果，韻律感會更強[30]。

二十九　偏全法

定義：將局部或特例與整體或通則兩相搭配起來的一種章法。這裡所謂的「偏」，是指局部或特例；而「全」，是指整體或通則。

美感與特色：作者在創作詩文之際，往往會用「局部」與「整體」、「特例」與「通則」的相應條理來組合情意材料。這種作法可以兼顧「整體」與「通則」，以及「局部」與「特例」，而且兩兩對照之下，更能顯出

市：中國修辭學會、高雄師大國文系，2000 年 6 月），頁 193-214。又，《篇章結構類型論》下，頁 527-528。

29 傅更生：《中國文學欣賞舉隅》（臺北市：萬卷樓圖書公司，2002 年 11 月初版），頁 80-88。又，《篇章結構類型論》下，頁 547-548。

30 《篇章結構類型論》下，頁 566-567。

深長的情味[31]。

三十　天人法

定義：將「自然」與「人事」形成層次來描寫的一種章法。所謂「天」，
指的是「自然」；所謂「人」，指的是「人事」。

美感與特色：如就寫景來說，「天」就是自然之景，「人」就是人事之
景；若就說理而言，則「天」就屬於天道，「人」就屬於人道。當同一
篇作品中出現「天」與「人」時，則兩者之間產生交流，自然界因而增
添情味，人事界也獲得開展，因此產生了溫潤自由的美感[32]。

三十一　圖底法

定義：是組合焦點與背景而形成的一種章法。在篇章中出現的材料，
有一些是焦點所在的「圖」，有一些是充當背景的「底」，兩兩配合起
來，就形成邏輯層次。

美感與特色：「底」相對於「圖」而言，能起著烘托的作用，「圖」相
對於「底」而言，卻有著聚焦的功能，因此一烘托、一聚焦，篇章就會
顯得豐富有層次，而且焦點突出[33]。

三十二　敲擊法

定義：用正寫與側寫來安排篇章的一種章法。「敲」專指側寫，「擊」
專指正寫，所以敲擊法就是側寫、正寫兼用的。

美感與特色：側寫、正寫兼用時，會造成「旁敲正擊」的效果，所以一

---

31 〈論幾種特殊的章法〉，頁 176-181。

32 同前註，頁 187-191。

33 同前註，頁 191-196。又參見仇小屏：〈論「圖底」章法的空間結構——以幾首唐詩
　　為例〉，《國文天地》17 卷 5 期（2001 年 10 月），頁 100-104。

方面具有側寫帶來的橫宕、流溢的美感，一方面又具有正寫所造成的痛快淋漓的感受，所以是一種非常具有美感的章法[34]。

　　以上三十二種章法，是比較常見的。其中每種章法，又至少可形成四種結構。

　　換句話說：在已發現的約四十種章法，就可以形成約一百六十種的結構。而這種章法與結構，也會繼續增加[35]。因為章法是「客觀的存在」，只要有作者將這種「客觀的存在」的邏輯條理新用於辭章之創作上，即可被發現，而增加新的章法與結構。這樣就將經由「發現章法現象，以求得通則」的研究方式，持續下去，就會更豐富章法與其結構的內容。

第二節　章法規律

　　所謂「章法」，探討的是篇章內容的邏輯結構，也就是聯句成節（句群）、聯節成段、聯段成篇的關於內容材料之一種組織。對它的注意，雖然極早，但集樹而成林，確定它的範圍、內容及原則，形成體系，而成為一個學門，則是晚近之事[36]。到了現在，可以掌握得相當清

---

34 〈論幾種特殊的章法〉，頁 196-202。

35 王希杰：「陳教授的章法系統是開放的，不是封閉的。他並沒有宣稱他已經窮盡了章法現象，而是再繼續發現、繼續尋找新的章法現象。一來已經存在的文章中有我們還沒有發現的章法問題，二來，文章本身在發展著，新的文章將創造出新的章法現象，所以這一發現和尋找的過程將永遠也不會結束。」見〈章法學門外閒談〉，《國文天地》18 卷 5 期（2002 年 10 月），頁 97。

36 鄭頤壽：「臺灣建立了「辭章章法學」的新學科，成果豐碩，代表作是臺灣師大博士生導師陳滿銘教授的《章法學新裁》（以下簡稱「新裁」）及其高足仇小屏、陳佳君等的一系列著作。……臺灣的辭章章法學體系完整、科學，已經具備成『學』的資格。它研究成果豐碩，已經『集樹而成林了』；培養鍛鍊了研究的『生力軍』，學術梯隊後勁很大；研究計畫宏偉，且具可操作性。」見〈中華文化沃土，辭章學圃奇葩──讀陳滿銘《章法學新裁》及其相關著作〉，《海峽兩岸中華傳統文化與現代化研討會文集》（蘇州市：「海峽兩岸中華傳統文化與現代化研討會」，2002 年 5 月），

楚的章法，約有四十種。這些章法，全出自於人類共通的理則，由邏輯思維形成[37]，都具有形成秩序、變化、聯貫，以更進一層達於統一的功能。而這所謂的「秩序」、「變化」、「聯貫」、「統一」，便是章法的四大律。其中「秩序」、「變化」與「聯貫」三者，主要是就材料之運用來說的，重在分析；而「統一」，則主要是就情意之表出來說的，重在通貫。這樣兼顧局部的分析（材料）與整體的通貫（情意），來牢籠各種章法，是十分周全的。茲分述如下：

一　秩序律

　　所謂「秩序」，是將材料依序加以整齊安排的意思。任何章法都可依循此律，經由「移位」（順、逆）而形成其先後順序。茲舉較常見的

　　頁 131-139。又王希杰：「『章法』一詞是多義的。『章法』是文章之法，但是，有兩種『章法』。一種是客觀存在的『章法』，它顯然是與文章同時出現的。有文章就有章法，不同的文章有不同的章法，但是沒有完全沒有章法的文章，不過是章法的好和壞罷了。另一種『章法』，是研究者的認識和主張，是知識和理論，是文章的研究者的辛勤勞動的成果，它當然是文章出現之後的事情。後一種『章法』，即對章法的研究，也是早就有了的，中國古人對章法的論述很多，但是『章法學』的誕生是比較晚的事情。章法學作為一門學問，不是有關部門章法的個別知識，而是章法知識的總和，是一種概念的系統。章法學是一門實用性很強的學問，也有極高的學術價值。它同文章學、修辭學、語用學、文藝學、美學、邏輯學等都具有密切關係。章法學已經初步形成了一門科學。陳滿銘教授初步建立了科學的章法學體系。⋯⋯如果說唐鉞、王易、陳望道等人轉變了中國修辭學，建立了學科的中國現代修辭學，我們也可以說，陳滿銘及其弟子轉變了中國章法學的研究大方向，建立了科學的章法學，把漢語章法學的研究轉向科學的道路。」見〈章法學門外閒談〉，頁 92-95。

37 吳應天：「人們的思維既有形象性，也有邏輯性，所以既可寫成形象體系，也可寫成邏輯體系。前者是文學作品，後者是科學理論。這樣劃分，同樣也是客觀事物的反映，但是這仍然是片面的看法。如果辨證地看問題，那就知道形象體系中寓有邏輯性，邏輯體系中也包含著形象性，兩者不僅互相聯繫、互相滲透，而且還互相結合、互相轉化。原因在於形象性和邏輯性具有對立統一關係。正由於這個緣故，由於簡明扼要的邏輯系統很容易為人們所理解，而生動具體的形象體系更容易使人感動，所以許多文學作品往往是形象性和邏輯性結合的複合文。」見《文章結構學》（北京市：中國人民大學出版社，1989 年 8 月一版三刷），頁 345。

十幾種章法來看，它們可就其先後順序，形成如下結構：

　1　今昔法：「先今後昔」、「先昔後今」。
　2　遠近法：「先近後遠」、「先遠後近」。
　3　大小法：「先大後小」、「先小後大」。
　4　本末法：「先本後末」、「先末後本」。
　5　虛實法：「先虛後實」、「先實後虛」。
　6　賓主法：「先賓後主」、「先主後賓」。
　7　正反法：「先正後反」、「先反後正」。
　8　敲擊法：「先敲後擊」、「先擊後敲」。
　9　立破法：「先立後破」、「先破後立」。
　10　平側法：「先平後側」、「先側後平」。
　11　凡目法：「先凡後目」、「先目後凡」。
　12　因果法：「先因後果」、「先果後因」。
　13　情景法：「先情後景」、「先景後情」。
　14　論敘法：「先論後敘」、「先敘後論」。
　15　底圖法：「先底後圖」、「先圖後底」。

這些經由「順」或「逆」之「移位」所形成的結構，隨處可見，如曹操的〈短歌行〉詩：

　　　對酒當歌，人生幾何？譬如朝露，去日苦多。慨當以慷，憂思難
　　忘。何以解憂？唯有杜康。青青子衿，悠悠我心。但為君故，沈
　　吟至今。呦呦鹿鳴，食野之苹。我有嘉賓，鼓瑟吹笙。明明如
　　月，何時可掇？憂從中來，不可斷絕。越陌度阡，枉用相存。契
　　闊談讌，心念舊恩。月明星稀，烏鵲南飛。繞樹三匝，何枝可

　　依？山不厭高，海不厭深。周公吐哺，天下歸心。

　　這首詩主要在抒發沒有人才來幫助自己一統天下的感嘆，所以傅更生認為它「意有所主，寓懷思招來之情」[38]，是用「先果後因」的結構寫成的。「果」的部分，自篇首至「何枝可依」句止，也一樣採「先果（一）後因（一）」的順序來寫：它首先以「對酒」八句，抒發對人生苦短的感慨（因），認為只得靠「酒」來解憂（果）而已；這是「果（一）」。其次首以「青青子衿」八句，就「實」，向眼前尚未歸附自己之賢才，表達長久以來的思慕之情（反─消極），並強調對那些歸附自己之賢者，是會竭誠歡迎，而加以禮遇的（正─積極）[39]；次以「明明如月」八句，就「虛」，對賢才何時求得、理想何時實現的重大事情，表達了一憂一喜的複雜心理；末以「月明」四句，藉月下烏鵲尋枝卻無枝可依的景象，以景襯情，帶出自己對無依賢才的愛憐之情；以上二十句，先抒情、後寫景，情景交融，為「因（一）」。而「因」的部分為「山不厭高」四句，特以「山」、「水」為喻（虛），並引「周公吐哺」之典，「表明自己求賢不懈的耿耿赤忱，希望能開創一個『天下歸心』的大好局面」[40]（實）。如此以「先果後因」（篇、章）、「先因後果」、「先反後正」、「先情後景」、「先實後虛」、「先虛後實」（章）等結構，形成「秩序」來寫，曲折而成功地表出了作者憐才、一統的心意。附結構分析表

38　傅更生：「沈歸愚云：『月明星稀四句，喻客子無所依託，山不厭高四句，言王者不卻眾庶，故能成其大也。』此詩意有所主，寓懷思招來之情，『但為君故，沉吟至今，』此『君』必有所指。若不深求其脈注之鵠的，則此篇之旨，殊難揣摩。或曰：此曹操懷劉備詩也。說甚新穎，而尋繹之通篇可解，或其然歟？」見《中國文學欣賞舉隅》，頁66-67。

39　蔡厚示以為此八句：「前半寫他求賢才不得時的日夜思慕；後半寫他求賢才既得後的竭誠歡迎。兩相對照，意極分明。」見《漢魏晉南北朝隋詩鑑賞辭典》（太原市：山西人民出版社，1989年3月一版一刷），頁123。

40　《漢魏晉南北朝隋詩鑑賞辭典》，頁123。

如下：

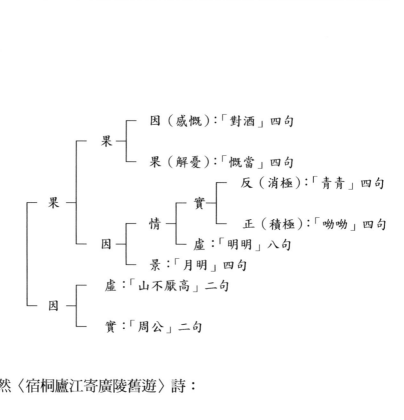

又如孟浩然〈宿桐廬江寄廣陵舊遊〉詩：

> 山暝聽猿愁，滄江急夜流。風鳴兩岸葉，月照一孤舟。建德非吾
> 土，維揚憶舊遊。還將兩行淚，遙寄海西頭。

　　據詩題，可知此詩為作者乘舟停泊桐廬江畔時所作，旨在抒發自己
對揚州（廣陵）友人的懷念之情與自己的身世之感（愁）[41]，是以「先
底後圖」的結構寫成的。「底」（背景）的部分，為「山暝」三句，一
面就視覺，將空間推擴，呈現了黃昏時的山色、江流與岸樹；一面又訴
諸聽覺，依序寫山上猿啼、江中急流、風吹岸樹的幾種聲音；把作者在

---

41 喻守真：「這是旅途中寄給舊友的詩，詩中滿含傷感，想見作者奔波無定、很不得意
　的情況。」見《唐詩三百首詳析》（臺北市：臺灣中華書局，1996 年 4 月臺二三版五
　刷），頁 161。

舟上所面對的空間，蒙上一片「愁」的況味，為底下「孤舟」上主人翁（作者）的抒情，作有力的烘托，十足地發揮了「底」（背景）的作用。而「圖」（焦點）的部分，則為「月照」五句，用「先點後染」順序來寫。其中「孤舟」句，經由「月」之照，將焦點集中在「孤舟」上的作者身上，作為抒發懷念之情的落足點，為「點」的部分。「建德」二句，指此地（桐廬）不是自己的故鄉（賓），以加強對揚州舊遊的懷念（主），所謂「雖信美而非吾土兮，曾何足以少留」（王粲〈登樓賦〉），使「愁」又加深一層；而「還將」二句，則由泛而具，透過凝想，將自己的眼淚遠寄到揚州，大力地深化對揚州舊友的思念之情（愁）；這是「染」的部分。作者就這樣，主要以「先底後圖」（篇）和「先點後染」、「先賓後主」、「先泛後具」（章）的結構，形成「秩序」來寫，寫得「旅況寥落」、「情深語摯」[42]，極為動人。附結構分析表如下：

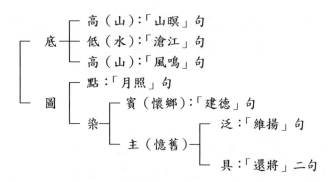

　　這種合於「秩序」的結構，無論順、逆，都是作者將寫作材料，訴諸人類求「秩序」的心理，經過邏輯思考，予以組合而成的。這種組合，也稱為「反復」，亦即「齊一」之形式。陳望道說：

---

42 高步瀛選注：《唐宋詩舉要》（臺北市：學海出版社，1973 年 2 月初版），頁 438-439。

形式中最簡單的，是反復（Repetition）。反復就是重複，也就是同一事物的層見疊出。如從其他的構成材料而言，其實就是齊一。所以反復的法則同時又可稱為齊一（Uniformity）的法則。這種齊一或反復的法則，原本只是一個極簡單的形式，但頗可以隨處用它，以取得一種簡純的快感。[43]

所謂「形式」，乃指「事物所有的結合關係」[44]。而如所謂「先甲後乙」者，指的就是形成秩序的「甲」與「乙」（同一事物）之結合，由此可見，章法所說的「秩序」，從另一角度說，就是「反復」、「齊一」，這對邏輯思維而言，是很常見的。

二　變化律

所謂「變化」，是把材料的次序加以參差安排的意思。每一章法依循此律，也都可經由「轉位」而造成順、逆交錯的效果。同樣以上舉十幾種常見章法來看，可形成如下結構：

1　今昔法：「今、昔、今」、「昔、今、昔」；
2　遠近法：「遠、近、遠」、「近、遠、近」；
3　大小法：「大、小、大」、「小、大、小」；
4　本末法：「本、末、本」、「末、本、末」；
5　虛實法：「虛、實、虛」、「實、虛、實」；
6　賓主法：「賓、主、賓」、「主、賓、主」；
7　正反法：「正、反、正」、「反、正、反」；

---

43 陳望道：《美學概論》（臺北市：文鏡文化事業公司，1984 年 12 月重排初版），頁 61-62。
44 同前註，頁 60。

8 抑揚法：「抑、揚、抑」、「揚、抑、揚」；
9 立破法：「立、破、立」、「破、立、破」；
10 平側法：「平、側、平」、「側、平、側」；
11 凡目法：「凡、目、凡」、「目、凡、目」；
12 因果法：「因、果、因」、「果、因、果」；
13 情景法：「情、景、情」、「景、情、景」；
14 論敘法：「論、敘、論」、「敘、論、敘」；
15 底圖法：「底、圖、底」、「圖、底、圖」。

這些「順」和「逆」交錯的「轉位」結構，也隨處可見。如蘇軾的〈減字木蘭花〉詞：

> 雙龍對起。白甲蒼髯煙雨裡。疏影微香。下有幽人晝夢長。
> 湖風清軟。雙鵲飛來爭噪晚。翠颭紅輕。時下凌霄百尺英。

這首詞作於宋神宗熙寧七年（1074）[45]，題作「錢塘西湖，有詩僧清順。所居藏春塢，門前有二古松，各有凌霄花絡其上。順常晝臥其下。時余為郡。一日，屏騎從過之，松風騷然。順指落花求韻。余為賦此。」它首先以開端三句，寫「二古松」之幽景，為前一個「賓」。其次以「下有」之句，寫正在松下晝眠之幽人，即「寺僧清順」，為「主」；最後以「湖風」四句，寫被雙鵲蹴下凌霄花的幽景，為後一個「賓」。很顯然地，作者在此，特以古松與落花之幽（賓），來襯托詩僧之幽（主）。可見此詞主要以「賓、主、賓」的結構，形成其變化。附結構

---

45 鄒同慶、王宗堂：《蘇軾詞編年校註》（北京市：中華書局，2002 年一版一刷），頁63。

分析表供參考：

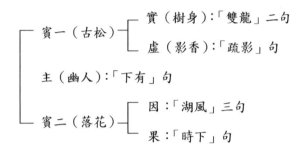

又如辛棄疾的〈水龍吟〉詞：

> 楚天千里清秋，水隨天去秋無際。遙岑遠目，獻愁供恨，玉簪螺
> 髻。落日樓頭，斷鴻聲裡，江南遊子。把吳鉤看了，闌干拍遍，
> 無人會，登臨意。　　休說鱸魚堪膾，儘西風，季鷹歸未？求田
> 問舍，怕應羞見，劉郎才氣。可惜流年，憂愁風雨，樹猶如此！
> 倩何人、喚取紅巾翠袖，搵英雄淚？

　　此詞當作於宋孝宗淳熙元年（1174），題作「登建康賞心亭」，旨
在寫「無人會登臨意」（請纓無路）的愁緒。它首先以「楚天」五句，
寫登亭所見自然景物，依序是天、水、山，而將愁恨寓於其中；接著以
「落日」五句，用落日與斷鴻為媒介，把流落江南的自己（遊子）帶出
來，以交代題目，並進而寫自己久看吳鉤、遍拍闌干的無奈；這可說是
請纓無路的結果；為前一個「果」的部分。其次以「無人會」二句，正
面寫「請纓無路」的痛苦，這是一篇主旨所在，為「因」中「主」的部

分[46]。又其次以「休說」九句，藉張翰、許氾與桓溫的故事，依次寫自己有家歸不得、求田不成與時不我與的困窘。從旁將請纓無路的痛苦推深一層，為「因」中「實」的部分。最後以「倩何人」三句，由實轉虛，表達請纓的強烈願望，以收拾全詞，這是後一個「果」的部分。透過這種結構，作者便將自己胸中的積鬱傾瀉而出了。可見作者在此詞，將主旨「無人會登臨意」之恨安置於篇腹，採「果、因、果」之「變化」結構，以單軌收上啟下，一以貫之，使全詞充盈著「無人會登臨意」的痛苦。這種安排，靠的不就是作者縝密的「邏輯思維」嗎？附結構分析表如下：

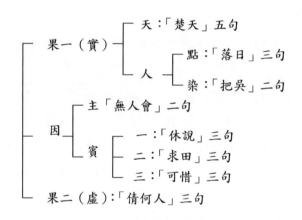

　　這種「變化」的規律，是對應於人類心理的。陳望道在其《美學概論》中說：

　　人類心理卻都愛好富於變化的刺激，大抵喚取意識須變化，保持

46 曾棗莊、吳洪澤：「『遊子』『吳鉤』等字眼，很容易使人聯想到作者的身世，南歸多年，報國無門，江山依舊，強虜未滅，怎不讓人悲憤難平！『無人會，登臨意』，正是不平之鳴。」見《蘇辛詞選》（臺北市：三民書局，2000 年 11 月初版一刷），頁 172。

意識的覺醒狀態也是需要變化的。若刺激過於齊一無變化，意識
對它便將有了滯鈍、停息的傾向。在意識的這一根本性質上，反
復的形式實有顯然的弱點。反復到底不外是同一（縱非嚴格的同
一，也是異常的近似）狀態之齊一地刺激著我們的事。反復過
度，意識對於本刺激也便逐漸滯鈍停息起來，移向那有變化有起
伏的別一刺激去的趨勢。[47]

因此掌握了作品中這類富於變化的結構（條理）來分析，是一定能切近
作者之心理的。

三　聯貫律

　　所謂「聯貫」，是就材料先後的銜接或呼應來說的，也稱為「銜
接」。無論是哪一種章法，都可以由局部的「調和」與「對比」，形成
銜接或呼應，而達到聯貫的效果。在約四十種章法中，大致說來，除了
貴與賤、親與疏、正與反、抑與揚、立與破、眾與寡、詳與略、張與
弛……等，比較容易形成「對比」外，其他的，如今與昔，遠與近、大
與小、高與低、淺與深、賓與主、虛與實、平與側、凡與目、縱與收、
因與果……等，都極易形成「調和」的關係；而有的則要落到某一篇詞
章來看，才能看出是「調和」還是「對比」。主要形成「調和」的，如
《禮記·大學》的第九章（依朱熹《大學章句》）：

　　一家仁，一國興仁；一家讓，一國興讓；一人貪戾，一國作亂；
　　其機如此。此謂一言僨事，一人定國。堯舜帥天下以仁，而民從
　　之；桀紂帥天下以暴，而民從之。其所令，反其所好，而民不

---

[47] 《美學概論》，頁 63-64。

　　從。是故君子有諸己，而后求諸人；無諸己，而后非諸人。所藏乎身不恕，而能喻諸人者，未之有也。故治國在齊其家。

　　這一節文字，主要在論「治國先齊其家」。它自「一家仁」起至「未之有也」句止，為「平提」的部分，乃採「論、敘、論」的形式組合而成。其中「一家仁」九句，屬頭一個「論」，用「先因後果」的順序，從正反兩面泛論「成教於國」的道理。朱子注此云：「此言教成於國之效」[48]。這在字面上雖僅就正面來說，但反面的意思，自然也包含在內。「敘」的部分，為「堯舜帥天下以仁」七句，先從正反兩面，平提堯舜與桀紂之事作例證，再以「其所令」三句，單就反面加以側收，卻包含了「其所令，如其所好，而民從之」的意思。後一個「論」，為「是故君子有諸己」七句，照樣就正反兩面作進一步的論述。朱子注此云：「此又承上文『一人定國』而言。有善於己，然後可以責人之善；無惡於己，然後可以正人之惡；皆推己以及於人，所謂恕也。不如是，則所令反其所好，而民不從矣。」[49]所謂「一人定國」，雖只就正面來說，但「有善於己」句以下，卻兼顧正反兩面解釋，也就是說，「一言僨事」之意，是包含在內的。至於「故治國在齊其家」一句，是「側注」的部分，《大學》的作者在此，單從正面，將上文所論述的內容予以收結，而反面的意思，就不言而喻。所以朱子注此云：「通結上文」[50]。所謂「上文」，就是指「平提」的部分，是正反兼顧的。附結構分析表如下：

48　朱熹：《四書集注》（臺北市：學海書局，1984 年 9 月初版），頁 11。
49　同前註，頁 11。
50　同前註。

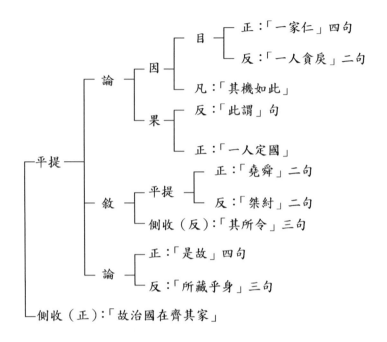

完全形成「對比」的，如無名氏的〈子夜歌〉：

儂作北辰星，千年無轉移。歡行白日心，朝東暮還西。

這首詩旨在寫怨情，它首先從正面寫，將自己（思婦）的感情譬作「北辰星」；然後由反面寫，將對方的歡行比為「白日」。如此作成「不變」（正）與「變」（反）的強烈對比，以表出強烈怨情[51]。可見此詩主要以正反形成對比，而使前後文聯貫在一起。附結構分析表如下：

---

51 樂秀拔、襲曼群以為後兩句：「這兩句又與前兩句對照。前者堅定，忠於愛情；後者輕率、負情。兩種不同的態度，經過比喻和對比，十分鮮明地呈現出來，收到了十分強烈的藝術效果。」見《古詩鑑賞辭典》（北京市：中國婦女出版社，1998 年 12 月一版二刷），頁 1126。

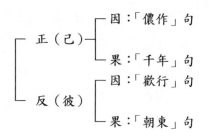

其實，「調和」與「對比」兩者，並非永遠都如此，而固定不變。所謂的「調和」，在某個層面來看，指的乃是「對比」前的一種「統一」；而所謂的「對比」，或稱「對立」，如著眼於進一層面，則形成的又是「調和」或「統一」的狀態；兩者可說是一再互動、循環，而形成「螺旋結構」[52]的。所以邱明正在其《審美心理學》中說：

　　對立原則貫穿於整個審美、創造美的心理運動之中，它無處不在，無時不有。但是審美心理運動有矛盾對立的一面，又有矛盾統一的一面。人通過自覺或不自覺的自我調節，協調各種矛盾，可以由矛盾、對立趨於統一，並在主體審美心理上達於統一和諧。例如主體對客體由不適應到適應就是由矛盾趨於統一。即使主體仍然不適應客體，甚至引起反感，但主體心理本身卻處於和諧平衡狀態。這種既對立又統一的原則體現了矛盾的雙方相互對立，互相排斥，又在一定條件下相互轉化，互相統一的矛盾運動法則，是宇宙萬物對立統一的普遍規律、共同法則在審美心理上的反映。[53]

---

52 兩種對立的事物，往往會產生互動、循環而提升的作用，而形成螺旋結構。參見陳滿銘：〈談儒家思想體系中的螺旋結構〉，臺灣師大《國文學報》29 期（2000 年 6 月），頁 1-34。

53 邱明正：《審美心理學》（上海市：復旦大學出版社，1993 年 4 月一版一刷），頁 94-95。

分析或鑑賞是由「末」（辭章）溯「本」（心理─構思）的逆向活動，
而創作則正相反，是由「本」（心理─構思）而「末」（辭章）的順向
過程；其中的原理法則，是重疊的，是一樣的。一篇作品，假如能透過
分析，尋出其篇章條理，以進於鑑賞，則作者寫作這篇作品時的構思線
索，就自然能加以掌握，上述的「秩序」、「變化」的條理，是如此；
即以形成「聯貫」的「調和」與「對比」來說，也是如此。

四　統一律

　　所謂的「統一」，是就材料情意的通貫來說的。一般而言，辭章要
達成「統一」，非訴諸主旨（情意）與綱領（大都為材料）[54]不可。而
主旨又有置於篇首、篇腹、篇末與篇外的不同[55]。一篇辭章，無論是何

---

54 一篇辭章之主旨，是指作者想要表達的情或理；而綱領則是用於統合各種材料能「一
　以貫之」的東西，它可以是主旨，也可以不是。如〈孔子世家贊〉一文：「太史公曰：
　《詩》有之：『高山仰止，景行行止。』雖不能至，然心鄉往之。余讀孔氏書，想見其
　為人。適魯，觀仲尼廟堂，車服、禮器，諸生以時習禮其家，余低回留之，不能去
　云。天下君王至於賢人眾矣，當時則榮，沒則已焉。孔子布衣，傳十餘世，學者宗
　之。自天子王侯，中國言六藝者，折中於夫子，可謂至聖矣！」這篇贊文，是採
　「凡、目、凡」的結構所寫成的。頭一個「凡」的部分，自篇首至「然心鄉往之」止，
　引《詩》虛虛籠起，以「高山仰止，景行行止」兩句，領出「鄉往」兩字，作為綱領，
　以統攝下文。「目」的部分，自「余讀孔氏書」至「折中於夫子」止，以「由小及大」
　的方式，含三節來寫：首節寫自己「讀孔氏書」與「觀仲尼廟堂」之所見所思，以「想
　見其為人」與「低回留之，不能去云」句，表出自己對孔子的「鄉往」之情；次節
　特將孔子與「天下君王至於賢人」作一對照，以「學者宗之」，表出孔門學者對孔子
　的「鄉往」之情，並暗示所以將孔子列為世家的理由；三節寫各家以孔子的學說為
　截長補短的標準，以「折中於夫子」，表出全天下讀書人對孔子的「鄉往」之情。後
　一個「凡」的部分，即末尾「可謂至聖矣」一句，拈出主旨，以回抱前文作收。經
　由上述，可知太史公此文，是以「鄉往」為綱領，以作者本身、孔門學者以及全天
　下讀書人對孔子「鄉往」的事實為內容，層層遞寫，結出「至聖」（嚮往到了極點的
　稱號）的一篇主旨，以讚美孔子。文雖短而意特長，令人讀了，也不禁湧生無限的
　仰止之情來，久久不止。見陳滿銘：〈談辭章主旨、綱領與內容的關係〉，《章法學新
　裁》，頁 197-198。
55 陳滿銘：〈談安排辭章主旨（綱領）的幾種基本形式〉，《章法學新裁》，頁 89-145。

種類型，都可以由此「一以貫之」，如孟浩然的〈過故人莊〉詩：

> 故人具雞黍，邀我至田家。綠樹村邊合，青山郭外斜。開軒面場圃，把酒話桑麻。待到重陽日，還來就菊花。

　　此詩以田園風光襯托出老朋友相見的深切情誼，使篇內的物境與篇外的情境交融在一起。所謂的物境，是由詩歌中的「景」或「事」所構的一種境界。「故人具雞黍」一聯，以老朋友誠摯的邀約做為開端，把題目「過故人莊」直接點明，這是就「事」來寫的，但也含有無限的情誼在。「綠樹村邊合」一聯，寫的是赴約途中所見到的景物，由田園明媚的風光襯托出心情的開朗與愉悅，這是就「景」來寫的，而景中含情，詠來格外地生動，王國維在《人間詞話》裡說：「一切景語皆情語」[56]，便是這個意思。「開軒面場圃」一聯，寫的是到田家後老朋友相會面、話家常的喜悅，這是就「事」來寫的，很技巧地由物境襯托出情境來。「待到重陽日」一聯，預定了下次聚會的時間，由實轉虛，把朋友的情誼又推深一層，這是就「事」來寫的，充分地將物境與情境疊合在一起。總結起來說，這首詩從邀約寫起，進而寫村景、寫對酌，最後又以重陽為約，使得首尾圓合，而老朋友深厚的情誼，就這樣由篇外貫穿篇內所寫的「景」與「事」，形成統一，使得作品「樸中含華、平中求奇」，而「筆無點塵」[57]，讓人百讀不厭。附結構分析表供參考：

---

56 王國維：《人間詞話刪稿》，《詞話叢編》五（臺北市：新文豐出版公司，1988 年 2 月臺一版），頁 4257。

57 李浩：「如果說率直中見性格，平淡中寓深意是孟詩的『真性靈』，那麼，樸中含華，平中求奇，『沖淡中有壯逸之氣』，則是孟詩的『真變態』。如〈過故人莊〉一首，場圃桑麻，田家景色；殺雞為黍，田家之味；把酒閒話，田家之情。全詩充滿了田園風味，泥土氣息。黃生評曰：『全首俱以信口道出，筆尖兒不著點墨。淺之至而深，淡之至而濃，老之至而媚。火候至此，並烹煉之跡俱化矣。』（《唐詩摘抄》卷一）」

```
        ┌ 實（今日）┬ 事：「故人」二句
        │          ├ 景：「綠樹」二句
        │          └ 事：「開軒」二句
        └ 虛（未來）：「待到」二句
```

　　至於綱領，有單軌、雙軌、三軌或三軌以上的不同類型，不論是哪一種類型，都可同樣以此「一以貫之」，如沈復的〈兒時記趣〉：

　　余憶童稚時，能張目對日，明察秋毫。見藐小微物，必細察其紋理，故時有物外之趣。

　　夏蚊成雷，私擬作群鶴舞空，心之所向，則或千或百，果然鶴也；昂首觀之，項為之強。又留蚊於素帳中，徐噴以煙，使之沖煙飛鳴，作青雲白鶴觀；果如鶴唳雲端，為之怡然稱快。

　　又常於土牆凹凸處，花臺小草叢雜處，蹲其身，使與臺齊；定神細視，以叢草為林，蟲蟻為獸，以土牆凸者為丘，凹者為壑；神遊其中，怡然自得。

　　一日，見二蟲鬥草間，觀之，興正濃，忽有龐然大物，拔山倒樹而來，蓋一癩蛤蟆也。舌一吐而二蟲盡為所吞。余年幼，方出神，不覺呀然驚恐。神定，捉蛤蟆，鞭數十，驅之別院。

　　此文旨在寫作者在兒時所常得到的「物外之趣」，是用「先凡後目」的結構寫成的。「凡」的部分，僅一段，即首段。作者直接以回憶之筆，由因而果，拈出「物外之趣」的主旨，以貫穿全文。「目」的部分，包括二、三、四等段：首先在第二段，以一群蚊子為例，細察牠們的紋

　　見《唐詩的美學闡釋》（合肥市：安徽大學出版社，2000年4月一版一刷），頁228。

理，把牠們擬作「群鶴舞空」、「鶴唳雲端」，寫出作者獲得「項為之強」、「怡然稱快」的這種「物外之趣」之情形，為「目一」。就在寫「群鶴舞空」的一節裡，「夏蚊成雷」寫的是「物內」；「群鶴舞空」至「果然鶴也」，寫的是「物外」；而以「私擬作」作橋樑，這是寫「細察紋理」的部分。至於寫「物外之趣」的部分裡，「昂首觀之」為聯貫的句子，而「項為之強」寫的則是「物外之趣」。在寫「鶴唳雲端」的一節裡，「又留蚊」句起至「使之沖煙」句止，寫的是「物內」；「青雲」二句，寫的是「物外」；而以「作」字作橋樑；這又是「細察紋理」的部分。至於寫「物外之趣」的部分，則以「為之」作聯貫，而以「怡然稱快」寫「物外之趣」。其次在第三段，以土牆凹凸處的叢草、蟲蟻為例，細察牠們的紋理，把叢草擬作樹林、蟲蟻擬作野獸，寫出作者獲得「怡然自得」的這種「物外之趣」的情形，為「目二」。就在寫「細察紋理」的部分裡，「又常於」句起至「使與臺齊」句止，寫的是「物內」；「以叢草」句起至「凹者為壑」句止，寫的是「物外」；而以「定神細視」作橋樑。至於寫「物外之趣」的部分裡，「神遊其中」為聯貫的句子，而「怡然稱快」寫的則是「物外之趣」。然後在末段，以草間的二蟲與癩蛤蟆為例，細察牠們的紋理，把癩蛤蟆擬作龐然大物，舌一吐便盡吞二蟲，寫出作者獲得「捉蛤蟆，鞭數十，驅之別院」[58] 的這種「物外之趣」的情形，為「目三」。就在寫「細察紋理」的部分裡，「一日」二句寫的是「物內」；「觀之」二句，是由「物內」過到「物外」的橋樑；「忽有」句起至「不覺」句止，寫的是「物外」；而特用「蓋一癩蛤蟆之趣」的部分裡，「神定」為聯貫的詞語，而「捉蛤蟆」三句，寫的則是「物外之趣」。很特別的是：這個「物外之趣」是回到「物內」初時之情形

---

58 這三句用得到「物外之趣」之後的動作來寫「物外之趣」。見陳滿銘：《國文教學論叢續編》（臺北市：萬卷樓圖書公司，1998 年 3 月初版），頁 146。

加以交代的。十分明顯地，全文是以「物外之趣」一意貫穿，自始至終無不針對著「趣」字，統合「因」與「果」兩軌來寫，使前後都維持著一致的情意。附結構分析表如下：

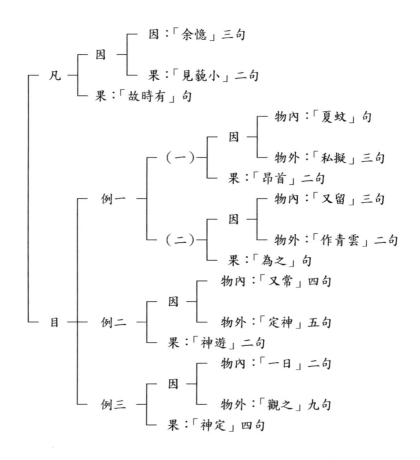

這種主旨或綱領之「統一」，說的就是「整體結構的統一和諧」，吳應天在其《文章結構學》中於論「整體結構的統一和諧」之後說：

此外，還有觀點和材料的統一，論點和論據的統一，這都是邏輯

思維的問題，但同時顧及和諧的心理因素。[59]

　　這雖是單就論說文來說，但它的原理，同樣適用於其他文體。而所謂「觀點和材料的統一」，擴大來說，就是主旨或綱領與全篇材料之間的統一，這和章法結構的統一，可說疊合在一起，使得辭章整體能達於最高的和諧。能疊合這種內容與形式使它們達於統一和諧，可說是運用綜合思維的結果。所以吳應天又說：

　　　積極主動地進行綜合思維，文章的內容和結構形式才能很快地達到高度統一，而且可以達到「知常通變」的目的。[60]

可見邏輯思維與綜合思維的重要。

　　語云：「人同此心，心同此理」，這個「理」，換個詞說，就是「誠」。它透過人之「心」，投射到哲學上，即成哲學之理；投射到藝術（音樂、繪畫、電影等）上，便為藝術之理，而投射到文學上，當然就成文學之理了。如進一步地，將此文學之理落在「章法」上來說，則是「章法」之理，那就是：秩序、變化、聯貫、統一。此四者，不但在心理上以它們為基礎，呈現「真」，在章法上也以它們為原則，呈現「善」，而在美感上更以它們為效果，呈現「美」。如此來看待章法的四大律，是最為合理的。

59《文章結構學》，頁 359。
60 同前註，頁 353。

第三章
章法哲學

　　如上所述，「章法」指的是篇章之邏輯條理或結構。這種源於人心原本的條理或結構，從古以來，就自覺或不自覺地反映在各類作品上。到目前為止，從古今辭章上所發現的，以整體之條理而言，可用四大規律加以統合；以個別之條理而言，約有四十種章法類型，散見於各文體；而由各章法所形成之結構[1]，則將近兩百種，應用於各類作品。本文即特別以章法類型及其規律（四大律、移位與轉位[2]）為重點，主要取《周易》、《老子》等古代哲學典籍，考察其相應的邏輯條理或結構[3]，以期為章法尋出其哲學基礎。

　　辭章是結合「形象思維」與「邏輯思維」而形成的[4]。這兩種思維，

1　在此「條理」指「章法」，重在「法」，性質屬「虛」；而「結構」，則是指由章法所
　　形成之組織，性質為「實」。如由「一正一反」形成條理，是章法；而由此條理所形
　　成之「先正後反」、「先反後正」、「正、反、正」、「反、正、反」等組織，則為結構。
　　參見陳滿銘：《文章結構分析・自序》（臺北市：萬卷樓圖書公司，1999 年 5 月初版），
　　頁 1。
2　一篇辭章，乃由「章法單元」或「結構單元」之移位或轉位，而形成局部之節奏與
　　整體之韻律，以營造其美感。參見仇小屏：〈論章法的移位、轉位及其美感〉，《辭章
　　學論文集》（福州市：海潮攝影藝術出版社，2002 年 12 月一版一刷），頁 98-122。
3　陳滿銘：〈論「多」、「二」、「一（0）」的螺旋結構──以《周易》與《老子》為考
　　察重心〉，臺灣師大《師大學報・人文與社會類》48 卷 1 期（2003 年 7 月），頁 1-20。
4　吳應天：「人們的思維既有形象性，也有邏輯性，所以既可寫成形象體系，也可寫成
　　邏輯體系。前者是文學作品，後者是科學理論。這樣劃分，同樣也是客觀事物的反
　　映，但是這仍然是片面的看法。如果辨證地看問題，那就知道形象體系中寓有邏輯
　　性，邏輯體系中也包含著形象性，兩者不僅互相聯繫、互相滲透，而且還互相結
　　合、互相轉化。原因在於形象性和邏輯性具有對立統一關係。正由於這個緣故，由
　　於簡明扼要的邏輯系統很容易為人們所理解，而生動具體的形象體系更容易使人感

各有所司。一般說來,如果是將一篇辭章所要表達之「情」或「理」,
訴諸各種主觀聯想,和所選取之「景(物)」或「事」接合在一起[5],或
者是專就個別之「情」、「理」、「景」(物)、「事」等材料本身設計其
表現技巧的,皆屬「形象思維」;這涉及了「立意」、「取材」與「措詞」
等問題,而主要以此為研究對象的,就是主題學、意象學與修辭學。如
果是專就「景(物)」或「事」等各種材料,對應於自然規律,結合「情」
與「理」,訴諸客觀聯想,按秩序、變化、聯貫與統一之原則,前後加
以安排、布置,以成條理的,皆屬「邏輯思維」;這涉及了「運材」、「布
局」與「構詞」等問題,而主要以此為研究對象的,就字句言,即文
(語)法學;就篇章言,就是章法學。至於合「形象思維」與「邏輯思維」
而為一,探討其整個體性[6]的,則為文體學、風格學。

　　由於章法是屬於邏輯思維之範疇,講求者乃篇章之條理或結構,而
此條理或結構,又對應於宇宙規律,是人生來即具存於心的[7],所以人
類自有辭章開始,即毫無例外地被應用來安排篇章。雖然作者對此,大
都是日用而不知、習焉而不察的,但無損於它的存在與重要性。經過多
年的努力,在前人的有限基礎上,用「發現現象以求得通則、規律」的
方式,爬羅剔抉,到目前為止,一共確定了約四十種的章法類型,從而

動,所以許多文學作品往往是形象性和邏輯性結合的複合文。」見《文章結構學》(北
　京市:中國人民大學出版社,1989 年 8 月一版三刷),頁 345。

5　彭漪漣:「形象思維需要遵守聯想律,也就是形象結合的方式。具體一點說,人們在
　文藝創作中,必須從對象中選取最足以揭示其本質的形象,用聯想律(如時空上的
　接近聯想、現象上的相似聯想、事件間的因果聯想和對立面的對比聯想等)來把握
　形象的內在聯繫,形成具體的詩的意境,或構想出典型環境中的典型性格。」見《古
　典詩詞邏輯趣談》(上海市:上海人民出版社,2001 年 9 月一版一刷),頁 13。

6　陳望道:「語文的體式很多,……表現上的分類,就是《文心雕龍》所謂的『體性』
　的分類,如分為簡約、繁豐、剛健、柔婉、平淡、絢爛、謹嚴、疏放之類。」見《修
　辭學發凡》(香港:大光出版社,1961 年 2 月),頁 250。

7　吳應天:「文章結構規律作為文章本質的關係,恰好跟人類的思維形式相對應,而思
　維形式又是客觀事物本質關係的反映。」見《文章結構學》,頁 359。

找出各自之心理基礎與美感效果，並尋得四大規律加以統合，形成完整之體系，建立了一個新的學門[8]。茲分類型與規律兩項，作哲學思辨，以見章法之哲學基礎。

第一節　章法類型的哲學思辨

哲學乃探討宇宙人生根源問題的一門學問，要探討這種問題，是脫離不了邏輯思維的；而章法恰為偏重邏輯思維之一種學科，所以就自然地和哲學思想的邏輯結構，有著息息相應的關係。這種關係，在此，特以我國幾種哲學古籍為例，先從章法類型作一探討：

一　就整體看

對應於章法類型而言，在我國的哲學古籍裡，很容易尋出相應之邏輯結構者頗多，其中以《周易》（含《易傳》）與《老子》二書，最為明顯。

以《周易》來說，它以陰陽為其一對基本概念，是由此陰陽二爻而衍為四象，再由四象而衍為八卦、六十四卦的。而八卦之取象，是兩相對待的，即乾（天）為「三連」而坤（地）為「六斷」、震（雷）為「仰

---

8 鄭韶風：「陳滿銘教授及其研究生仇小屏、夏薇薇、陳佳君、黃淑貞等為主幹，推出了漢語辭章章法學的論著；開了『章法』論的專門辭章學先河。此類論著，從其研究的深度與廣度、科學性與實用性來講，雖非『絕後』，實屬『空前』。」（《國文天地》17 卷 2 期，2001 年 7 月），頁 96。又鄭頤壽：「臺灣建立了『辭章章法學』的新學科，成果豐碩，代表作是臺灣師大博士生導師陳滿銘教授的《章法學新裁》（以下簡稱「新裁」）及其高足仇小屏、陳佳君等的一系列著作。……臺灣的辭章章法學體系完整、科學，已經具備成『學』的資格。它研究成果豐碩，已經『集樹而成林了』；培養鍛鍊了研究的『生力軍』，學術梯隊後勁很大；研究計劃宏偉，且具可操作性。」見〈中華文化沃土，辭章學圃奇葩──讀陳滿銘《章法學新裁》及其相關著作〉，《海峽兩岸中華傳統文化與現代化研討會文集》（蘇州市：「海峽兩岸中華傳統文化與現代化研討會」，2002 年 5 月），頁 131-139。

盂」而艮（山）為「覆碗」、離（火）為「中虛」而坎（水）為「中滿」、
兌（澤）為「上缺」而巽（風）為「下斷」，而所謂「三連」與「六斷」、
「仰盂」與「覆碗」、「中虛」與「中滿」、「上缺」與「下斷」，正好形
成四組兩相對待之關係，以呈現其簡單的邏輯結構。後來將此八卦重
疊，推演為六十四卦，雖更趨複雜，卻依然存有這種相對待的關係，以
象徵或反映宇宙人生之種種，也為人生行為找出準則，來適應宇宙自然
之規律[9]。

　　以六十四卦而言，所形成之對待關係是這樣子的：

屯（坎上震下）和解（震上坎下）　　　蒙（艮上坎下）和蹇（坎上艮下）

需（坎上乾下）和訟（乾上坎下）　　　師（坤上坎下）和比（坎上坤下）

小畜（巽上乾下）和姤（乾上巽下）　　履（乾上兌下）和夬（兌上乾下）

泰（坤上乾下）和否（乾上坤下）　　　同仁（乾上離下）和大有（離上乾下）

謙（坤上艮下）和剝（艮上坤下）　　　豫（震上坤下）和復（坤上震下）

隨（兌上震下）和歸妹（震上兌下）　　蠱（艮上巽下）和漸（巽上艮下）

臨（坤上兌下）和萃（兌上坤下）　　　觀（巽上坤下）和升（坤上巽下）

噬嗑（離上震下）和豐（震上離下）　　賁（艮上離下）和旅（離上艮下）

無妄（乾上震下）和大壯（震上乾下）　大畜（艮上乾下）和遯（乾上艮下）

9　徐復觀：「古人大概是以這六十四卦，三百八十四爻的相互衍變，來象徵甚至反映宇
　宙人生的變化；在這種變化中，找出一種規律，以成立吉凶悔吝的判斷，因而漸漸
　找出人生行為的規律。」見《中國人性論史‧先秦篇》（臺北市：臺灣商務印書館，
　1978 年 10 月四版），頁 202。又陳望衡：「在《易傳》中，陰陽概念運用得很多：〈說
　卦傳〉云：『觀變於陰陽而立卦』，說八卦、六十四卦是以陰陽的各種變化為基本建
　立起來的。〈繫辭上傳〉云：『《易》有太極，是生兩儀，兩儀生四象，四象生八卦，
　八卦定吉凶，吉凶生大業。』太極是宇宙未分的混沌狀態，相當於『氣』，『兩儀』
　即為陰陽，是太極初分的形態。就人類來說，就意味著人的產生；就宇宙來說，則
　意味著人的活動空間的誕生。〈繫辭上傳〉還說：『一陰一陽謂之道。』人類社會、宇
　宙自然的根本規律就在這陰陽的相對、相交、相和的關係中。」見《中國古典美學史》
　（長沙市：湖南教育出版社，1998 年 8 月一版一刷），頁 179-180。

頤（艮上震下）和小過（震上艮下）　　大過（兌上巽下）和中孚（巽上兌下）

咸（兌上艮下）和損（艮上兌下）　　　恆（震上巽下）和益（巽上震下）

晉（離上坤下）和明夷（坤上離下）　　家人（巽上離下）和鼎（離上巽下）

睽（離上兌下）和革（兌上離下）　　　困（兌上坎下）和節（坎上兌下）

井（坎上巽下）和渙（巽上坎下）　　　既濟（坎上離下）和未濟（離上坎下）

這些卦都是二二相偶的，如「坎上震下」（屯）與「震上坎下」（解）、「艮上巽下」（蠱）與「巽上艮下」（漸）、「乾上兌下」（履）與「兌上乾下」（夬）、「離上坤下」（晉）與「坤上離下」（明夷）……等，都很明顯地形成了兩相對待的關係。此外，〈雜卦〉又云：

> 乾，剛；坤，柔。比，樂；師，憂。臨、觀之意，或與或求。……震，起也；艮，止也。損、益，衰盛之始也。大畜，時也；無妄，災也。萃，聚，而升，不來也。謙，輕；而豫，怡也。……兌，見；而巽，伏也。隨，無故也；蠱，則飭也。剝，爛也；復，反也。晉，晝也，明夷，誅也。井，通；而困，相遇也。咸，速也；恆，久也。渙，離也；節，止也。解，緩也；蹇，難也。睽，外也；家人，內也。否、泰，反其類也。……革，去故也；鼎，取新也。小過，過也；中孚，信也。豐，多故也；親寡，旅也。離，上；而坎，下也。……大過，顛也；頤，養正也。既濟，定也；未濟，男之窮也。姤，遇也，柔遇剛也；……夬，決也；剛決柔也。君子道長，小人道憂也。

這些卦的要義或特性，都兩兩相待，如剛和柔、樂與憂、與和求、起和止。衰和盛、時和災、見和伏、速和久、離和止、外和內、否和泰、去故和取新、多故和親寡、上和下……等等，都可輕易從字面上看出其對

待關係來，這可稱之為「異類相應的聯繫」[10]。

　　以《老子》來看，如：

　　　　天下皆知美之為美，斯惡已；皆知善之為善，斯不善已。故有無
　　　　相生，難易相成，長短相較，高下相傾，音聲相和，前後相隨。
　　　　（二章）

　　　　是以聖人之治：虛其心，實其腹；弱其志，強其骨。（三章）

　　　　寵辱若驚，貴大患若身。何謂寵辱若驚？寵為上，辱為下，得之
　　　　若驚，失之若驚，是謂寵辱若驚。（十三章）

　　　　曲則全，枉則直，窪則盈，敝則新，少則得、多則惑，是以聖人
　　　　抱一，為天下式。（二十二章）

　　　　重為輕根，靜為躁君，是以聖人，終日行不離輜重。（二十六章）

　　　　知其雄，守其雌，為天下谿；為天下谿，常德不離，復歸於嬰
　　　　兒。知其白，守其黑，為天下式；為天下式，常德不忒，復歸於
　　　　無極。知其榮，守其辱，為天下谷；為天下谷，常德乃足，復歸
　　　　於樸。（二十八章）

　　　　君子居則貴左，用兵則貴右。……吉事尚左，凶世尚右；偏將軍
　　　　居左，上將軍居右。（三十一章）

　　　　將欲歙之，必固張之；將欲弱之，必固強之；將欲廢之，必固興
　　　　之；將欲奪之，必固與之；是謂微明。（三十六章）

　　　　上德不德，是以有德；下德不失德，是以無德。……是以大丈夫
　　　　處其厚，不居其薄；處其實，不居其華；故去彼取此。（三十八
　　　　章）

10　戴璉璋：「以上各卦所標示的特性或要義：剛和柔、樂和憂、與和求、起和止、盛和
　　衰等等，都是異類相應的聯繫。」見《易傳之形成及其思想》(臺北市：文津出版社，
　　1989 年 6 月臺灣初版)，頁 196。

故貴以賤為本，高以下為基，是以侯王自謂孤寡不穀，此非以賤
為本耶？（三十九章）

明道若昧，進道若退，夷道若纇。（四十一章）

萬物負陰而抱陽，沖氣以為和。……故物或損之而益，或益之而
損。（四十二章）

大直若曲，大巧若拙，大辯若訥。躁勝寒，靜勝熱，清靜為天下
正。（四十五章）

出生入死。生之徒十有三，死之徒十有三。（五十章）

故不可得而親，不可得而疏；不可得而利，不可得而害；不可得
而貴，不可得而賤；故為天下貴。（五十六章）

以正治國，以奇用兵，以無事取天下。（五十七章）

禍兮福之所倚，福兮禍之所伏。（五十八章）

圖難於其易，為大於其細。（六十三章）

為之於未有，治之於未亂。……民之從事，常於幾成而敗之。慎
終如始，則無敗事。（六十四章）

強大處下，柔弱處上。（七十六章）

正言若反。（七十八章）

如上所引，「美」（喜）與「惡」（怒）、「善」（是）與「不善」（非）[11]、
「有」與「無」、「難」與「易」、「長」與「短」、「高」（上）與「下」、
「前」與「後」、「寵」（榮）與「辱」、「得」與「失」、「曲」（偏）與「全」、
「枉」（曲）與「直」、「窪」與「盈」、「敝」與「新」、「少」與「多」、

---

11 王弼注二章：「美者，人心之所進樂也；惡者，人心之所惡疾也。美、惡，猶喜、怒
也；善、不善，猶是、非也。喜、怒同根，是、非同門；故不得而偏舉也。此六者，
皆陳自然不可偏舉之名數。」見《老子王弼注》（臺北市：河洛圖書出版社，1974 年
10 月臺景印初版），頁 3。

「重」與「輕」、「靜」與「躁」、「雄」與「雌」、「白」與「黑」、「左」
與「右」、「歙」與「張」、「弱」(柔)與「強」(剛)、「廢」與「興」、
「奪」與「與」、「厚」與「薄」、「實」與「華」、「彼」與「此」、「貴」
與「賤」、「明」與「昧」、「進」與「退」、「夷」(平)與「纇」(不平)、
「陰」與「陽」、「損」與「益」、「巧」與「拙」、「辯」與「訥」、「寒」
與「熱」、「生」與「死」、「親」與「疏」、「利」與「害」、「正」與「奇」
(反)、「禍」與「福」、「大」與「細」、「治」與「亂」、「成」與「敗」、
「終」與「始」等，完全兩相對待，形成「異類相應的聯繫」。

　　以上兩相對待之概念或結構，無論出自《周易》或《老子》，都反
映了宇宙人生事類、物類基本的一種邏輯關係，而它們落到辭章上來
說，便形成了章法兩相對待（含對比與調和）之通則。關於這一點，鄭
頤壽教授特別強調說：

　　　　中國古代樸素的辯證法思想，是中華民族寶貴的文化遺產之一。
　　　它影響著中國社會幾千年，並深入到社會科學、自然科學的各個
　　　領域。早在《周易》中，就已產生了「陰陽」的觀念，八卦之乾
　　　與坤、震與巽、坎與離、艮與兌；六十四卦的泰與否、剝與復
　　　等，都是相反相成的一對。《老子》中的「道生一，一生二，二
　　　生三，三生萬物。萬物負陰而抱陽，沖氣而為和」(《老子》第
　　　四十二章)——「一生二」、「沖氣而為和」，就是對立的統一。
　　　又如：「有無相生，難易相成，長短相較，高下相傾，音聲相
　　　和，前後相隨。」(《老子》第二章)都是「相反相成」的對立統
　　　一體。
　　　陳教授的辭章章法論，非常鮮明地體現了這種辯證的哲學觀

點。[12]

其實，這種用於辭章上「兩相對待」的條理，自古即受到一些文論家之
注意，只是一直「見樹而不見林」，未曾形成系統而已。所以鄭頤壽教
授說：

> 中國古代章法論確實已有「起」與「結」、「伏」與「應」、「緩」
> 與「急」、「開」與「合」、「擒」與「縱」、「抑」與「揚」、「直」
> 與「曲」、「正」與「奇」、「長」與「短」、「詳」與「略」、「綱」
> 與「目」的辯證法，而陳教授能在這基礎上加以發展，使之系統
> 化，並用這些辯證法進行交錯組合，用大量簡要圖表，把它顯示
> 出來。陳教授還論析了以下章法辯證法：「今」與「昔」(4^{13}），
> 「遠」與「近」（331），「大」與「小」（332），「虛」與「實」（99、
> 407），「情」與「景」（序1），「正」與「反（110、412），「本」
> 與「末」（334），「輕」與「重」（序3），「疏」與「密」（序6），「高」
> 與「低」（8），「貴」與「賤」（8），「親」與「疏」（8、308），
> 「立」與「破」（8、401），「問」與「答」（8、407），「平」與「側」
> （408、435），「因」與「果」（8、407），「顯」與「隱」（272），「敘」
> 與「論」（90-91、95-97），「深」與「淺」（327），「歸納」與「演
> 繹」（序2），等等，深入而細緻，對章法現象做到無所不包。可
> 貴的是：陳教授在細緻分析的基礎上，又善於概括、綜述，用更
> 大的「綱」，把「目」統起來。[14]

---

12 鄭頤壽：〈中華文化沃土，辭章學圃奇葩先秦篇──讀陳滿銘《章法學新裁》及其相
　關著作〉，《海峽兩岸中華傳統文化與現代化研討會文集》，頁132。
13 此標注的是原版《章法學新裁》之頁碼，下並同。
14 鄭頤壽：〈中華文化沃土，辭章學圃奇葩──讀陳滿銘《章法學新裁》及其相關著

可見所謂「人同此心，心同此理」，有其道理的。

二　從個別看

嚴格說來，每種章法都有它各自的哲學基礎。由於篇幅所限，在此特以虛實法一種為例，予以說明，以見一斑：

以虛實法而言，所謂的「虛」，指的是「無」，是抽象；所謂的「實」，指的是「有」，是具體[15]。此種「無」與「有」概念，在《老子》一書中，闡發得相當清楚。要探討這種概念，必須從「道」切入。「道」是老子哲學的中心思想，也是最高的哲學理念；既指宇宙本體，又指宇宙規律[16]。《老子》云：

> 有物混成，先天地生。寂兮寥兮，獨立而不改，周行而不殆，可以為天下母。吾不知其名，字之曰道，強為之名曰大。（二十五章）

此即謂：「道」乃在天地生成前就已存在的原始混沌。劉若愚在探討中國形上概念時就曾指出「道」是一種形上概念，它可以簡述為萬物的唯一原理與萬有的整體[17]，曾祖蔭也表示：

作〉，《海峽兩岸中華傳統文化與現代化研討會文集》，頁 134。

15 陳滿銘：《章法學新裁》（臺北市：萬卷樓圖書公司，2001 年 1 月初版），頁 99。

16 陳望衡：「老子哲學的最高範疇是『道』。『道』從老子的描繪來看，具有兩個方面的意義：其一，『道』為宇宙本體，它是天地萬物包括人類社會的宗祖。老子說得很清楚：『道生一，一生二，二生三，三生萬物。』（四十二章）『道生之，德畜之，物形之，勢成之，是以萬物莫不尊道而貴德。』（五十一章）其二，『道』為宇宙規律。這種規律主要為：自然無為，相反相成，反本復初等。」見《中國古典美學史》，頁 32。

17 劉若愚：《中國文學理論》（臺北市：聯經出版事業公司，1981 年 9 月初版），頁 27。

「道」既是世界萬物產生的根源及其運動變化的規律，又是人類
社會必須遵循的準則。[18]

所以老子所謂之「道」可說是萬物之本源、本質與規律。而「無」與
「有」，正是它的「體」與「用」，《老子》云：

> 無，名天地之始；有，名萬物之母。故常無，欲以觀其妙；常
> 有，欲以觀其徼。（一章）

又云：

> 天下萬物，生於有，有生於無。（四十章）

「無」是「道之體」，「有」是「道之用」，在第一章中老子也說此兩者
是「同出而異名」；「道」就「天地之始」而言，是指原始混沌之「無」，
就「萬物之母」而言，則是指「有」，即指有了現象界中具規律、分別
的紛雜事物。故「有」、「無」具有一而二、二而一的屬性，兩者都是
「道」。葉朗在《中國美學史大綱》中則總述：「道」是無限和有限的統
一，是混沌和差別的統一[19]，而由他所主編的《現代美學體系》也闡述
老子所說的「道」是「無」和「有」、「虛」和「實」的統一[20]。從一個
「道」字出發，「無」的無限與混沌代表「虛」的部分，「有」的有限與
差別則為「實」的部分，這對於後來虛實相反相成、不即不離的理論，
實具有重大影響。

　　此外，與「道」息息相關的，為「氣」與「象」，《老子》云：

---

18 曾祖蔭：《中國古代文藝美學範疇》（臺北市：文津出版社，1987 年 8 月），頁 136。
19 葉朗：《中國美學史大綱》（臺北市：滄浪出版社，1986 年 9 月），頁 26。
20 葉朗主編：《現代美學體系》（臺北市：書林書店，1993 年 10 月一版），頁 140-141。

> 道之為物，惟恍惟惚。惚兮恍兮，其中有象；恍兮惚兮，其中有
> 物。窈兮冥兮，其中有精。其精甚真，其中有信。（二十一章）

此處說明了「道」又無又有、又虛又實的特質，「道」雖是恍惚無形的，
但其中又具備了宇宙萬事萬物的形象，蘊含了一切生命物質的本質與原
理。

　　因此，「道」包含了象、物、精，其中之精即氣之精，是一切物象
的本質，《老子》云：

> 道生一，一生二，二生三，三生萬物。萬物負陰而抱陽，沖氣以
> 為和。（四十二章）

「道」生混沌之氣，再分化為陰、陽二氣，兩者互動和合後而生萬物，
因此，萬物若脫離道、氣，則僅僅是空殼而失去本質了。葉朗主編的
《現代美學體系》中就曾提到，如果只抓住有限的「象」，並不能充分
的體現「道」，而在這樣的思想影響下，中國古代的藝術家除了描繪具
體對象外，更重視把握宇宙萬物的本體[21]。由此可見，象指具體形象，
是「實」，而抽象的道和氣，則是「虛」，所以，形上的「道」與形下
的「象」也是一組虛實相生的關係。

　　因此，無論是「有」與「無」或「道」與「象」，皆可見虛實理論
的發展線索，張少康於《古典文藝美學論稿》中亦表示：

> 「道」是「無」，「物」是「有」，有無相生，而以無為本。「道」
> 是「虛」的，「物」是「實」的；「無」是虛的，「有」是實的。

21《現代美學體系》，頁 141。

虛實關係乃是從道物關係、無有關係中引申發展起來的。[22]

他指出虛與實乃源自於「道」與「物」、以及「有」與「無」，確實將虛實論之淵源作了扼要的說明。

最後再就現象界的有無來看。老子的有無觀若就現象界來說，宇宙萬事萬物也是有無相生、虛實互動的。《老子》說：

> 三十輻，共一轂，當其無，有車之用。埏埴以為器，當其無，有器之用。鑿戶牖以為室，當其無，有室之用。故有之以為利，無之以為用。（十一章）

因為車轂中空，才能發揮車之作用，因為器皿中間空虛，才能有盛物的功用，因為房屋中有空間，才能具備居住的用途，其中，「有」指車、器、室，「無」指車、器、室中間空虛的地方。王弼注此云：

> 埏埴以為器，當其無，有器之用；鑿戶牖以為室，當其無，有器之用；故有之以為利，無之以為用。[23]

而余培林在《新譯老子讀本》第十一章中更進一步解釋：

> 於形而上的「道」，「無」為體，「有」為用；於形而下的「器」，「無」為本，「有」為末。「有」所以能利人，皆賴於「無」的發揮作用。[24]

---

22 張少康：《古典文藝美學論稿》（臺北市：淑馨出版社，1989 年 11 月一版），頁 13。
23 《老子王弼注》，頁 13。
24 余培林：《新譯老子讀本》（臺北市：三民書局，1993 年 1 月十版），頁 32。

可見無論是就形上或形下而言，皆存在著「有無相生」的狀態。此外，《老子》也以風箱來說明這種「有無相生」的道理：

> 天地之間，其猶橐籥乎！虛而不屈，動而愈出。（五章）

老子以風箱之虛空而能生風不已，來比喻天地間的虛空而能包含萬物、生生不息之理，由此概括了虛空之「無」能生「有」之無窮變化。所以王弼注云：

> 橐籥之中，空洞、無情、無為，故虛而不得窮屈，動而不可竭盡也。天地之中，蕩然任自然，故不可得而窮，猶橐籥也。[25]

由此可知，老子在第二章所謂之「有無相生」，正闡示了宇宙萬事萬物不能只具「有」，而沒有「無」，即言不能只具備「實」，而沒有「虛」。葉朗在《中國美學史大綱》裡，解釋老子的「有無相生」思想時也表示：

> 一個事物如果只有「實」而沒有「虛」，只有「有」而沒有「無」，這個事物就失去它的作用，也就失去它的本質（車之所以為車，器之所以為器，室之所以為室）。[26]

宇宙萬物即因有無相生、虛實互動而生生不息，這使得「虛實結合」的邏輯結構不僅成為虛實章法的哲學依據，更構成中國古典美學中一個重要而鮮明的特點。除了《老子》外，虛實章法也可尋根於《易傳》。《易

---

25 《老子王弼注》，頁 7。
26 《中國美學史大綱》，頁 29。

傳》也是一部重要的哲學專著，其中論述「象」與「意」的關係時，也影響了虛實文論之發展。〈繫辭上〉云：

> 見乃謂之象，形乃謂之器。

《周易集解》引荀爽云：

> 謂日月星辰，光見在天，而成象也；萬物生長，在地成形，可以
> 為器用者也。[27]

顯然他是用「在天成象，在地成形」（〈繫辭上〉）、「仰則觀象於天，俯則觀法於地」（〈繫辭下〉）的說法來解釋。據此，則「象」（天）與「形」（地）是有所區別的。然而〈繫辭上〉又云：

> 聖人有以見天下之賾，而擬諸其形容，象其物宜，是故謂之象。

由此看來，「象」又應是指一切現象界中可感知、可顯示的形象。也就是說，分而言之，雖有「象」（天）有「形」（地）之別，但合而言之，則不分天地，皆可稱之為「象」[28]。不過，值得注意的是，《易經》中所言之「象」，不是純指天地事物之原來形象而言，所以〈繫辭下〉云：

---

27 李鼎祚：《周易集解》，《周易注疏及補正》（臺北市：世界書局，1963 年 5 月初版），頁 349。

28 宗白華：「象者，有層次，有等級，完形的，有機的，能盡意的創構。成象之乾，效法之坤。天地是象！而聖人以鼎象之，君子以正位凝命。」見《宗白華全集》1（合肥市：安徽教育出版社，1996 年 9 月一版二刷），頁 621。

　　　《易》者，象也。象也者，像也。……是故吉凶生而悔吝著也。

這是說《易經》之卦象、卦爻辭是可體現人事之吉凶悔吝的。〈繫辭上〉
所謂「吉凶者，失得之象也；悔吝者，憂虞之象也」，即是此意。所以
孔穎達在《周易正義》中解釋道：

　　　《易》卦者，寫萬物之形象，故《易》者，象也。象也者，像也，
　　　謂卦為萬物象者，法像萬物，猶若乾卦之象法像於天也。[29]

可見在此，「象」是指近取諸身、遠取諸物而得來的卦象，可藉以表示
人事之吉凶悔吝。廣義地說，即藉具體形象來表達抽象事理，以達到象
徵（或比喻）的作用。因此陳望衡說：

　　　《周易》的「觀物取象」以及「象者，像也」，其實並不通向模
　　　仿，而是通向象徵。這一點，對中國藝術的品格影響是極為深遠
　　　的。[30]

看法十分正確。所謂「象徵」，就其表出而言，就是一種符號，馮友蘭
說：

　　　〈繫辭傳〉說：「易者，象也。」又說：「聖人有以見天下之賾，
　　　而擬諸其形容，象其物宜，是故謂之象。」照這個說法，「象」
　　　是模擬客觀事物的複雜（賾）情況的。又說「象也者，像此者也」；

---

29 孔穎達：《周易正義》卷八（臺北市：廣文書局，1972 年 1 月），頁 77。
30 《中國古典美學史》，頁 202。

象就是客觀世界的形象。但是這個模擬和形象並不是如照像那樣照下來，如畫像那樣畫下來。它是一種符號，以符號表示事物的「道」或「理」。六十四卦和三百八十四爻都是這樣的符號。[31]

所謂「以符號表示事物的『道』或『理』」，和葉朗所說的：〈繫辭傳〉認為整個《易經》都是「象」，都是以形象來表明義理[32]，其道理是一樣的。其中，「形象」（符號）是「實」的部分，「義理」（道或理）是「虛」的部分，具體與抽象之間的關係正是虛實論最重要的意義所在。

　　除了上文談到〈繫辭傳〉，指出了《易經》「象」的層面與虛實有關外，〈繫辭傳〉還進一步論及「立象以盡意」的問題。〈繫辭上〉云：

　　子曰：「書不盡言，言不盡意。」然則，聖人之意，其不可見乎？
　　子曰：「聖人立象以盡意，設卦以盡情偽，繫辭焉以盡其言，變
　　而通之以盡利，鼓之舞之以盡神。

一般而言，語言在表達思想情感時，會存在著某種侷限性，此即「言不盡意」的意思，但在〈繫辭傳〉中，卻特地提出了「象可盡意、辭可盡言」的論點。王弼對此曾說明云：

　　夫象者，出意者也；言者，明象者也。盡意莫若象，盡象莫若
　　言。言生於象，故可尋言以觀象；象生於意，故可尋象以觀意。
　　意以象盡，象以言著。[33]

---

31 馮友蘭：《馮友蘭選集》上卷（北京市：北京大學出版社，2000 年 7 月一版一刷），
　　頁 394。
32 《中國美學史大綱》，頁 66。
33 王弼：《周易略例・明象》，收入《易經集成》149（臺北市：成文出版社，1976 年出

由此可知，「情意」（虛）可透過「言語」、「形象」（實）來表現，並且
可以表現得很具體。而前者（情意）是目的、後者（言語、形象）為工
具。陳望衡釋此云：

> 王弼將「言」、「象」、「意」排了一個次序，認為「言」生於「象」、
> 「象」生於「意」。所以，尋言是為了觀象，觀象是為了得意。
> 言─象─意，這是一個系列，前者均是後者的工具，後者均為前
> 者的目的。[34]

他把「意」與「象」、「言」的前後關係，說得十分清楚。而葉朗在《中
國美學史大綱》裡，也從另一角度，將《易傳》所言之「象」與「意」
闡釋得相當明白，他說：

> 「象」是具體的，切近的，顯露的，變化多端的，而「意」則是
> 深遠的，幽隱的。〈繫辭傳〉的這段話接觸到了藝術形象以個別
> 表現一般，以單純表現豐富，以有限表現無限的特點。[35]

所謂的「單純」（象）與「豐富」（意）、「有限」（象）與「無限」（意），
說的就是「實」（象）與「虛」（意）關係。而陳騤在《文則》中論述「比
喻」之要時也說：

> 《易》之有象，以盡其意；《詩》之有比，以達其情。文之作也，

版），頁 21-22。
[34]《中國古典美學史》，頁 207。
[35]《中國美學史大綱》，頁 72。

可無喻乎？[36]

因此，就文論上來說，「象」是具體，「意」是抽象。由於人的思想、情感十分複雜、紛繁，所以在藝術構思和創作中，需藉由「實」的具體事件、眼前景物，來表達「虛」的抽象理念或情感，這便形成了章法中的情景、敘論、假設與事實、以及時空的虛實等法。它們無論是化實為虛或化虛為實，皆能獲得虛實相生的美感力量。

經由上述，可知先秦對於道、有無、象意等命題雖屬於哲學理論範疇，但對虛實文論的發展確具有一定程度的影響力，是故透過這些哲學論題之探討，當有助於理清虛實論的哲學基礎、理論淵源。

此外，許多中國古代鮮明的哲學範疇，後來也漸漸地向美學範疇轉化，有無、虛實的相反相成即是其中之一。曹利華在《中華傳統美學體系探源》中就論述到老子所提出的「有無相生」，正說明一切事物在相反關係中，顯現相成的作用，它們互相對立而又相互依存、相互補充[37]。而這種由對立（多樣）而統一的和諧關係，正是辭章家在運用虛實法謀篇布局時，所致力追求的美感效果[38]。

第二節　章法規律的哲學思辨

每種章法類型，雖各有其特性，但也有其通則。而這種通則，大致可歸納為秩序、變化、聯貫與統一等四大律。底下就分「秩序與變化」與「聯貫與統一」兩目，分別探討其哲學基礎。

---

36 李塗、陳騤：《文章精義・文則》（臺北市：莊嚴出版社，1979 年 3 月），頁 12。

37 曹利華：《中華傳統美學體系探源》（北京市：北京圖書館出版社，1999 年 1 月二版二刷），頁 231。

38 以上論虛實章法的哲學基礎部分，參見陳佳君：《虛實章法析論》（臺北市：文津出版社，2002 年 11 月版一刷），頁 7-15。

一　秩序與變化

「秩序」與「變化」，初看起來，好像可截然予以劃分；而其實，它們是二而一、一而二的關係，差別只在於「秩序」比較著眼於先後、「變化」比較著眼於移動而已。因為「秩序」與「變化」兩者都離不開「動」，有「動」就有不斷之「變化」，而其歷程也必然形成「秩序」。這種邏輯關係，在《周易》和《老子》兩書中，都可很容易地找到相應的思辯。

先以《周易》而言，它的八卦、六十四卦，都象徵、代表著各種不同之變化與秩序。針對著六十四卦，在〈序卦傳〉裡，特將卦和卦之間之變化與所形成之秩序，說明得很清楚：

> 有天地，然後萬物生焉。盈天地之間唯萬物，故受之以屯；屯者，盈也。屯者，物之始生也，物生必蒙，故受之以蒙；蒙者，蒙也，物之稚也。物稚不可不養也，故受之以需；需者，飲食之道也。飲食必有訟，故受之以訟。訟必有眾起，故受之以師；師者，眾也。眾必有所比，故受之以比；比者，比也。比必有所畜也，故受之以小畜。物畜然後有禮，故受之以履；履而泰，然後安，故受之以泰；泰者，通也。物不可以終通，故受之以否。物不可以終否，故受之以同人。與人同者，物必歸焉，故受之以大有。有大者，不可以盈，故受之以謙。有大而能謙必豫，故受之以豫。豫必有隨，故受之以隨。以喜隨人者必有事，故受之於蠱；蠱者，事也。有事然後可大，故受之以臨；臨者，大也。物大然後可觀，故受之以觀。可觀而後有所合，故受之以噬嗑；嗑者，合也。物不可以苟活而已，故受之以賁；賁者，飾也。致飾然後亨則盡矣，故受之以剝；剝者，剝也。物不可以終盡，剝窮

上反下，故受之以復。復則不妄矣，故受之以無妄。有無妄，然後可畜，故受之以大畜。物畜然後可養，故受之以頤；頤者，養也。不養則不可動，故受之以大過。物不可以終過，故受之以坎；坎者，陷也。陷必有所麗，故受之以離；離者，麗也。

有天地然後有萬物，有萬物然後有男女，有男女然後有夫婦，有夫婦然後有父子，有父子然後有君臣，有君臣然後有上下，有上下然後禮義有所錯。夫婦之道不可以不久也，故受之以恆；恆者，久也。物不可以久居其所，故受之以遯；遯者，退也。物不可以終遯，故受之以大壯。物不可以終壯，故受之以晉；晉者，進也。進必有所傷，故受之以明夷；夷者，傷也。傷於外者必反其家，故受之以家人。家道窮必乖，故受之以睽；睽者，乖也。乖必有難，故受之以蹇；蹇者，難也。物不可以終難，故受之以解；解者，緩也。緩必有所失，故受之以損。損而不已必益，故受之以益。益而不已必決，故受之以夬；夬者，決也。決必有遇，故受之以姤；姤者，遇也。物相遇而後聚，故受之以萃；萃者，聚也。聚而上者謂之升，故受之以升。升而不已必困，故受之以困。困乎上者必反下，故受之以井。井道不可不革，故受之以革。革物者莫若鼎，故受之以鼎。主器者莫若長子，故受之以震；震者，動也。物不可以終動，止之，故受之以艮；艮者，止也。物不可以終止，故受之以漸；漸者，進也。進必有所歸，故受之以歸妹。得其所歸者必大，故受之以豐；豐者，大也。窮大者必失其居，故受之以旅。旅而無所容，故受之以巽；巽者，入也。入而後說之，故受之以兌；兌者，說也。說而後散之，故受之以渙；渙者，離也。物不可以終離，故受之以節。節而信之，故受之以中孚。有其信者必行之，故受之以小過。有過物者必濟，故受之以既濟。物不可窮也，故受之以未濟終焉。

　　以上說明，凸顯了六十四卦所產生相反相生的變化歷程與秩序。馮友蘭針對著其中相反的部分加以闡釋說：

　　《易傳》認為，「物極必反」是事物變化所遵循的一個通則。照〈序卦〉所說，六十四卦的次序，即表示這種通則。六十四卦中，相反卦常是在一起的。例如：泰卦和否卦、剝卦和復卦、震卦和艮卦、既濟卦和未濟卦，在卦象上都是相反的，可是在六十四卦的排列次序中，它們是在一起的。專就這個次序說，這可能是《易經》中原有的辯證法思想。〈序卦〉這個思想說：「泰者，通也。物不可以終通，故受之以否。」、「剝者，剝也物不可以終盡，剝窮上反下，故受之以復」、「震者，動也。物不可以終動，止之，故受之以艮；艮者，止也」。六十四卦的最後一卦是「未濟」。〈序卦〉說：「物不可窮也，故受之以未濟終焉。」「通」的事物「不可以終通」；「動」的事物「不可以終動」；這就是說它們必然要轉化為其對立面。「物不可窮」，就是說，事物是無盡的；世界無論在什麼時候總是未完成（「未濟」），就是說，永遠處在轉化的過程中。這些是《易傳》中的辯證法思想。[39]

所謂「永遠處在轉化的過程中」，正說明了一切事物的變化，都相反而相成，是永無止境的。而這種「相反相成」的變化，在《周易》（含《易傳》）中，可推擴開來，涵蓋「正變正」、「正變反」、「反變反」、「反變正」等的變化，而形成循環不已的邏輯結構。六十四卦以「屯」起、「既濟」轉、「未濟」終，就表示這種由「屯」而「既濟」而「未濟」而「屯」的大循環系統，聯結了天、地、人，以呈現其變化與秩序。
　　對此，勞思光在論「《易經》中的『宇宙秩序』觀念」時便說：

---

39 《馮友蘭選集》上卷，頁 412-413。

卦爻之組織，原為占卜之用；就其本身而論，只是一種符號，只是一種符號遊戲，本無深遠意義可說。但組成六十四重卦後，予以一定排列，而又各定一名，代表一特殊意義，便含有宇宙秩序觀念。例如，六十四重卦，以乾、坤為首，「乾」原義為「上出」，故即指「發生」；「坤」原意為「地」，即指發生所需要之資料。以乾、坤為六十四卦之首，即是以能生之形式動力與所憑之資料為宇宙過程之基始條件。又六十四重卦，以既濟、未濟二者為終。「既濟」是「完成」之意，「未濟」則指「未完成」。由乾、坤開始，描述宇宙過程，至「既濟」而止，然宇宙之生滅變化永不停止，故最後加一「未濟」，以表宇宙過程本身無窮盡。……此外，其餘各重卦之名，亦具一定意義，皆表示一種可能事態。因為「卦」原為占卜而設，所以，六十四重卦所指述之事態，一方面固指宇宙歷程，另一方面也皆可應用於人生歷程。由此，又透露出另一傳統思想，即是：宇宙歷程與人生歷程有一種相應關係。[40]

他不但說明了由變化而形成秩序的無窮盡歷程，也指出了宇宙與人生歷程的相應關係。《易經》的這種觀念，對後代的哲學、文學、美學而言，其影響是極大的。

再從《老子》來看，簡單地說，老子是用「無、有、無」的結構[41]來組織其思想的，而其思想又以「道」作為重心，來統合「有」與

---

40 勞思光：《新編中國哲學史》一（臺北市：三民書局，1984 年 1 月增訂初版），頁 85-86。

41 此即「（0）一、二、三（多）─三（多）、二、一（0）」的結構，如就「有」的部分而言，可造成「（0）一、二、多」與「多、二、一（0）」之循環，而成為螺旋結構。參見下文。

「無」。所謂「無」，即「道常無名、樸」（三十二章）之意，指無形無象；所謂「有」，是「樸散則為器」（二十八章）之意，指有形有象。他認為宇宙人生是由「樸」（無）而「散為器」（有），又由「器」（有）而「復歸於樸」（無）的一個歷程。所以他說：

> 道可道，非常道；名可名，非常名。無，名天地之始；有，名萬物之母。（一章）
>
> 道生一，一生二，二生三，三生萬物。（四十二章）
>
> 反者，道之動；弱者，道之用。天下萬物生於有，有生於無。（四十章）
>
> 天下皆知美之為美，斯惡已；皆知善之為善，斯不善已。故有無相生，難易相成，長短相較，高下相傾，音聲相和，前後相隨。（二章）
>
> 曲則全，枉則直，窪則盈，敝則新，少則得、多則惑。（二十二章）
>
> 知其雄，守其雌，為天下谿；……知其白，守其黑，為天下式；……知其榮，守其辱，為天下谷；為天下谷，常德乃足，復歸於樸。（二十八章）
>
> 禍兮福之所倚，福兮禍之所伏。（五十八章）
>
> 物壯則老。（三十章）
>
> 兵強則不勝，木強則兵。（七十六章）
>
> 弱之勝強，柔之勝剛，天下莫不知、莫能行。（七十八章）
>
> 有物混成，先天地生，寂兮寥兮，獨立而不改，周行而不殆，可以為天下母，吾不知其名，字之曰道，強為之名曰大。大曰逝，逝曰遠，遠曰反。（二十五章）
>
> 致虛極，守靜篤，萬物並作，吾以觀復。凡物芸芸，各復歸其

　　根。歸根曰靜，是謂復命，復命曰常。知常曰明，不知常，妄作
　　凶。（十六章）

從上引各章裡，不難看出老子這種由「無」而「有」而「無」的循環[42]
所形成宇宙人生變化與秩序之思想。所謂「道生一」、「有生於無」、「有
物混成，先天地生，……可以為天下母」等，主要是就原始的「無」來
說的；「復歸於樸」、「遠曰反（返）」、「歸根」、「復命」，主要是就回
歸的「無」來說的；其餘的，則主要在說「有」，專力著眼於「反者道
之動」上，反覆闡述「物極必反」而又「相反相成」的道理。這個
「反」，含有「相反」與「返回」的意思。而「相反」，則必有所對立，
且「相生」、「相成」，如上引的「有」與「無」、「美」與「惡」（醜）、
「善」與「不善」、「難」與「易」、「長」與「短」、「高」與「下」、「前」
與「後」、「曲」與「全」、「枉」與「直」、「窪」與「盈」、「敝」與「新」、
「少」與「多」、「雄」與「雌」、「白」與「黑」、「榮」與「辱」、「禍」
與「福」、「壯」與「老」、「強」與「弱」、「柔」與「剛」等，都是如此。
宗白華在談老子「常道之辯證因素」時說：

　　常道，即「反者道之動」、「萬物並作，吾以觀復」。在《老子》
　　思想裡，是具有辯證法的思考因素的。它是了解物質的運動、變
　　化此外，它亦了解事物的對立矛盾。六十一章說：「牝常以靜勝
　　牡。」所以他常用剛柔、窪盈、雌雄、榮辱、善惡、禍福等對立

---

[42] 姜國柱：「『道』的運動是周行不殆，循環往復的圓圈運動。運動的最終結果是返回
　　其根：『復歸其根』、『復歸於樸』。這裡所說的『根』、『樸』都是指『道』而言。『道』
　　產生、變化成萬物，萬物經過周而復始的循環運動，又返回、復歸於『道』。老子的
　　這個思想帶有循環論的色彩。」見《中國歷代思想史·壹、先秦卷》（臺北市：文津
　　出版社，1993 年 12 月初版一刷），頁 63。

的範疇說明事物與人生。他主張相對論以為事物是相對變化，相
反相成。[43]

這主要說的是「相反」，也注意到了其中的「運動」與「變化」。至於「返
回」，則說的是「相反」的最終結果。徐復觀在論「老子的道德思想之
成立」時，特別著眼於此論述說：

> 老子說到道的作用的話很多；但最切要的莫如四十章「反者道之
> 動，弱者道之用」兩句話。所謂反者道之動的「反」，即回歸、
> 回返之意。道要無窮的創生萬物；但道的自身，絕不可隨萬物而
> 遷流，應保持其虛無的本性；所以它的動，應同時即為自身的
> 反。反者，反其虛無的本性。虛無本性的喪失，即是創造力的喪
> 失。同時，道既永遠保持其虛無本性，它便不允許既生的萬物，
> 一直僵化在形器界中，而依然要回到「無」，回到道的自身那裡
> 去；這是萬物之「反」，也就是道之「反」。否則道之自身，便
> 也將隨萬物殭化而殭化。這即是「常有，欲以觀其徼」（一章）、
> 「萬物並作，吾以觀其復；凡物芸芸，各復歸其根」（十六章）、
> 「與物反矣」（六十五章）的意思。[44]

這完全從「復歸」（返回）的角度切入，說的是「相反相成」的結果。
而馮友蘭在論老子「對於事物知觀察」時，則著眼於「變化」一面說：

> 事物變化之一最大通則，則一事物若發達至於極點，則必一變而

43《宗白華全集》2，頁 811-812。
44《中國人性論史・先秦篇》，頁 347。

為其反面。此即所謂「反」，所謂「復」。……惟「反」為道之
動，故「禍兮福之所倚，福兮禍之所伏」、「正復為奇，善復為
妖」（五十八章）。惟其如此，故「曲則全，枉則直，窪則盈，
敝則新，少則得、多則惑」（二十二章）。惟其如此，故「飄風
不終朝，驟雨不終日」（二十三章）。惟其如此，故「以道佐人
主者，不以兵強天下，其示好還」（三十章）。惟其如此，故「天
之道，其猶張弓與，高者抑之，下者舉之；有餘者損之，不足者
補之」（七十七章）。惟其如此，故「天下之至柔，馳騁天下之
至堅」（四十三章）、「天下莫柔弱於水，而攻堅強者莫之能勝」
（七十八章）。惟其如此，故「物或損而益之，或益之而損」（四
十二章）。凡此皆事物變化自然之通則，《老子》特發現而敘述
之，並非故為奇論異說。[45]

可見「相反相成」，說的就是「變化」，而「變化」的結果，就是「返回」
至「道」的本身，這可說是變化中有秩序、秩序中有變化之一個歷程。
唐君毅釋此云：

　　道之自身，……既可稱為有，亦可稱為無，即兼具能有能無知有
相與無相，已成其玄妙之常者。然彼道所生物，則當其未生為
無，便只具無相，不具有相；唯其未生，即尚未與道分異。當物
既生，即具有相，而離其初之無相，即與道分異而與道相對。至
當物復歸於無，則復無其有相，以再具無相，又不復與道分異。
以道觀物，物之由未生而生，以再歸於無，及物之以其一生之歷
程，分別體現道之能有能無之有相與無相，亦即由與道不分異，

---

45 《馮友蘭選集》上卷，頁88。

而分異，再歸於不分異者。此正所以使道之能有能無之有無二相，依次表現於物，使道得常表現其自己之道相於物，以成其常久存在，而不得不如此者也。由是而物之一生，以其生壯老死之事中，表現更迭而呈現之既有還無之二相，所成之變化歷程，便皆唯是道體之自身，求自同自是，以常久存在之所顯；而物之一生之變化歷程之真實內容，即唯是此道之常久。[46]

他把「道」這種有、無「依次」、「更迭」（秩序）的「變化歷程」，說明得很明白。

　　對應於《周易》（含《易傳》）與《老子》有關「秩序」、「變化」的論述，章法中的順或逆（秩序）與變化的結構，如「先正後反」、「先凡後目」、「先立後破」、「先點後染」……等順向結構，以及「先反後正」、「先目後凡」、「先破後立」、「先染後點」……等逆向結構，加上「正、反、正」、「反、正、反」、「凡、目、凡」、「目、凡、目」、「立、破、立」、「破、立、破」、「點、染、點」、「染、點、染」……等變化結構，都可以呈現這種條理；而章法中「移位」（章法單元如「正 → 反」、「目 → 凡」，結構單元如「先立後破 → 先染後點」、「先點後染 → 先破後立」）所」形成之秩序與「轉位」（章法單元如「破 → 立 → 破」、「染 → 點 → 染」，結構單元如「正 → 反」與「反 → 正」、「目 → 凡」與「凡 → 目」）所形成之變化[47]，也與此條理不謀而合。當然，這裡所說的「秩序」，也含有「變化」的成分，而「變化」，同樣含有「秩序」的成分，只是為了說明方便，就有所偏重地予以區隔而已。

---

46 唐君毅：《中國哲學原論‧導論篇》（香港：新亞研究所，1966 年 3 月出版），頁 387-388。

47 〈論章法的移位、轉位與其美感〉，《辭章學論文集》，頁98-122。

二　聯貫與統一

　　宇宙是離不開「動」的，而有了「動」，在過程中便一定會造成「變化」、形成「秩序」。就在這造成「變化」、形成「秩序」過程中，也一定會不斷地由局部與局部之「聯貫」（對比或調和），而逐步趨於整體之「統一」。

　　就以《周易》來說，它的六十四卦，每卦在形成「秩序」與「變化」之同時，也使卦卦「聯貫」在一起，成為一個「統一」的整體。而形成「聯貫」，最明顯的，是使兩相對待者以「對比」（正反）或「調和」（正正、反反）方式聯結在一起。如見於〈雜卦〉的剛和柔、樂與憂、與和求、起和止。衰和盛、時和災、見和伏、速和久、離和止、外和內、否和泰、去故和取新、多故和親寡、上和下……等等，其中除了起和止、速和久、外和內、上和下等，未必形成「對比」而有「調和」可能性外，其餘的都比較偏向於「對比」，而都產生「聯貫」的作用。針對著這種道理，張立文在說明中國哲學邏輯結構之「有序性」時，便舉《周易》為例加以論述說：

　　　　結構在中國哲學邏輯結構中，具有自我調節的作用。它具有兩方面的含義：一是指範疇的排列在時間上與空間上的有序性；二是指範疇排列的邏輯次序。就前者而言，《周易》中的〈序卦傳〉，便是人類對有序性的自覺：「有天地，然後萬物生焉。盈天地之間唯萬物，故受之以屯；屯者，盈也。屯者，物之始生也，物生必蒙，故受之以蒙；蒙者，蒙也，物之稚也。物稚可不養也，故受之以需；需者，飲食之道也。飲食必有訟，故受之以訟。……」萬物生長的過程是屯始，始而蒙稚，稚而需養，爭養而有訟，……以至於有過於物，過物必相既濟，然後發展無限，

不可窮盡，便是未濟。從天地自然到人類社會以至倫理道德演化
過程，構成了從天道到地道到人道的整體結構次序。即使從六十
四卦的卦象來看，也是互相聯結，相互作用，構成「和合體」化
結構。就後者而言，《周易・繫辭上傳》：「天尊地卑，乾坤定矣。
卑高以陳，貴賤位矣。」《家人・彖傳》：「女正位乎內，男正位
乎外，男女正，天地之大義也。家人有嚴君矣，父母之謂也。父
父，子子，兄兄，弟弟，夫夫，婦婦，而家道正，正家而天下定
矣。」從天高地低比附為天尊地卑，或從經驗中發現某事與否事
的必然聯繫，這種比附性的思維對於自身行為與自然現象的聯
繫和自身行為與人事經驗的聯繫，便產生了一種確定無疑的信
念。[48]

可見在六十四卦的排序與變化裡，可看出「異類相應」[49]〔「和合」（局
部）中有相反（對立）、相反（對立）中有「和合」（局部）的相互關係〕
和「同類相從」兩種聯繫，也凸顯了由互相「聯貫」（聯繫）而形成「統
一」（大「和合體」）的整體結構。其中「異類相應的聯繫」，也就是「有
所對待」的部分，上文已談得很多，而「同類相從的聯繫」，如上引的
「父父，子子，兄兄，弟弟，夫夫，婦婦，而家道正，正家而天下定
矣」，又所謂的「天高地低比附為天尊地卑」，即屬此類；這在《周易》
裡，是頗值得注意的。譬如它的八卦：

乾（乾上乾下）、坤（坤上坤下）　習（坎上坎下）、離（離上離下）
震（震上震下）、艮（艮上艮下）　巽（巽上巽下）、兌（兌上兌下）

---

48 張立文：《中國哲學邏輯結構論》（北京市：中國社會科學出版社，2002 年 1 月一版
　　一刷），頁 72-73。
49 《易傳之形成及其思想》，頁 96。

這是以乾與乾、坤與坤、坎與坎、離與離、震與震、艮與艮、巽與巽、
兌與兌等的重疊而形成了「同類相從的聯繫」。除此之外，〈雜卦〉云：

> 屯，見而不失其居；蒙，雜而著。……大壯，則止；遯，則退
> 也。大有，眾也；同人，親也。……小畜，寡也；履，不處也。
> 需，不進也；訟，不親也。……歸妹，女之終也；漸，女歸待男
> 行也。

這是以「止」和「退」、「眾」和「親」、「寡」和「不處」、「不進」和「不
親」、「女之終」和「女歸待男行」等的相類而形成「同類相從的聯繫」。
關於這點，戴璉璋在《易傳之形成及其思想》中說：

> 依〈序卦傳〉，屯與蒙都是代表事物始生、幼稚時期的情況，
> 〈雜卦傳〉作者用「見而不失其居」、「雜而著」來描述屯、蒙兩
> 卦的特性，也都是就始生的事物而言。此外引大壯以下各卦的
> 「止」和「退」、「眾」和「親」、就始生的事物而言。此外引大
> 壯以下各卦的「止」和「退」、「眾」和「親」、「寡」和「不處」、「不
> 進」和「不親」、「女之終」和「女歸待男行」，都是同類相從的
> 聯繫。[50]

他把這種「聯繫」（聯貫），說明得極清楚。

　　而這兩種「聯繫」，在《老子》中也處處可見。先拿「異類相應的
聯繫」而言，兩相對待者，如「有」與「無」、「美」與「惡」（醜）、「善」
與「不善」、「難」與「易」、「長」與「短」、「高」與「下」、「前」與

---

50 同前註。

「後」、「曲」與「全」、「枉」與「直」、「窪」與「盈」、「敝」與「新」、「少」與「多」、「雄」與「雌」、「白」與「黑」、「榮」與「辱」、「禍」與「福」、「壯」與「老」、「強」與「弱」、「柔」與「剛」等，，都會藉由「運動」而「互相轉化」，以產生「聯貫」的作用。張立文在論「老子哲學的邏輯結構」時說：

> 從「道」（「無」）開始的運動，通過「一」、「二」、「三」等階段的演化過程，派生了世界萬物。⋯⋯當「道」（「無」）演化到「二」、「三」、「萬物」等階段的時候，老子不僅承認事物的衝突，提出了諸如美—醜、有—無、難—易、高—下、剛—柔、善—惡、禍—福、強—弱、生—死、勝—敗、貴—賤、華—實等對待衝突概念七、八十對之多。而且承認衝突雙方的相互轉化。他說：「曲則金（全）枉則定（正），窪則盈，敝則新，少則得，多則惑。」這是說，委曲能變保全，彎曲能變直，低窪能變盈滿，舊的能變新，少取能變多得，多取能變迷惑。矛盾雙方的一個方面是可以向其相反的方向轉化的。在社會人事中，則「禍，福之所倚；福，禍之所伏」，禍與福不是絕對的，而是互相轉化的。這是可貴的辯證法的合理因素。[51]

這樣相對待之雙方，就由「運動」而「轉化」而「聯貫」，並由局部擴展到整體，以至於形成「統一」。次由「同類相從的聯繫」來看，如：

> 道可道，非常道；名可名，非常名。（一章）
> 是以聖人處無為之事，行不言之教；萬物作焉而不辭，生焉而不

---

[51]《中國哲學邏輯結構論》，頁147。

有；為而不恃，功成而弗居。夫唯弗居，是以不去。（二章）

不上賢，使民不爭；不貴難得之貨，使民不為盜；不見可欲，始民心不亂。（三章）

天地不仁，以萬物為芻狗；聖人不仁，以百姓為芻狗。（五章）

居善地，心善淵，與善仁，言善信，正善治，事善能，動善時；夫唯不爭，故無尤。（八章）

金玉滿堂，莫之能守；富貴而驕，自遺其咎。（九章）

載營魄抱一，能無離乎？專氣致柔，能嬰兒乎？滌除玄覽，能無疵乎？愛民治國，能無以知乎？天門開闔，能為雌乎？明白四達，能無以為乎？生之，畜之。生而不有，為而不恃，長而不宰，是謂玄德。（十章）

五色，令人目盲；五音，令人耳聾；五味，令人口爽；馳騁畋獵，令人心發狂；難得之貨，令人行妨。是以聖人為腹不為目，故去彼取此。（十二章）

古之善為士者，微妙玄通，深不可識。夫唯不可識，故強為之容：豫焉若冬涉川，猶兮若畏四鄰，儼兮其若容，渙兮若冰之將釋，敦兮其若樸，曠兮其若谷，混兮其若濁。孰能濁以靜之徐清？孰能安以動之徐生？保此道者，不欲盈；夫唯不盈，故能蔽不新成。（十五章）

　　以上都是呈現「同類相從的聯繫」的例子，如一章的「常道」與「常名」，二章的「無為之事」與「不言之教」、「作焉」與「生焉」、「不辭」與「不有」與「不恃」與「弗居」，三章的「不上賢」與「不貴難得之貨」與「不見可欲」、「不爭」與「不為盜」與「心不亂」……等，皆以「同類相從」而聯繫在一起。此類例子，在《老子》一書裡，是不勝枚舉的。

　　這種「同類相從的聯繫」與屬於「調和」性的「異類相應的聯繫」，

都會由於互動，以形成「調和」的作用。而「調和」與「調和」、「調和」與「對比」、「對比」與「對比」的結構，又可以相互產生「同類相從」或「異類相應」的聯繫，形成另一層「二元對待」，而由局部擴及整體，趨於最後的「統一」。而這種「統一」，在《周易》（《易傳》）來說，即「一」，指的是「太極」（「道」或「易」）；在《老子》而言，即「一（0）」，指的是「道生一」[52]。

　　一般而論，所謂「調和」，是對應於「陰」與「柔」來說的；而所謂「對比」，是對應於「陽」與「剛」而言的[53]。如說得徹底一點，即一切「調和」與「對比」，都是由於陰（柔）陽（剛）相對、相交、相和的結果。《易傳》云：

　　　　一陰一陽之謂道。（〈繫辭上〉）
　　　　剛柔者，立本者也；變通者，趣時者也。（〈繫辭下〉）
　　　　剛柔相推而生變化。……變化者，進退之象也；剛柔者，晝夜之象也。（〈繫辭上〉）
　　　　窮則變，變則通，通則久。（〈繫辭上〉）

---

52 「道生一」的「道」，既是「創生宇宙萬物的一種基本動力」，而它「本身又體現了無（无）」，那麼正如王弼所注「欲言無（无）耶，而物由以成；欲言有耶，而不見其形」，老子的「道」可以說是「无」，卻不等於實際之「無」（實零），而是「恍惚」的「无」（虛零），以指在「一」之前的「虛理」。這種「虛理」，如勉強以「數」來表示，則可以是「（0）」。這樣，「一、二、多」的順向結構，就可調整為「（0）一、二、多」或「（0）、一、二、多」，以補《周易》（含《易傳》）之不足，這就使得宇宙萬物創生、含容的順向歷程，更趨於完整而周延。見陳滿銘：〈論「多」、「二」、「一（0）」的螺旋結構——以《周易》與《老子》為考察重心〉，臺灣師大《師大學報・人文與社會類》48卷1期（2003年7月），頁1-20。

53 仇小屏：「造成最明顯、最大美感的，還是『對比』與『調和』兩種型態，因為『對比』會形成極大的反差，因此有強健、闊達、華美之感，所以趨向於『陽剛』；而『調和』則因質性之相近，產生優美、融洽、鎮靜、深沉等情緒，因此自然趨向於『陰柔』。」見《古典詩詞時空設計美學》（臺北市：文津出版社，2002年11月初版一刷），頁332。

乾坤其易之門邪！乾，陽物也；坤，陰物也。陰陽合德而剛柔有
體，以體天地之撰，以通神明之德。（〈繫辭下〉）

天地絪縕，萬物化醇，男女構精，萬物化生。（〈繫辭下〉）

天尊地卑，乾坤定矣；卑高以陳，貴賤位矣；動靜有常，剛柔斷
矣。（〈繫辭上〉）

陰陽乃一切變化之根源，就拿八卦與由八卦重疊而成的六十四卦來說，
即全由陰陽二爻所構成，以象徵並概括宇宙人生的各種變化，〈說卦〉
說的「觀變於陰陽而立卦」，就是這個意思。《易傳》以為就在這種陰
陽的相對、相交、相和之作用下，變而通之，通而久之，於是創造了天
地萬物（含人類），達於「統一」的境地[54]。而這種「統一」，可說是剛
柔之統一，是剛柔相濟的，如以上引的天地（乾坤）、晝夜、高低、男
女、尊卑、進退、貴賤、動靜而言，天（乾）、晝、高、男、尊、進、
貴、動等為剛，地（坤）、夜、低、女、卑、退、賤、靜等為柔，它們
是相應地相對而為一的。《易傳》這種剛和柔相對而又相濟為一之思
想，可推源到「和」的觀念，而它始於春秋時之史伯，他從四支（肢）、
五味、六律、七體（竅）、八索（體）、九紀（臟）到十數、百體、千
品、萬方、億事、兆物、經入、姟極，提出「和」的觀點[55]，「作為對
事物的多樣性、多元性衝突融合的體認」[56]，而後到了晏子，則作進一
步之論述，認為「和」是指兩種相對事物之融而為一，即所謂「清濁、

---

54 陳望衡：「《周易》中的陰陽理論強調的不是相反事物的對立，而是相反事務的相交、
相和。《周易》認為，陰陽相交是生命之源，新生命的產生不在於陰陽的對立，而在
陰陽的交感、統一。因此陰陽的相合不是量的增加，而是新質的產生，是創造。因
此，陰陽相交、相合的規律就是創造的規律。」見《中國古典美學史》，頁 182。

55 《國語・鄭語》，《新譯國語讀本》（臺北市：三民書局，1995 年 11 月初版），頁 707-
708。

56 《中國哲學邏輯結構論》，頁 22。

小大、短長、疾徐、哀樂、剛柔、遲速、高下、出入、周疏，以相濟也」[57]。如此由「多樣的和（統一）」（史伯）進展到「兩樣（對待）的和（統一）」（晏子），再進一層從對待多數的「兩樣」中提煉出源頭的「剛柔」，而成為「剛柔的統一」（《易傳》），形成了「『多』（多樣事物、多樣對待）『二』（剛柔）→『一』（統一）」的順序，進程逐漸是由「委」（有象）而追溯到「源」（無象），很合於歷史發展的軌跡。而這種結構，如對應於「三易」（《易緯・乾鑿度》）而言，則「多」說的是「變易」、「二」說的是「簡易」，而「一」說的是「不易」。因此「三易」不但可概括《周易》之內容與特色，也可以呈現

　　這種「多→二→一（0）」的順序，若倒過來，由「源」而「委」地來說，就成為「（0）一、二、多」[58]了。在《老子》、《易傳》中就可找到這種說法，如：

　　　　道生一，一生二，二生三，三生萬物。萬物負陰而抱陽，沖氣以　　　　為和。（《老子・四十二章》）
　　　　易有太極，是生兩儀，兩儀生四象，四象生八卦。（〈繫辭上〉）

所謂「一生二，二生三（多），三生萬物（更多）」、「太極（一）生兩儀（二），兩儀生四象（多），四象生八卦（更多）」，說的就是「一而二而多」（由「源」而「委」）過程。對這種思想，宋代的張載曾以「一

---

57 《左傳・昭公二十年》，楊伯俊：《春秋左傳注》（臺北市：源流文化公司，1982年4月再版），頁1419-1420。

58 就由「無」而「有」而「無」的整個循環過程而言，可以形成「（0）一、二、三（多）」（正）與「三（多）、二、一（0）」（反）的螺旋關係。此種螺旋關係，涉及哲學、文學、美學……等，見〈論「多」、「二」「一（0）」的螺旋結構——以《周易》與《老子》為考察重心〉。又，陳滿銘：〈章法「多、二、一（0）」結構論〉，臺灣師大《中國學術年刊》25期春季號（2004年3月），頁129-172。

物兩體」之說加以闡釋，他在《正蒙》中說：

> 地所以兩，分剛柔男女而效之，法也；天所以參，一太極兩儀而
> 象之，性也。一物兩體，氣也。一故神（自注：「兩在故不測」），
> 兩故化（自注：「推行於一」），此天地之所以參也。（〈參兩〉）
> 兩不立，則一不可見；一不可見，則兩之用息。兩體者，虛實
> 也，動靜也，聚散也，清濁也，其究一而已。感而後有通，不有
> 兩則無一。故聖人以剛柔立本，乾坤毀則無以見易。遊氣紛擾，
> 合而成質者，生人物之萬殊；其陰陽兩端循環不已者，立天地之
> 大義。（〈太和〉）

由此看來，所謂的「一」，是指對待的統一體；所謂的「二」（兩），是
指對待的相異性。而這種對待的相異性，以其「末」（多樣）而言，即
所謂的「虛實」（二）、「動靜」（二）、「聚散」（二）、「清濁」（二）
等等；以其「本」（二）而言，就是「剛柔」（陰陽）。顯然張載在此是
落到「一物」上來說「一而二而多」之道理的。

而剛柔之統一，指的既然是剛柔之相濟、適中，好像只能容許剛柔
各半以相濟，達於絕對「適中」，亦即「大統一」（「中和」）的地步，
但是天地之運，一刻不息，以致剛柔隨時都在互相滲透，互相轉化中，
所謂「陽卦多陰，陰卦多陽」（〈繫辭下〉）、「剛柔相推而生變化」（〈繫
辭上〉）、「剛柔相易」（〈繫辭下〉），這樣往往就產生「剛中寓柔」（偏
剛、剛中）或「柔中寓剛」（偏柔、柔中）的「小統一」情況；而「剛
中寓柔」所造成的是「對立式統一」、「柔中寓剛」所造成的是「調和
式統一」[59]。這樣的「統一」的思想，不但對中國哲學有影響，就是對

---

59 夏放：「從構成形式美的物質材料的總體關係來說，最基本的規律是『多樣的統一』，

文學、美學，也影響極深遠[60]。

　　對應於上述《老子》與《易傳》有關「聯貫」而「統一」的論述，章法中有些現象之條理是和它們密相結合的：首先是非對待式章法或單元「同類相從」（如「平列結構」、「凡目結構」之「目」所形成之平列組織以及「正變正」、「反變反」之材料聯繫）所造成的「聯貫」，其次是以「調和」（柔）與「對比」（剛）統合各章法或結構單元，由局部（章）趨於全體（篇）的「聯貫」，又其次是章法或結構單元之「移位」、「轉位」所造成局部節奏趨於整篇韻律的「聯貫」，然後是以主旨（情、理）或綱領貫穿各個部分（含剛柔、移位、轉位、節奏、韻律等）而凝為一體的「統一」（調和性或對比性）。這些對應之所以能如此絲絲入扣，顯然是由於它們同樣植根於於宇宙人生之邏輯規律的緣故。

　　十分湊巧地，上述章法的四大規律，恰恰切合於「多、二、一（0）」的順序。其中「秩序與變化」，相當於「多」（多樣）；「聯貫」，以根本而言，相當於「二」（剛柔）；而「統一」則相當於「一」。如此由「多樣」而「二」而「統一，」凸顯了章法的四大規律所形成的，不是平列的關係，而是「多、二、一（0）」的邏輯結構。

　　如果這種「多、二、一（0）」落到章法結構來說，則核心結構以

平時所謂的『和諧美』，意即是『多樣的統一』。……『多樣的統一』包括兩種基本類型：一種是多種非對立因素相互聯繫的統一，形成一種不太顯著的變化，謂之『調和式統一』；一種是各種對立因素之間的相反相成，造成和諧，形成『對立式統一』。」見《美學——苦惱的追求》（福州市：海峽文藝出版社，1988 年 5 月一版一刷），頁108。

60 陳望衡：「《周易》強調的不是陰陽、剛柔之分，而是陰陽、剛柔之合。這一點同樣在中國美學、藝術中留下深廣的影響。中國美學向來視剛柔相濟的和諧為最高理想。中國的藝術批評學也總是以剛柔相濟作為一條最高的審美標準。於是，中國的藝術家們也都自覺地去追求剛柔的統一，並不一味地去追求純剛或純柔，而總是或柔中寓剛或剛中寓柔。劉熙載是我國清代卓越的藝術批評家，他的《藝概》一書，涉及文、詩、賦、詞、曲、書法等藝術領域，有不少精闢的論斷，他最為推崇的藝術審美理想就是剛柔相濟。」見《中國古典美學史》，頁 186-187。

外的所有其他結構，都屬於「多」；而核心結構所形成之「二元對待」，
自成陰與陽而「相反相成」，以徹下徹上，形成結構之「調和性」（陰）
與「對比性」（陽）的，是屬於「二」；至於辭章之「主旨」或由「統一」
所形成之風格、韻味、氣象、境界等，則屬於「一（0）」。值得一提的
是，以（0）來指風格、韻味、氣象、境界等辭章之抽象力量，是相當
切當的。

　　綜上所述，無論是章法類型或其規律，在其邏輯結構上，都完全與
哲學相對應，可知由「委」（末）而「源」（本）地，來「發現現象、
尋得通則（類型）、找出規律」之科學研究途徑，是確實可行的。也由
此顯示了章法是「一種客觀的存在」、「是與文章同時出現的」，而章法
學的研究，也已儘量擺脫了主觀之束縛，推向客觀化，而與「客觀的存
在」接軌，好不容易「建立了科學的章法學」[61]。如此似乎可以理清章
法是主觀、僵化、莫須有、無用或庸人自擾的一些誤解，希望能為章法
學的研究，開拓更大的空間。此外，必須一提的是，所凸顯的「多、
二、一」的結構，特地從一切的「對待」（對立）中提煉出「剛柔（陰陽、
仁義）」來統合，在「多樣」與「統一」之間，搭起一座「二」（對待

---

61 王希杰：「『章法』一詞是多義的。『章法』是文章之法，但是，有兩種『章法』。一
　　種是客觀存在的『章法』，它顯然是與文章同時出現的。有文章就有章法，不同的文
　　章有不同的章法，但是沒有完全沒有章法的文章，不過是章法的好和壞罷了。另一
　　種『章法』，是研究者的認識或主張，是知識和理論，是文章的研究者的辛勤勞動的
　　成果，它當然是文章出現之後的事情。後一種『章法』，即對章法的研究，也是早就
　　有了的，中國古人對章法的論述很多，但是『章法學』的誕生是比較晚的事情。章
　　法學作為一門學問，不是有關部門章法的個別知識，而是章法知識的總和，是一種
　　概念的系統。章法學是一門實用性很強的學問，也有極高的學術價值。它同文章
　　學、修辭學、語用學、文藝學、美學、邏輯學等都具有密切關係。章法學已經初步
　　形成了一門科學。陳滿銘教授初步建立了科學的章法學體系。……如果說唐鉞、王
　　易、陳望道等人轉變了中國修辭學，建立了學科的中國現代修辭學，我們也可以
　　說，陳滿銘及其弟子轉變了中國章法學的研究大方向，建立了科學的章法學，把漢
　　語章法學的研究轉向科學的道路。」見《章法學門外閒談》，《國文天地》18 卷 5 期
　　（2002 年 10 月），頁 92-95。

—剛柔）的橋樑，增加了「有理可說」的可能，這對文學、美學與哲學的研究而言，或許會都有一點點的參考價值吧！

第四章
章法結構

上章探討章法類型與規律之後,本章即順理針對結合章法類型與規律所形成之「多、二、一(0)」結構的本身,就其「結構」、「節奏與韻律」與「風格」等三方面,兼顧理論與應用,依序加以論述。

第一節　章法的「多、二、一(0)」結構

在哲學或美學上,對所謂「對立的統一」、「多樣的統一」,即「多而一」之概念,都非常重視,一向被目為事物最重要的變化規律或審美原則,似乎已沒有進一步探討之空間。不過,若從《周易》(含《易傳》)與《老子》等古籍中去考察,則可使它更趨於精密、周遍,不但可由「有象」而「無象」,找出「多、二、一(0)」之逆向結構;也可由「無象」而「有象」,尋得「(0)一、二、多」之順向結構;並且透過《老子》「反者道之動」(四十章)、「凡物芸芸,各復歸其根」(十六章)與《周易‧序卦》「既濟」而「未濟」之說,將順、逆向結構不僅前後連接在一起,更形成循環不已的螺旋結構,以反映宇宙人生生生不息的基本規律[1]。而這種規律、結構,如落到文學的創作與鑑賞之上,則「(0)

---

1 陳滿銘:〈論「多」、「二」、「一(0)」的螺旋結構——以《周易》與《老子》為考察重心〉,臺灣師大《師大學報‧人文與社會類》48卷1期(2003年7月),頁1-20。而所謂「螺旋」,是指形成二元對待的兩者,如仁與智、明明德與親民、天(自誠明)與人(自明誠)等,都會產生互動、循環而提升的作用,而形成螺旋結構。參見陳滿銘:〈談儒家思想體系中的螺旋結構〉,臺灣師大《國文學報》29期(2000年6月),頁1-36。而此「螺旋」一詞,本用於教育課程之理論上,早在十七世紀,即由捷克

一、二、多」可呈現創作的順向過程、「多、二、一（0）」可呈現鑑賞的逆向過程。在此即以章法為範圍，單就鑑賞之「多、二、一（0）」的逆向結構，找出它的理論基礎，以作為辭章章法分析、鑑賞上的依據。

一　章法「多、二、一（0）」結構的形成

　　「多」、「二」、「一（0）」的順、逆邏輯結構，雖然在第三章論章法哲學時，已經約略探討過，但由於它的重點放在「章法類型」與「章法規律」之上，沒有針對其中的「多、二、一（0）」結構，作比較直接而已系統性的說明，所以在此特以「多、二、一（0）」的逆向結構為主軸，加以討論。在哲學上來說，這種「多、二、一（0）」的逆向邏輯結構，其形成是漸進的。而它的雛形，見於古籍的雖多，如《尚書·洪範》的五行說「認知事物簡單的多樣性」和《管子·地水》「水作為世界多樣性統一」[2] 的說法就是；但多停留在非哲學的階段，所以在此略而不談，而僅著眼於從非哲學過渡到哲學的這一階段。如此則不得不注意到春秋時史伯與晏嬰所體認之「和」與「同」的兩個範疇了。先看史伯之說，據《國語·鄭語》載「史伯為桓公論興衰」：

　　　　公曰：「周其弊乎？」對曰：「殆於必弊者也。〈秦誓〉曰：『民

　　教育家夸美紐思所提出，乃「根據不同年齡階段（或年級），遵循由淺入深，由簡單到複雜，由具體而抽象的順序，用循環、往復螺旋式提高的方法排列德育內容。螺旋式亦稱圓周式」，見許建鉞編譯：《簡明國際教育百科全書》（北京市：新華書局北京發行所，1991 年 6 月一版一刷），頁 611。又，相對於人文，科技界亦發現生命之「基因」和「DNA」等都呈現螺旋結構。參見約翰·格里賓著、方玉珍等譯：《雙螺旋探密——量子物理學與生命》（上海市：上海科技教育出版社，2001 年 7 月），頁 271-318。

2　張立文：《中國哲學邏輯結構論》（北京市：中國社會科學出版社，2002 年 1 月一版一刷），頁 110-114。

之所欲，天必從之。』今王棄高明昭顯，而好讒慝暗昧；惡角犀豐盈，而近頑童窮固。去合而取同。夫和實生物，同則不繼。以他平他謂之和，故能豐長而物歸之；若以同裨同，盡乃棄矣。故先王以土與金木水火雜，以成百物。是以和五味以調口，剛四支以衛體，和六律以聰耳，正七體以役心，平八索以成人，見九紀以立純德，合十數以訓百體。出千品，具萬方，計億事，材兆物，收經入，行姟極。故王者居九畡之田，收經入以食兆民，周訓而能用之，和樂如一。夫如是，和之至也。於是乎先王聘后於異性，求財於有方，擇臣取諫工而講以多物，務和同也。聲一無聽，物一無文，味一無果，物一不講。王將棄是類也而與剸同。天奪之明，欲無弊，得乎？」[3]

史伯在此，擴充了《尚書·洪範》之五行說，從四支（肢）、五味、六律、七體（竅）、八索（體）、九紀（臟）到十數、百體、千品、萬方、億事、兆物、經入（經常的收入）、姟極（最大的極數），在具象之外，加入了抽象思維，提煉出「和」的觀點，「作為對事物的多樣性、多元性衝突融合的體認」[4]，對此，張立文闡釋說：

「和」是人們對客觀事物、日常生活、社會政治，以及養生等多樣性的融突在思維形式中的反映。史伯所舉的多樣性，從四支、五味、六律、七體、八索、九紀到十數、百體、千品、萬方、億事、兆物、經入、姟極，它們的融突，便是「和」。「和」才能產生百物，並使百物豐長；「同」是無差別的絕對等同，相同事

3 四庫刊要本《國語》（臺北市：漢京文化事業公司，1983 年初版），頁 515-516。
4 《中國哲學邏輯結構論》，頁 22。

物相加，不能產生新事物，就不會繼續發展，這就是「聲一無
聽，物一無文，味一無果，物一不講」，這種非多樣性同一，即
簡單的同一，不僅不能調口、衛體，而且不能聰耳、役心、成
人、成物。[5]

可見四支、五味、六律、七體、八索、九紀到十數、百體、千品、萬
方、億事、兆物、經入、姟極，即「多」（多樣），而「和」，就是「一」
（統一）；顯然所形成的是「多而一」的結構。

再看晏嬰之說，據《左傳・昭公二十年》載：

齊侯至自田，晏子侍於遄臺，子猶馳而造焉。公曰：「唯據與我
和夫！」晏子對曰：「據亦同也，焉得為和？」公曰：「和與同異
乎？」對曰：「異。和如羹焉，水、火、醯、醢、鹽、梅，以烹
魚肉，燀之以薪，宰夫和之，齊之以味，濟其不及，以洩其過。
君子食之，以平其心。君臣亦然，君所謂可而有否焉，臣獻其否
以其可；君所謂否而有可焉，臣獻其可以去其否；是以正平而不
干，民無爭心。故《詩》曰：「亦有和羹，既戒既平。鬷嘏無言，
時靡有爭。」先王之濟五味、和五聲也，以平其心，成其政也。
聲亦如味，一氣、二體、三類、四物、五聲、六律、七音、八
風、九歌，以相成也；清濁、小大、短長、疾徐、哀樂、剛柔、
遲速、高下、出入、周疏，以相濟也。君子聽之，以平其心。心
平，德和。故《詩》曰「德音不瑕」。今據不然。君所謂可，據
亦曰可；君所謂否，據亦曰否。若以水濟水，誰能食之？若琴瑟

5　同前註，頁 22-23。

之專壹，誰能聽之？同之不可也如是。」[6]

很明顯地，晏嬰論「同」是「同一物的加多或重複，如『以水濟水』、『琴瑟之專壹』等」[7]，與史伯之說沒什麼不同。而論「和」，則不但已由史伯之「四、五、六、七、八、九、十、百、千、萬、億、兆」溯源到「一、二、三」之「相成」，以呈現「多」，並且又進一步地推展到「清濁、小大、短長、疾徐、哀樂、剛柔、遲速、高下、出入、周疏」之「相濟」，以呈現多樣性之「二」；而此多樣性之「二」，所謂「濟其不及，以洩其過」，是彼此互動、對待的。從史的觀點看，這種互動、對待觀念之出現，對《周易》（《易傳》）與《老子》「二元對待」說之成熟，以及進一步用「陰陽」（剛柔）來統合「多樣性之『二』」而言，實有著過渡作用。

以《周易》（《易傳》）來看，它以陰陽為其一對基本概念，是由此陰陽二爻而衍為四象，再由四象而衍為八卦、六十四卦的。而八卦之取象，是兩相對待的，即乾（天）為「三連」而坤（地）為「六斷」、震（雷）為「仰盂」而艮（山）為「覆碗」、離（火）為「中虛」而坎（水）為「中滿」、兌（澤）為「上缺」而巽（風）為「下斷」，而所謂「三連」與「六斷」、「仰盂」與「覆碗」、「中虛」與「中滿」、「上缺」與「下斷」，正好形成四組兩相對待之關係，以呈現其簡單的「二元對待」之邏輯結構。後來將此八卦重疊，推演為六十四卦，雖更趨複雜，卻依然存有這種「二元對待」的關係，以象徵或反映宇宙人生之種種，也為人生行為找出準則，來適應宇宙自然之規律[8]。

6　孔穎達：《春秋左傳正義》，《十三經注疏》（臺北市：大化書局，1982 年初版），頁 2093-2094。
7　《中國哲學邏輯結構論》，頁 23。
8　徐復觀：「古人大概是以這六十四卦，三百八十四爻的相互衍變，來象徵甚至反映宇

以六十四卦而言，所形成之「二元對待」關係是這樣子的：

屯（坎上震下）和解（震上坎下）　　蒙（艮上坎下）和蹇（坎上艮下）

需（坎上乾下）和訟（乾上坎下）　　師（坤上坎下）和比（坎上坤下）

小畜（巽上乾下）和姤（乾上巽下）　履（乾上兌下）和夬（兌上乾下）

泰（坤上乾下）和否（乾上坤下）　　同仁（乾上離下）和大有（離上乾下）

謙（坤上艮下）和剝（艮上坤下）　　豫（震上坤下）和復（坤上震下）

隨（兌上震下）和歸妹（震上兌下）　蠱（艮上巽下）和漸（巽上艮下）

臨（坤上兌下）和萃（兌上坤下）　　觀（巽上坤下）和升（坤上巽下）

噬嗑（離上震下）和豐（震上離下）　賁（艮上離下）和旅（離上艮下）

無妄（乾上震下）和大壯（震上乾下）大畜（艮上乾下）和遯（乾上艮下）

頤（艮上震下）和小過（震上艮下）　大過（兌上巽下）和中孚（巽上兌下）

咸（兌上艮下）和損（艮上兌下）　　恆（震上巽下）和益（巽上震下）

晉（離上坤下）和明夷（坤上離下）　家人（巽上離下）和鼎（離上巽下）

睽（離上兌下）和革（兌上離下）　　困（兌上坎下）和節（坎上兌下）

井（坎上巽下）和渙（巽上坎下）　　既濟（坎上離下）和未濟（離上坎下）

這些卦都是二二相偶的，如「坎上震下」（屯）與「震上坎下」（解）、「艮上巽下」（蠱）與「巽上艮下」（漸）、「乾上兌下」（履）與「兌上乾下」

宙人生的變化；在這種變化中，找出一種規律，以成立吉凶悔吝的判斷，因而漸漸找出人生行為的規律。」見《中國人性論史・先秦篇》（臺北市：臺灣商務印書館，1978 年 10 月四版），頁 202。又陳望衡：「在《易傳》中，陰陽概念運用得很多：〈說卦傳〉云：『觀變於陰陽而立卦』，說八卦、六十四卦是以陰陽的各種變化為基本建立起來的。〈繫辭上傳〉云：『《易》有太極，是生兩儀，兩儀生四象，四象生八卦，八卦定吉凶，吉凶生大業。』太極是宇宙未分的混沌狀態，相當於『氣』，『兩儀』即為陰陽，是太極初分的形態。就人類來說，就意味著人的產生；就宇宙來說，則意味著人的活動空間的誕生。〈繫辭上傳〉還說：『一陰一陽謂之道。』人類社會、宇宙自然的根本規律就在這陰陽的相對、相交、相和的關係中。」見《中國古典美學史》（長沙市：湖南教育出版社，1998 年 8 月一版一刷），頁 179-180。

（夬）、「離上坤下」（晉）與「坤上離下」（明夷）……等，都很明顯地
形成了二元對待的關係。此外，〈雜卦〉又云：

> 乾，剛；坤，柔。比，樂；師，憂。臨、觀之意，或與或
> 求。……震，起也；艮，止也。損、益，衰盛之始也。大畜，時
> 也；無妄，災也。萃，聚，而升，不來也。謙，輕；而豫，怡
> 也。……兌，見；而巽，伏也。隨，無故也；蠱，則飭也。剝，
> 爛也；復，反也。晉，晝也，明夷，誅也。井，通；而困，相
> 遇也。咸，速也；恆，久也。渙，離也；節，止也。解，緩也；
> 蹇，難也。睽，外也；家人，內也。否、泰，反其類也。……
> 革，去故也；鼎，取新也。小過，過也；中孚，信也。豐，多
> 故也；親寡，旅也。離，上；而坎，下也。……大過，顛也；
> 頤，養正也。既濟，定也；未濟，男之窮也。姤，遇也，柔遇剛
> 也；……夬，決也；剛決柔也。君子道長，小人道憂也。

這些卦的要義或特性，都兩兩相待，如剛和柔、樂與憂、與和求、起和
止、衰和盛、時和災、見和伏、速和久、離和止、外和內、否和泰、去
故和取新、多故和親寡、上和下……等等，都可輕易從字面上看出其對
待關係來，這可稱之為「異類相應的聯繫」[9]。

相對於「異類相應的聯繫」，當然也有「同類相從的聯繫」。這種
「同類相從的聯繫」，是由史伯、晏嬰「同」的觀念發展出來的。原來
的「同」，指「同一物的加多或重複」，到了《周易》、《老子》，則指
同類事物的「相從」；這類「相從」，乃著眼於「調和性」，與「相應」

9　戴璉璋：「以上各卦所標示的特性或要義：剛和柔、樂和憂、與和求、起和止、盛和
衰等等，都是異類相應的聯繫。」見《易傳之形成及其思想》（臺北市：文津出版社，
1989 年 6 月臺初版），頁 196。

的「對比性」，又形成「二元對待」的關係。以《周易》而言，它有六十四卦，每卦在形成「秩序」與「變化」之同時，也使卦卦「聯繫」在一起，成為一個「統一」的整體。而形成「聯繫」，最明顯的，是使兩相對待者以「對比」（正反）或「調和」（正正、反反）方式聯結在一起。如見於〈雜卦〉的剛和柔、樂與憂、與和求、起和止、衰和盛、時和災、見和伏、速和久、離和止、外和內、否和泰、去故和取新、多故和親寡、上和下……等等，其中除了起和止、速和久、外和內、上和下等，未必形成「對比」而有「調和」可能性外，其餘的都比較偏向於「對比」，而都產生「聯繫」的作用。針對著這種道理，張立文在說明中國哲學邏輯結構之「有序性」時，便舉《周易》為例加以論述說：

　　　結構在中國哲學邏輯結構中，具有自我調節的作用。它具有兩方面的含義：一是指範疇的排列在時間上與空間上的有序性；二是指範疇排列的邏輯次序。就前者而言，《周易》中的〈序卦傳〉，便是人類對有序性的自覺：「有天地，然後萬物生焉。盈天地之間唯萬物，故受之以屯；屯者，盈也。屯者，物之始生也，物生必蒙，故受之以蒙；蒙者，蒙也，物之稚也。物稚可不養也，故受之以需；需者，飲食之道也。飲食必有訟，故受之以訟。……」萬物生長的過程是屯始，始而蒙稚，稚而需養，爭養而有訟，……以至於有過於物，過物必相既濟，然後發展無限，不可窮盡，便是未濟。從天地自然到人類社會以至倫理道德演化過程，構成了從天道到地道到人道的整體結構次序。即使從六十四卦的卦象來看，也是互相聯結，相互作用，構成「和合體」化結構。就後者而言，《周易·繫辭上傳》：「天尊地卑，乾坤定矣。卑高以陳，貴賤位矣。」《家人·象傳》：「女正位乎內，男正位乎外，男女正，天地之大義也。家人有嚴君矣，父母之謂也。父

父，子子，兄兄，弟弟，夫夫，婦婦，而家道正，正家而天下定矣。」從天高地低比附為天尊地卑，或從經驗中發現某事與否事的必然聯繫，這種比附性的思維對於自身行為與自然現象的聯繫和自身行為與人事經驗的聯繫，便產生了一種確定無疑的信念。[10]

可見在六十四卦的排序與變化裡，可看出「異類相應」[11]（「和合」（局部）中有相反（對立）、相反（對立）中有「和合」（局部）的相互關係）和「同類相從」兩種聯繫，也凸顯了由互相「聯繫」而形成「統一」（大「和合體」）的整體結構。其中「異類相應的聯繫」，也就是「對比性對待」的部分；而「同類相從的聯繫」，如上引的「父父，子子，兄兄，弟弟，夫夫，婦婦，而家道正，正家而天下定矣」，又所謂的「天高地低比附為天尊地卑」，即屬此類；這在《周易》裡，是頗值得注意的。譬如它的八卦：

乾（乾上乾下）、坤（坤上坤下）　習（坎上坎下）、離（離上離下）
震（震上震下）、艮（艮上艮下）　巽（巽上巽下）、兌（兌上兌下）

這是以乾與乾、坤與坤、坎與坎、離與離、震與震、艮與艮、巽與巽、兌與兌等的重疊而形成了「同類相從的聯繫」。除此之外，〈雜卦〉云：

屯，見而不失其居；蒙，雜而著。……大壯，則止；遯，則退也。大有，眾也；同人，親也。……小畜，寡也；履，不處也。

---

10 《中國哲學邏輯結構論》，頁 72-73。
11 《易傳之形成及其思想》，頁 196。

需，不進也；訟，不親也。……歸妹，女之終也；漸，女歸待男
行也。

這是以「止」和「退」、「眾」和「親」、「寡」和「不處」、「不進」和「不
親」、「女之終」和「女歸待男行」等的相類而形成「同類相從的聯繫」。
關於這點，戴璉璋在《易傳之形成及其思想》中說：

> 依〈序卦傳〉，屯與蒙都是代表事物始生、幼稚時期的情況，
> 〈雜卦傳〉作者用「見而不失其居」、「雜而著」來描述屯、蒙兩
> 卦的特性，也都是就始生的事物而言。此外引大壯以下各卦的
> 「止」和「退」、「眾」和「親」、就始生的事物而言。此外引大
> 壯以下各卦的「止」和「退」、「眾」和「親」、「寡」和「不處」、「不
> 進」和「不親」、「女之終」和「女歸待男行」，都是同類相從的
> 聯繫。[12]

他把這種「聯繫」，說明得極清楚。

而這兩種「聯繫」，在《老子》中也處處可見。先拿「異類相應的
聯繫」而言，兩相對待者，如：

> 天下皆知美之為美，斯惡已；皆知善之為善，斯不善已。故有無
> 相生，難易相成，長短相較，高下相傾，音聲相和，前後相隨。
> （二章）
> 是以聖人之治：虛其心，實其腹；弱其志，強其骨。（四章）
> 寵辱若驚，貴大患若身。何謂寵辱若驚？寵為上，辱為下，得之

---

12 同前註，頁 195。

若驚，失之若驚，是謂寵辱若驚。（十三章）

曲則全，枉則直，窪則盈，敝則新，少則得、多則惑，是以聖人抱一，為天下式。（二十二章）

重為輕根，靜為躁君，是以聖人，終日行不離輜重。（二十六章）

知其雄，守其雌，為天下谿；常德不離，復歸於嬰兒。知其白，守其黑，為天下式；為天下式，常德不忒，復歸於無極。知其榮，守其辱，為天下谷；為天下谷，常德乃足，復歸於樸。（二十八章）

君子居則貴左，用兵則貴右。……吉事尚左，凶世尚右；偏將軍居左，上將軍居右。（三十一章）

將欲歙之，必固張之；將欲弱之，必固強之；將欲廢之，必固興之；將欲奪之，必固與之；是謂微明。（三十六章）

上德不德，是以有德；下德不失德，是以無德。……是以大丈夫處其厚，不居其薄；處其實，不居其華；故去彼取此。（三十八章）

故貴以賤為本，高以下為基，是以侯王自謂孤寡不穀，此非以賤為本耶？（三十九章）

明道若昧，進道若退，夷道若纇。（四十一章）

萬物負陰而抱陽，沖氣以為和。……故物或損之而益，或益之而損。（四十二章）

大直若曲，大巧若拙，大辯若訥。躁勝寒，靜勝熱，清靜為天下正。（四十六章）

出生入死。生之徒十有三，死之徒十有三。（五十章）

故不可得而親，不可得而疏；不可得而利，不可得而害；不可得而貴，不可得而賤；故為天下貴。（五十六章）

以正治國，以奇用兵，以無事取天下。（五十七章）

禍兮福之所倚，福兮禍知所伏。（五十八章）

圖難於其易，為大於其細。（六十三章）

為之於未有，治之於未亂。……民之從事，常於幾成而敗之。慎
終如始，則無敗事。（六十四章）

強大處下，柔弱處上。（七十六章）

正言若反。（七十八章）

如上所引，「美」（喜）與「惡」（怒）、「善」（是）與「不善」（非）[13]、
「有」與「無」、「難」與「易」、「長」與「短」、「高」（上）與「下」、
「前」與「後」、「寵」（榮）與「辱」、「得」與「失」、「曲」（偏）與「全」、
「枉」（曲）與「直」、「窪」與「盈」、「敝」與「新」、「少」與「多」、
「重」與「輕」、「靜」與「躁」、「雄」與「雌」、「白」與「黑」、「左」
與「右」、「歙」與「張」、「弱」（柔）與「強」（剛）、「廢」與「興」、
「奪」與「與」、「厚」與「薄」、「實」與「華」、「彼」與「此」、「貴」
與「賤」、「明」與「昧」、「進」與「退」、「夷」（平）與「纇」（不平）、
「陰」與「陽」、「損」與「益」、「巧」與「拙」、「辯」與「訥」、「寒」
與「熱」、「生」與「死」、「親」與「疏」、「利」與「害」、「正」與「奇」
（反）、「禍」與「福」、「大」與「細」、「治」與「亂」、「成」與「敗」、
「終」與「始」等，都兩相對待，藉由「運動」而「互相轉化」，而形
成「異類相應的聯繫」。張立文在論「老子哲學的邏輯結構」時說：

從「道」（「無」）開始的運動，通過「一」、「二」、「三」等階

---

13 王弼注二章：「美者，人心之所進樂也；惡者，人心之所惡疾也。美、惡，猶喜、怒
也；善、不善，猶是、非也。喜、怒同根，是、非同門；故不得而偏舉也。此六者，
皆陳自然不可偏舉之名數。」見《老子王弼注》（臺北市：河洛圖書出版社，1974年
10月臺影印初版），頁3。

段的演化過程，派生了世界萬物。……當「道」（「無」）演化
到「二」、「三」、「萬物」等階段的時候，老子不僅承認事物的
衝突，提出了諸如美—醜、有—無、難—易、高—下、剛—柔、
善—惡、禍—福、強—弱、生—死、勝—敗、貴—賤、華—實等
對待衝突概念七、八十對之多。而且承認衝突雙方的相互轉化。
他說：「曲則金（全）枉則定（正），窪則盈，敝則新，少則得，
多則惑。」這是說，委曲能變保全，彎曲能變直，低窪能變盈
滿，舊的能變新，少取能變多得，多取能變迷惑。矛盾雙方的一
個方面是可以向其相反的方向轉化的。在社會人事中，則「禍，
福之所倚；福，禍之所伏」，禍與福不是絕對的，而是互相轉化
的。這是可貴的辯證法的合理因素。[14]

這雖是著眼於「由无而有」的順向過程來說，但也相應地反映了「由有
而无」的逆向順序，而且是兩相疊合的。其中就多樣的「二」來看，相
對待之雙方，就由「運動」而「轉化」而產生「聯繫」，並由局部逐步
擴展到整體，以至於形成「統一」。
　　次由「同類相從的聯繫」來看，如：

道可道，非常道；名可名，非常名。（一章）
是以聖人處無為之事，行不言之教；萬物作焉而不辭，生而不
有；為而不恃，功成而不居。夫唯弗居，是以不去。（二章）
不尚賢，使民不爭；不貴難得之貨，使民不為盜；不見可欲，使
民心不亂。（三章）
天地不仁，以萬物為芻狗；聖人不仁，以百姓為芻狗。（五章）

---

14 《中國哲學邏輯結構論》，頁147。

居善地，心善淵，與善仁，言善信，正善治，事善能，動善時；
夫唯不爭，故無尤。（八章）

金玉滿堂，莫之能守；富貴而驕，自遺其咎。（九章）

載營魄抱一，能無離乎？專氣致柔，能嬰兒乎？滌除玄覽，能無
疵乎？愛民治國，能無以知乎？天門開闔，能為雌乎？明白四
達，能無以為乎？生之，畜之。生而不有，為而不恃，長而不
宰，是謂玄德。（十章）

五色，令人目盲；五音，令人耳聾；五味，令人口爽；馳騁畋
獵，令人心發狂；難得之貨，令人行妨。是以聖人為腹不為目，
故去比取此。（十二章）

古之善為士者，微妙玄通，深不可識。夫唯不可識，故強為之
容：豫焉若冬涉川，猶兮若畏四鄰，儼兮其若容，渙兮若冰之將
釋，敦兮其若樸，曠稀其若谷，混兮其若濁。孰能濁以靜之徐
清？孰能安以動之徐生？保此道者，不欲盈；夫唯不盈，故能蔽
不新成。（十五章）

以上都是呈現「同類相從的聯繫」的例子，如一章的「常道」與「常
名」，二章的「無為之事」與「不言之教」、「作焉」與「生焉」、「不辭」
與「不有」與「不恃」與「弗居」，三章的「不尚賢」與「不貴難得之貨」
與「不見可欲」、「不爭」與「不為盜」與「心不亂」……等，皆以「同
類相從」而聯繫在一起。此類例子，在《老子》一書裡，是不勝枚舉的。

　　這種「同類相從的聯繫」與局部「和合」的「異類相應的聯繫」，
都會由於互動，以形成「調和」的作用。而「調和」與「調和」、「調和」
與「對比」、「對比」與「對比」的結構又可以相互產生「同類相從」
或「異類相應」的聯繫，這樣由局部而整體地趨於最後的「統一」。而
這種「統一」，在《周易》（《易傳》）來說，即「一」，指的是「太極」

（「道」或「易」）；在《老子》而言，即「一（0）」，指的是「道生一」。

　　一般而論，所謂「調和」，是對應於「陰」與「柔」來說的；而所謂「對比」，是對應於「陽」與「剛」而言的[15]。如說得徹底一點，即一切「調和」與「對比」，都是由於陰（柔）陽（剛）相對、相交、相和的結果。《易傳》云：

> 一陰一陽之謂道。（〈繫辭上〉）
>
> 剛柔者，立本者也；變通者，趣時者也。（〈繫辭下〉）
>
> 剛柔相推而生變化。……變化者，進退之象也；剛柔者，晝夜之象也。（〈繫辭上〉）
>
> 窮則變，變則通，通則久。（〈繫辭上〉）
>
> 乾坤其易之門邪！乾，陽物也；坤，陰物也。陰陽合德而剛柔有體，以體天地之撰，以通神明之德。（〈繫辭下〉）
>
> 天地絪縕，萬物化醇，男女構精，萬物化生。（〈繫辭下〉）
>
> 天尊地卑，乾坤定矣；卑高以陳，貴賤位矣；動靜有常，剛柔斷矣。（〈繫辭上〉）

《周易》（含《易傳》）的作者，就在前人「有象而無象」、「無象而有象」之努力基礎下，終於確認陰陽乃一切變化，形成多樣對待之根源。就拿八卦與由八卦重疊而成的六十四卦來說，即全由陰陽二爻所構成，以象徵並概括宇宙人生的各種變化，〈說卦〉說的「觀變於陰陽而立卦」，

---

[15] 歐陽周、顧建華、宋凡聖：《美學新編》（杭州市：浙江大學出版社，2001 年 5 月一版九刷），頁 81。又仇小屏：「造成最明顯、最大美感的，還是『對比』與『調和』兩種型態，因為『對比』會形成極大的反差，因此有強健、闊達、華美之感，所以趨向於『陽剛』；而『調和』則因質性之相近，產生優美、融洽、鎮靜、深沉等情緒，因此自然趨向於『陰柔』。」見《古典詩詞時空設計美學》（臺北市：文津出版社，2002 年 11 月初版），頁 332。

就是這個意思。他以為宇宙之源，就在這種陰陽的相對、相交、相和之作用下，變而通之，通而久之，於是創造了天地萬物（含人類），達於「統一」（和諧）的境地[16]。而這種「統一」（和諧），可說是剛柔（陰陽）之統一，是剛柔（陰陽）相濟的，如以上引的天地（乾坤）、晝夜、高低、男女、尊卑、進退、貴賤、動靜而言，天（乾）、晝、高、男、尊、進、貴、動等為剛，地（坤）、夜、低、女、卑、退、賤、靜等為柔，它們是相應地相對而為一的。

　　而《老子》直接談到「陰陽」或「剛柔」的地方雖不多，卻有幾處是值得注意的：

> 萬物負陰而抱陽。（四十二章）
>
> 柔弱勝剛強。（三十六章）
>
> 弱者，道之用。天下萬物生於有，有生於無。（四十章）
>
> 堅強者，死之徒；柔弱者，生之徒。（七十六章）
>
> 強大處下，柔弱處上。（七十六章）
>
> 弱之勝強，柔之勝剛，天下莫不知、莫能行。（七十八章）

老子談到陰陽的，僅一見，在此，他雖然只落到「萬物」（多）上來說，卻該推源到「一生二」以尋其根。而談到「剛柔」的，則往往牽「強」牽「弱」，也落到「多」（萬物）上加以發揮，但「剛」為「陽」、「柔」為「陰」，是同樣該歸根於「一生二」予以確認的；因為這是老子觀察自然現象（萬物）時，從現象（萬物）中所抽離出來的二元對待之基本

---

16 陳望衡：「《周易》中的陰陽理論強調的不是相反事物的對立，而是相反事物的相交、相和。《周易》認為，陰陽相交是生命之源，新生命的產生不在於陰陽的對立，而在陰陽的交感、統一。因此陰陽的相合不是量的增加，而是新質的產生，是創造。因此，陰陽相交、相合的規律就是創造的規律。」見《中國古典美學史》，頁182。

範疇；而所謂「弱者，道之用」，是以「道」（無）為「體」，而以「弱
上剛下」（「強大處下，柔弱處上」），針對著「有生於無」之「有」，
來說其「用」的[17]。可見老子的「二」，就「同」的觀點而言，是彼此
相容的。

　　如此從對待多數的「兩樣」（二）中提煉出源頭的「剛柔」（陰陽），
而成為「剛柔（陰陽）的統一」（《易傳》），呈現的是「『多』（多樣事
物、多樣對待）→『二』（剛柔、陰陽）→『一』（0）（統一）」的過程，
這是逐漸由「有象」（委）而追溯到「無象」（源）的，很合於歷史發
展的軌跡。

　　這種剛柔（陰陽）之統一，指的既然是剛柔（陰陽）之相濟、適中，
好像只能容許剛柔（陰陽）各半以相濟，達於絕對「適中」，亦即「大
統一」（「中和」）的地步，但是天地之運，一刻不息，以致剛柔（陰陽）
隨時都在互相滲透，互相轉化之中，所謂「陽卦多陰，陰卦多陽」（〈繫
辭下〉）、「剛柔相推而生變化」（〈繫辭上〉）、「剛柔相易」（〈繫辭
下〉），這樣往往就產生「剛中寓柔」（偏剛、剛中）或「柔中寓剛」（偏
柔、柔中）的「小統一」情況；而「剛中寓柔」所造成的是「對立式統
一」，《周易》（含《易傳》）的主張即偏於此；「柔中寓剛」所造成的
是「調和式統一」[18]，《老子》的主張即偏於此。

　　對應於《周易》（含《易傳》）與《老子》有關的論述，章法「秩序」、

17 陳鼓應：「『弱者道之用』：『道』創生萬物輔助萬物時，萬物自身並沒有外力降臨的
　感覺，『柔弱』即是形容『道』在運作時並不帶有壓力感的意思。」見《老子今注今
　譯及評介》（臺北市：臺灣商務印書館，1985 年 2 月修定十版），頁 155。
18 夏放：「從構成形式美的物質材料的總體關係來說，最基本的規律是『多樣的統一』，
　平時所謂的『和諧美』，意即是『多樣的統一』。……『多樣的統一』包括兩種基本
　類型：一種是多種非對立因素相互聯繫的統一，形成一種不太顯著的變化，謂之『調
　和式統一』；一種是各種對立因素之間的相反相成，造成和諧，形成『對立式統一』。」
　見《美學——苦惱的追求》（福州市：海峽文藝出版社，1988 年 5 月一版一刷），頁
　108。

「變化」二律中的順或逆（秩序）與變化的結構，如「先正後反」、「先凡後目」、「先立後破」、「先點後染」……等順向結構，以及「先反後正」、「先目後凡」、「先破後立」、「先染後點」……等逆向結構，加上「正、反、正」、「反、正、反」、「凡、目、凡」、「目、凡、目」、「立、破、立」、「破、立、破」、「點、染、點」、「染、點、染」……等變化結構，都可以呈現這種「多樣對待」（「多」）的條理；而章法中「移位」（章法單元如「正 → 反」、「目 → 凡」，結構單元如「先立後破 → 先染後點」、「先點後染 →　先破後立」）所形成之秩序與「轉位」（章法單元如「破 → 立 → 破」、「染 → 點 → 染」，結構單元如「正 → 反」與「反 → 正」、「目 → 凡」與「凡 → 目」）所形成之變化[19]，也與此「多樣對待」（「多」）的條理不謀而合。當然，這裡所說的「秩序」，也含有「變化」的成分，而「變化」，同樣含有「秩序」的成分，只是為了說明方便，就有所偏重地予以區隔而已。總結起來說，這個部分所呈現的是「多而二」（多樣的二元對待）的結構。

　　而以章法之「聯貫」、「統一」二律而言，則所呈現的是「二而一（０）」（剛柔的統一）的結構：首先是非對比式章法或結構單元「同類相從」（如「平列結構」、「凡目結構」之「目」所形成之平列組織以及「正變正」、「反變反」之材料聯繫）所造成的「聯貫」，其次是以「調和」（柔）與「對比」（剛）統合各章法或結構單元，由局部（章）趨於全體（篇）的「聯貫」，又其次是章法或結構單元之「移位」、「轉位」所造成局部「節奏」趨於整篇「韻律」的「聯貫」；這說的都是「二」。然後是以主旨（情、理）或綱領貫穿各個部分（含剛柔、移位、轉位、節奏、韻律等）而凝為一體的「統一」（調和性或對比性）；這說的是「一

---

19 仇小屏：〈論章法的移位、轉位及其美感〉，《辭章學論文集》上冊（福州市：海潮攝影藝術出版社，2002 年 12 月一版一刷），頁 98-122。

（0）」。

　　這樣看來，章法的四大規律，恰恰與「多、二、一（0）」的結構相吻合。其中「秩序與變化」，相當於「多」（多樣），即「多樣的二元對待」；「聯貫」，以其根本而言，相當於「二」（陽剛、陰柔）；而「統一」則相當於「一（0）」。如此由「多樣」（多樣的二元對待）而「二」（剛柔互濟）而「統一」，凸顯了章法的四大規律所形成的，不是平列的關係，則是「多、二、一（0）」的邏輯結構。

　　如果這種「多、二、一（0）」落到章法結構來說，則核心結構以外的所有其他結構，都屬於「多」；而核心結構所形成之「二元對待」，自成陰與陽而「相反相成」，以徹下徹上，形成結構之「調和性」（陰）與「對比性」（陽）的，是屬於核心之「二」；至於辭章之「主旨」或由「統一」所形成之風格、韻味、氣象、境界等，則屬於「一（0）」。值得一提的是，以（0）來指風格、韻味、氣象、境界等辭章之抽象力量，是極其合理的。

　　經由上述，可以看出「多、二、一（0）」結構的普遍性，它不但是屬於哲學的，也是屬於文學的。而落於辭章的章法上，則既適用於解釋章法之四大律：「秩序」（移位）與「變化」（轉位）為「多」、「聯貫」（由剛柔形成調和與對比，以徹下徹上）為「二」、「統一」（主旨與風格、韻律、氣象、境界等）為「一（0）」；而章法及其結構，也由於它們是一律由「二元對待」所形成的，非屬於「調和」（陰柔），即屬於「對比」（陽剛），可徹下徹上，是為核心之「二」，而以核心結構以外之結構為「多」、統合全文之主旨與所形成之整體風格、韻律、氣象、境界等為「一（0）」；所以也一樣適用而無所牴觸。尤其是特地從多樣的「二元對待」中提煉出「剛柔（陰陽、仁義）」[20] 來統合，在「多樣」與「統

20《周易・說卦傳》：「昔者聖人之作易也，將以順性命之理，立天之道曰陰與陽，立地

一」之間，搭起一座「二」（二元對待──剛柔、陰陽、仁義）以徹下徹上的橋樑，來發揮居間收、散之樞紐作用，且以「（0）」來指原動力，開拓了一些「有理可說」的空間，這對文學、美學與哲學的科學化研究而言，都應有正面的意義。

二　章法「多、二、一（0）」結構舉隅

　　章法所探討的是辭章內容材料的邏輯關係，而內容材料中最核心的就是其主旨，乃作者所要表達的「情」或「理」。雖然它有顯隱之別，而造成層次，但都一樣是主旨[21]。譬如列子〈愚公移山〉一文，它的主旨是隱於篇外的，而其首層為「有志竟成」，次層為「人助天助」，三層為「天人合一」（由人為的努力帶動天然的力量，使它產生作用）[22]。這種不同層次的顯隱主旨，是可由一篇辭章的章法結構來推得或驗證的，在此即特別凸顯這一點，以呈現章法結構。

　　如賈誼的〈過秦論〉：

　　　秦孝公據殽函之固，擁雍州之地，君臣固守，以窺周室；有席卷天下，包舉宇內，囊括四海之意，并吞八荒之心。當是時也，商君佐之，內立法度，務耕織，修守戰之具，外連衡而鬥諸侯。於是秦人拱手而取西河之外。
　　　孝公既沒，惠文、武、昭襄，蒙故業，因遺策，南取漢中，西舉

之道曰剛與柔，立人之道曰仁與義。兼三才而兩之，故易六畫而成卦，分陰分陽，迭用剛柔，故易六位而成章。」見李鼎祚：《周易集解》，《周易注疏及補正》（臺北市：世界書局，1963 年 5 月初版），頁 404-405。

21　陳滿銘：〈談辭章主旨的顯與隱──以中學國文課文為例〉，《章法學新裁》（臺北市：萬卷樓圖書公司，2001 年 1 月初版），頁 240-249。

22　陳滿銘：《文章結構分析──以中學國文課文為例》（臺北市：萬卷樓圖書公司，1996 年 5 月初版），頁 129-133。

巴蜀，東割膏腴之地，北收要害之郡。諸侯恐懼，會盟而謀弱秦，不愛珍器重寶肥饒之地，以致天下之士，合從締交，相與為一。當此之時，齊有孟嘗，趙有平原，楚有春申，魏有信陵；此四君者，皆明智而忠信，寬厚而愛人，尊賢重士，約從離橫，兼韓、魏、燕、趙、齊、楚、宋、衛、中山之眾。於是六國之士，有寧越、徐尚、蘇秦、杜赫之屬為之謀；齊明、周最、陳軫、召滑、樓緩、翟景、蘇厲、樂毅之徒通其意；吳起、孫臏、帶佗、兒良、王廖、田忌、廉頗、趙奢之倫制其兵。嘗以十倍之地，百萬之眾，叩關而攻秦。秦人開關延敵，九國之師，逡巡遁逃而不敢進。秦無亡矢遺鏃之費，而天下諸侯已困矣。於是從散約解，爭割地而賂秦。秦有餘力而制其敝，追亡逐北，伏尸百萬，流血漂櫓；因利乘便，宰割天下，分裂河山，強國請服，弱國入朝。施及孝文王、莊襄王，享國日淺，國家無事。

及至始皇，奮六世之餘烈，振長策而御宇內，吞二周而亡諸侯，履至尊而制六合，執捶拊以鞭笞天下，威振四海。南取百越之地，以為桂林、象郡；百越之君，俛首係頸，委命下吏；乃使蒙恬北築長城而守藩籬，卻匈奴七百餘里；胡人不敢南下而牧馬，士不敢彎弓而報怨。於是廢先王之道，燔百家之言，以愚黔首；墮名城，殺豪俊，收天下之兵，聚之咸陽，銷鋒鍉，鑄以為金人十二，以弱天下之民。然後踐華為城，因河為池，據億丈之城、臨不測之谿以為固。良將勁弩，守要害之處；信臣精卒，陳利兵而誰何？天下已定，始皇之心，自以為關中之固，金城千里，子孫帝王萬世之業也。

始皇既沒，餘威震於殊俗。然而陳涉，甕牖繩樞之子，甿隸之人，而遷徙之徒也，才能不及中人，非有仲尼、墨翟之賢，陶朱、猗頓之富，躡足行伍之間，倔起阡陌之中，率罷散之卒，將

數百之眾，轉而攻秦；斬木為兵，揭竿為旗，天下雲集而響應，贏糧而景從。山東豪俊，遂並起而亡秦族矣。

且夫天下非小弱也，雍州之地，殽函之固，自若也；陳涉之位，非尊於齊、楚、燕、趙、韓、魏、宋、衛、中山之君也；鋤耰棘矜，非銛於鉤戟長鎩也；謫戍之眾，非抗於九國之師也；深謀遠慮，行軍用兵之道，非及曩時之士也；然而成敗異變，功業相反也。試使山東之國，與陳涉度長絜大，比權量力，則不可同年而語矣；然秦以區區之地，致萬乘之權，招八州而朝同列，百有餘年矣；然後以六合為家，殽函為宮，一夫作難而七廟隳，身死人手，為天下笑者，何也？仁義不施，而攻守之勢異也。

這篇課文，如同分析表所列，由「敘」與「論」兩部分組成：

「敘」這個部分，包括一、二、三、四等段，用「先反後正」之結構，敘秦強之難（反）與秦亡之速（正）：

首先由反面敘秦強之難，包括一、二、三等段。其中第一段，用以寫秦強之初，在這裡，作者以「先因後果」之結構來敘述：先以「秦孝公據殽函之固」起至「并吞八荒之心」，敘秦併吞天下的巨大野心：再以「當是時也」起至「外連橫而鬥諸侯」，敘秦併吞天下的積極措施，這是「因」；然後以「於是秦人拱手而取西河之外」一句，敘秦併吞天下的具體成果，這是「果」。全段是用簡筆來寫秦國之強大的[23]。

---

23 本來要敘明秦孝公時商鞅變法與併吞六國的成果，是用幾千，甚至幾萬字，都不為過的，但作者在這裡所看重的，只在於簡略的事實，而非其內容與過程，因此只用了幾句話來交代而已。而在敘併吞天下的野心時，則一連用了「席卷天下」等句意相同的四句話，這顯然是因為要特別強調秦國君臣有併吞天下的強烈意願，這樣當然要比一句帶過好得很多。所謂「可以多說，也可以少說」的道理，可以從這裡約略體會出來。見陳滿銘：〈談辭章剪裁的手段〉，《國文教學論叢續編》（臺北市：萬卷樓圖書公司，1998年3月初版），頁439。

　　它的第二段，用以敘秦強之漸，作者在此，用「擊、敲、擊」的結構來安排。它先以「孝公既沒」起至「北收要害之郡」止，：承首段簡敘在惠、文、武、昭襄時「秦謀六國」的措施與成果，這是頭一個「擊」；再以「諸侯恐懼」起至「叩關而攻秦」，繁敘六國抗秦的策略、人力與行動，其中又特別著重於人力上，分賢相、兵眾、謀士、使臣、將帥等方面，加以詳細的介紹，這是「敲」的部分[24]；然後以「秦人開關延敵」起至「國家無事」，綜合上兩節，敘明秦謀六國與六國抗秦的結果，並簡略地交代孝文王、莊襄王時事；這屬後一個「擊」[25]。對應於起段，此段是用繁筆從側面來寫秦國之強大的[26]。

　　它的第三段，用以寫秦強之最，在這段文字裡，作者先以「及至始皇」起至「委命下吏」，寫秦亡諸侯；再以「乃使蒙恬北築長城而守藩籬」起至「以弱天下之民」，寫秦弱天下；然後以「然後踐華為城」起

---

[24] 「敲」這個部分，一般文論家都視為「反襯」，如林雲銘在「相與為一」句下評注：「正欲寫秦之強，忽寫諸侯，作反襯。」又在「尊賢而重士」句下評注：「極贊四君，以反襯秦之強。」又在「趙奢之倫制其兵」句下評注：「極寫諸侯得人之盛，以反襯秦之強。」見《古文析義合編》上冊卷6（臺北市：廣文書局，1965年10月再版），頁6-7。再如王根林在論此文特色時，特標「反襯」一項：「上篇寫秦始皇以前幾代君主雄踞關中，俯視山東各國的形勢，是從描寫山東諸國的威勢著筆的：『當是時……中山之眾』，還有一大批優秀的政治家、外交家、軍事家為本國出謀獻策、馳騁疆場，『常〔嘗〕以十倍之地、百萬之眾叩關而攻秦』。儘管他們地廣兵眾，人才薈萃，然而『秦人開關而延敵，九國之士〔師〕逡巡遁逃而不敢進』。這樣寫，比直接描繪秦國如何強大，顯然能收到更好的效果。同樣，寫秦王朝在風雨飄搖中一朝傾覆，也是用它的對立面陳涉之弱小加以反襯的。」見《古代文學作品鑑賞》（上海市：上海古籍出版社，1988年3月一版一刷），頁48-49。

[25] 陳滿銘：〈論幾種特殊的章法〉，臺灣師大《國文學報》31期（2002年6月），頁216。

[26] 總括起來看，這一段文字是用繁筆寫成的。作者在此，儘量避開正面，從側面下手，用了許多材料來介紹六國之強大，這無非是為了替末段「比權量力」的部分，預先提供足夠的材料，作為立論的憑據，而作者卻沒有讓「喧賓」奪「主」，特地用「秦人開關延敵，九國之師，逡巡遁逃而不敢進」等句，輕輕一轉，成功地將六國之強轉為秦國之強，這種剪裁與安排的手段，是十分高明的。見陳滿銘：〈談辭章剪裁的手段〉，《國文教學論叢續編》，頁441。

至「子孫帝王萬世之業也」，寫秦守要害；這完全依時間之先後來寫，可說也是用繁筆從正面寫秦國之強大的[27]。

然後用正面寫秦亡之速，僅一段，即第四段。作者在此，用「先因後果」的條理來呈現：它先以「始皇既沒」起至「贏糧而景從」，寫陳涉首義，這是「因」；後以「山東豪俊，遂並起而亡秦族矣」二句，寫豪傑亡秦，這是「果」。對應於

「反」的部分，是用至簡之筆來寫秦國之敗亡的[28]。

「論」這個部分，僅一段，即末段。在這裡，作者先以「且夫天下非小弱也」起至「為天下笑者何也」止，用以上各段所提供的材料（其中於一、二、三、四等段直接提供秦的材料外，又分別於二、四等段從旁提供六國與陳涉的材料），將秦、六國與陳涉「比權量力」一番，認為六國該勝秦、秦該勝陳涉，而結果卻正相反，即秦勝六國、陳涉勝秦；於是由此作一提問，逼出一篇的主旨「仁義不施而攻守之勢異也」十一字，以收束全篇。從內容來看是如此，若著眼於章法結構，則形成了「實、虛、實」之結構。其中由「且夫天下」起至「功業相反也」止，實寫秦與陳涉比較卻「成敗異變」之事實，為頭一個「實」；由「試使山東之國」起至「則不可同年而語矣」止，透過假設，虛寫六國與陳涉「比權量力」之「成敗」結果，為「虛」的部分；由「然秦以區區之地」起至末，用「果（問）後因（答）」的結構，實寫秦亡於陳涉的結果與

---

27 這一段可以說完全捨去了秦亡六國的實際過程，卻不厭其煩地針對著篇末「仁義不施」四字來取材，換句話說，如果作者在這一段不安排這些材料，是得不出「仁義不施」的結論來的。見陳滿銘：〈談辭章剪裁的手段〉，《國文教學論叢續編》，頁442。

28 這一段用至簡之筆寫成，它先寫「陳涉首義」，再寫「豪傑並起而亡秦」。就在寫「陳涉首義」的部分裡，特殊強調陳涉不值一顧的地位、才能與武器，這顯然也是預為末段的「比權量力」提供材料。不然，這一段可以寫得更短，與前四段之「強」作成更強烈之對比，以強化「強」之難、「亡」之易的意思。《國文教學論叢續編》，頁442。

原因，為後一個「實」。如此切入，可以充分幫助讀者去理解文章之理
路意脈。

　　總結起來看，此文旨在論秦之過在於「仁義不施而攻守之勢異」，
為了要論說這個主旨，作者特先以第一、二段及三段前半寫「攻」，第
三段後半及四段寫「守」，以見「攻守之勢異」，而又於第三段中述明
「仁義不施」的事實，於第四段交代「仁義不施」的結果；再以第五段
利用前四段所陳列材料，將六國、秦與陳涉的權力加以比較，以見出
「成敗異變、功業相反」的情形，進而逼出一篇的主旨來。附其結構分
析表如下：

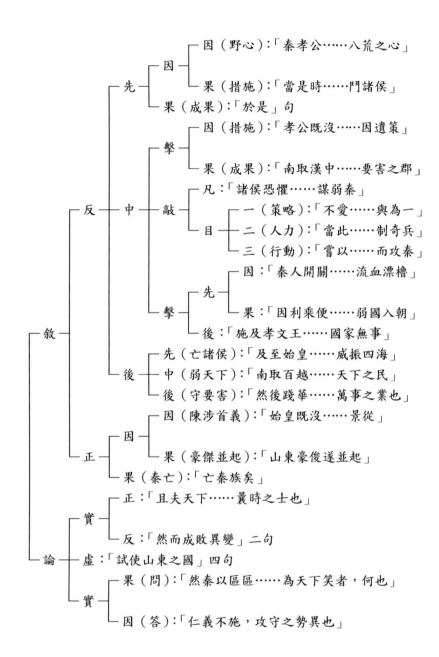

此文由其主旨「仁義不施，攻守之勢異也」看來，該含有兩軌：一為
「仁義不施」，二為「攻守之勢異」，而它自古以來，就一直被認為是用
歸納法（先凡後目）所寫成之代表作[29]，它的主旨，也就是結論，出現
在篇尾，是說秦之過在於「仁義不施，攻守之勢異」，為「凡」的部分。
而這個主旨（結論）形成兩軌，若以這兩軌來梳理全文，則可以發現第
三段寫的是「仁義不施」的作法、第四段寫的是「仁義不施」的結果，
可見這兩段都針對著「仁義不施」這一主軌來寫。但這兩段也為「攻守
之勢」這一副軌的「守」來寫，與第一、二段寫「攻」的形式呼應。如
此主副兩軌便在第三、四兩段重疊在一起了。如果以簡表來表示，則更
為清楚，那就是：

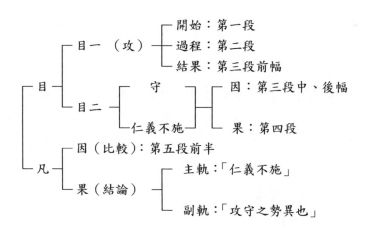

也正好有這種重疊，就產生了提示作用，即「秦之過，主要在於『守不
以仁義』」，這是「顯」的意思；如果換成「隱」的一層，從積極面來

29 以歸納法（先凡後目）分析此文，可形成不同的結構類型。參見陳滿銘：〈如何進行
　課文結構分析──以高中國文教材為例〉（臺中市：臺灣省高級中學國文科教學研究
　專輯第五輯，1999 年 6 月），頁 56-57。

說，就是「守必以仁義」了。所謂「借古以喻今」，這種諷勸朝廷的意思，不言而喻。這就可看出章法結構之分析，對主旨之凸顯、確認而言，確是一把利器。

如此，對應於「多、二、一（0）」來看，則除了核心結構「敘論」之外的，諸如「正反」（二疊）、「虛實」（一疊）、「因果」（七疊）、「先後」（二疊）、「敲擊」（一疊）、「凡目」（一疊）與「並列」（一疊）等章法因移位或轉位所形成之結構，造成了層層反覆（秩序）或往復（變化）之節奏（韻律），都屬於「多」；而「先敘後論」的核心結構，乃以敘（陽）與論（陰）自成陰陽對待[30]，以徹下徹上，將層層節奏串聯成為韻律，是屬於「二」；至於其主旨與所形成之一篇韻律及風格，則為「一（0）」。如此由「多」而「二」，層層遞升，則自然就能將「一（0）」加以凸顯。

次如方苞的〈左忠毅公軼事〉：

> 先君子嘗言，鄉先輩左忠毅公視學京畿。一日，風雪嚴寒，從數騎出，微行，入古寺。廡下一生伏案臥，文方成草。公閱畢，即解貂覆生，為掩戶，叩之寺僧，則史公可法也。及試，吏呼名，至史公，公瞿然注視。呈卷，即面署第一；召入，使拜夫人，曰：「吾諸兒碌碌，他日繼吾志事，惟此生耳。」
>
> 及左公下廠獄，史朝夕窺獄門外。逆閹防伺甚嚴，雖家僕不得近。久之，聞左公被炮烙，旦夕且死，持五十金，涕泣謀於禁卒，卒感焉。一日，使史公更敝衣草屨，背筐，手長鑱，為除不潔者，引入，微指左公處，則席地倚牆而坐，面額焦爛不可辨，

---

30 每一章法都由「陰陽二元對待」所形成，大抵而論，屬於本、先、靜、低、內、小、近……的，為「陰」為「柔」，屬於末、後、動、高、外、大、遠……的，為「陽」為「剛」。見《中國古典美學史》，頁179-180。

左膝以下，筋骨盡脫矣。史前跪，抱公膝而嗚咽。公辨其聲，而目不可開，乃奮臂以指撥眥，目光如炬。怒曰：「庸奴！此何地也，而汝來前！國家之事，糜爛至此。老夫已矣，汝復輕身而昧大義，天下事誰可支拄者！不速去，無俟姦人構陷，吾今即撲殺汝。」因摸地上刑械，作投擊勢。史噤不敢發聲，趨而出。後常流涕述其事以語人曰：「吾師肺肝，皆鐵石所鑄造也！」

崇禎末，流賊張獻忠出沒蘄、黃、潛、桐間，史公以鳳廬道奉檄守禦，每有警，輒數月不就寢，使將士更休，而自坐幄幕外，擇健卒十人，令二人蹲踞，而背倚之，漏鼓移，則番代。每寒夜起立，振衣裳，甲上冰霜迸落，鏗然有聲。或勸以少休，公曰：「吾上恐負朝廷，下恐愧吾師也。」

史公治兵，往來桐城，必躬造左公第，候太公、太母起居，拜夫人於堂上。

余宗老塗山，左公甥也，與先君子善，謂獄中語乃親得之於史公云。

這篇文章藉左光斗的一件軼事，以寫其「忠毅」精神，是用「先順敘、後補敘」的結構來寫的：

「順敘」的部分，由起段至四段止，採「先點後染」之條理加以安排。其中「點」指起句，而「染」則指首段的「鄉先輩」句起至第四段止，乃用「先主後賓」的順序來寫，從內容來看，可分如下三部分：

頭一部分為首段，為本文的序幕，寫的是左光斗識拔史可法的經過。在這個部分裡，作者借其父親之口，敘明左公曾「視學京畿」，將左公所以能識拔史公的原因作個交代；接著以「一日」與「及試」作時間上之聯絡，依次記敘左公於微服出巡時在一古寺識得史公，以及主持考試時當史公面為署第一的情形；然後以「召入」二字作接榫，引出

「使拜夫人」數句，藉史公入拜左公夫人的機會，用「吾諸兒碌碌」三句話，寫出左公對史公的深切期許，認為只有史公才足以繼承他忠君愛國的志業，將左公為國舉拔英才的忠忱與苦心，寫得極其生動。這就第二部分（主體）來說，是背景之陳述，為「底」，主要是用「主、賓、主」的結構來敘述的。

　　第二部分即次段。是本文的主體，對第一段而言，為「圖」，主要是用「賓、主、賓」的結構加以陳述，陳述的是左公被下廠獄後史公冒死探監的經過。這段文字以「及」字承上啟下，首先用四句敘明左公被下牢獄與禁人接近的事實；接著用「久之」與「一日」作時間上的聯絡，依次寫左公受刑將死、史公冒死買通獄吏，以及史公探監、左公怒斥史公使離去的情形；然後著一「後」字，帶出史公「吾師肺肝」的兩句感慨的話，充分的寫出左公的公忠憂國（忠）與剛正不屈（毅）來。以上兩個部分，主要在寫左光斗，為「主」。

　　第三部分，包括三、四、五段，是本文的餘波。這個部分，先以第三段寫史公受左公感召，繼其志業，「忠毅」的奉檄守禦流寇的辛苦；再以第四段寫史公篤厚師門，時時不忘拜候左公父母及夫人的情事；這寫的主要是史可法，對前兩部分而言，為「賓」。

　　而末段則補敘本文所記的軼事，確係有根有據，以回應篇首的「先君子嘗言」，以收束全文。

　　縱觀此文，作者始終是針對著對「忠毅」二字來寫的。其中寫左公「忠毅」的部分是「主」，而寫史公「忠毅」的部分則為「賓」；也就是說，寫史公的「忠毅」，便等於在寫左公的「忠毅」，所謂「借賓以定主」，手段是相當高明的。附其結構分析表如下：

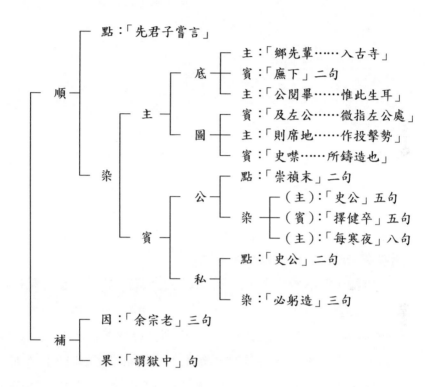

可見這篇文章，最主要的章法結構為「先主後賓」。這所謂的「主」，
指的是左公（光斗）；所謂的「賓」，指的是史公（可法）。就在「主」
的部分裡，又形成「主、賓、主」與「賓、主、賓」的結構，其中的「主
中主」，是指左公（光斗）；而「主中賓」，則指史公（可法）。至於「賓」
的部分，雖與上個部分（主）一樣，也形成「主、賓、主」的結構，但
其中的「賓中主」，指的是史公（可法），而「賓中賓」，則指的是「健
卒」。這樣就形成了「四賓主」（「主中主」、「主中賓」、「賓中主」、「賓
中賓」）[31]。可用簡表將「四賓主」呈現如下：

―――――――――――――――――

31「四賓主」之說，起於清代的閻若璩：「四賓主者：一、主中主，如一家人唯有一主

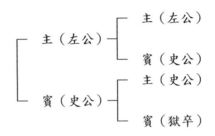

很明顯地，在此「四賓主」中，以「主中主」最為重要，乃一篇主旨之所在[32]。所以這篇文章的主旨，一定落在「主中主」的左公（光斗）身上。一直以來，有人以為此文之主旨在於寫「師生情誼」，這就不分賓主了；又有人以為它是在寫「尊師重道」，這就喧賓奪主了。由此可知透過章法結構，是可以凸顯主旨的。

　　這樣，對應於「多、二、一（0）」來看，則除了核心結構之外的，諸如「點染」（下層、二疊）、「底圖」（一疊）、「公私」（一疊）、「因果」（一疊）與「賓主」（三疊）等章法因移位或轉位所形成之結構，造成了層層反覆（秩序）或往復（變化）之節奏（韻律），都屬於「多」；而「先主後賓」（含上一層之「順補」、「點染」）的核心結構，乃以賓（陽）與主（陰）自成陰陽對待，以徹下徹上，將層層節奏串聯成為韻律，是屬於「二」；至於其主旨與所形成之一篇韻律與「嚴謹而雅潔」、

翁也；二、主中賓，如主翁之妻妾、兒孫、奴婢，即主翁之身分以主內事者也；三、賓中主，如親戚朋友，任主翁之外事者也；四、賓中賓，如朋友之朋友，與主翁無涉者也。於四者中，除卻賓中賓，而主中主亦只一見；惟以賓中主鈎動主中賓而成文章，八大家無不然也。」見《潛丘札記》，《四庫全書》八五九冊（臺北市：臺灣商務印書館，1983 年 6 月初版），頁 413-414。

32 劉衍文、劉永翔針對閻若璩「主中主亦只一見」之說加以申釋：「所謂『主中主亦只一見』云云，就是指一篇文章的重心，即現在我們所說的整個主題思想的突出體現處只能有一個。整個主題思想要統率其他各個分主題和題材所反映出來的內容。」見增補本《文學鑑賞論》（臺北市：洪葉文化公司，1995 年 9 月初版一刷），頁 615。

「勃勃有生氣」的風格特色[33]，則為「一（0）」。如此由「多」而「二」，層層遞進，則能將「一（0）」自然地凸顯出來。

除了強調透過章法結構，是可以凸顯主旨之外，下文就特別著眼於篇章聯絡照應的技巧。這聯絡照應之技巧，又有基礎（有形）與藝術（無形）之別[34]。在此，僅就其藝術聯絡照應的部分，舉兩個例子，作局部之說明，以見其技巧之一斑。

如杜甫的〈聞官軍收河南河北〉詩：

> 劍外忽傳收薊北，初聞涕淚滿衣裳。卻看妻子愁何在，漫捲詩書喜欲狂。白日放歌須縱酒，青春作伴好還鄉。即從巴峽穿巫峽，便下襄陽向洛陽。

這首詩旨在寫「聞官軍收河南河北」時「喜欲狂」之情，是以「先點後染」，而「染」又以「目（實）、凡、目（虛）」的結構寫成的。

作者「首先在起聯，針對題目，寫『聞官軍收河南河北』（點）時，自己（主）喜極而泣的情形，藉『忽傳』、『初聞』寫事出突然，藉『涕淚滿衣裳』具寫喜悅；接著在領聯，採設問的形式，由自身移至妻子（賓）身上，寫妻子聞後狂喜的情狀，很技巧地以『卻看』作接榫，帶出『漫卷詩書』作具體之描寫。以上全用以實寫『喜欲狂』，為『目一』的部分。而緊接著『漫卷詩書』而來的『喜欲狂』三字，正是一篇的主旨所在，為『凡』部分。繼而在頸聯，由實轉虛，以『放歌縱酒』上承

---

[33] 祖保全：「方苞的〈左忠毅公軼事〉一文，看起來雖是一篇『記事』短文，卻顯示了『言有序、言有物』的嚴謹而雅潔的風格特色。」又集評：「寫二公志事，勃勃有生氣，此學史遷敘事之文。（近代李維清《古文選讀初編》上卷）」見《古文鑑賞大辭典》（杭州市：浙江教育出版社，1998 年 4 月一版四刷），頁 1368-1369。

[34] 陳滿銘：〈談辭章聯絡照應的幾種技巧〉，《國文教學論叢》（臺北市：萬卷樓圖書公司，1991 年 7 月初版），頁 409-450。

『喜欲狂』、『作伴好還鄉』上承『妻子』，寫春日攜手還鄉的打算（時）；最後在結聯，緊接上聯『還鄉』之打算，一口氣虛寫還鄉所準備經過的路程（空）。以上全用以虛寫『喜欲狂』，為『目二』的部分。如此，由『忽傳』而『初聞』、『卻看』而『漫卷』、『即從』而『便下』，以單軌一氣奔注[35]，將自己與妻子『喜欲狂』的心情，描摹得真是生動極了。」[36] 附其結構分析表如下：

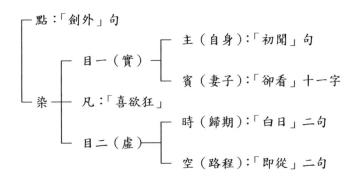

由此看來，此詩結構，在「染」的部分，主要除了用「目（實）、凡、目（虛）」（篇）外，也用「先主後賓」、「先時後空」（章）等，以組合篇章，使全詩前後呼應，亦即「目」（實）與「目」（虛）、「賓」與「主」、「時」與「空」作局部之呼應，而以「凡」（喜欲狂）統攝一「實」一「虛」的兩個「目」，以統一全詩的情意。在此，值得注意的是：「漫

---

35 趙山林指出這是承續式意象之組合，以為：「這是一首情感真摯充沛的抒情佳作，但從意象結構上說，卻帶有一定的敘事特色。《杜詩詳注》引黃生說：『此通首敘事之體。』這是說得很有道理的。不僅從感情發展的內在脈絡說，即使從『忽傳』、『初聞』、『卻看』、『漫卷』、『即從』、『便下』這些字眼上，也可以明顯地看出前後續接、一脈相承的關係，錯亂不得，顛倒不得。這是典型的承續式意象組合。」見《詩詞曲藝術論》（杭州市：浙江教育出版社，1998 年 6 月一版一刷），頁 124。

36《章法學新裁》，頁 383。

卷詩書」的人，通常都以為是杜甫自己[37]，其實，「漫卷詩書」是妻子
（賓）的動作，乃「愁何在」這一「問」之「答」，也就是「妻子」愁
雲煙消雲散的具體憑據。這和詩人自己（主）「涕淚滿衣裳」的樣子，
正好構成了一幅家人「喜欲狂」的畫面。如鎖定賓主，就「染」的部分
而言，其結構可表示如下：

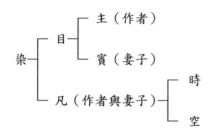

如此以賓（妻子）主（詩人自己）來切入此詩，形成「先目後凡」之關
係，似乎比較能使全詩前後平衡，而且「一以貫之」，而合於章法之聯
貫、統一原理。

　　如對應於「多、二、一（0）」來看，則由「因果」、「時空」、「賓主」
各一疊所形成之移位性調和結構與節奏（韻律），可視為「多」，由「凡
目」自為陰陽徹下徹上所形成之變化（轉位）性結構與節奏（韻律），

---

37 如史雙元說：「『卻看』，即再看、回看，驚喜之中。詩人回頭再看妻子兒女，一個個
　　喜笑顏開，往日的憂鬱已煙消雲散。親人的喜悅助長了詩人興奮之情，詩人真是樂
　　不可支，隨手捲起詩書，不覺手之舞之，足之蹈之，真是『老夫聊發少年狂』了。」
　　見《中學古詩文鑑賞辭典》（南京市：江蘇古籍出版社，1988 年 7 月一版一刷），頁
　　68。又霍松林：「『卻看』，是『回頭看』。『回頭看』這個動作極富意蘊，詩人似乎
　　想向家人說些什麼，但又不知從何說起。其實。無須說什麼了，多年籠罩全家的愁
　　雲不知跑到哪兒去了，親人們都不再是愁眉苦臉，而是笑逐顏開，喜氣洋洋。親人
　　的喜反轉來增加了自己的喜，再也無心伏案了，隨手捲起詩書，大家同享勝利的歡
　　樂。」見《唐詩大觀》（香港：商務印書館香港分館，1986 年 1 月一版二刷），頁
　　543。

可視為「二」，而由此呈現的「喜欲狂」之主旨與「酣暢飽滿」[38] 的風格、韻律，則可視為「一（0）」。

又如沈復的〈兒時記趣〉：

> 余憶童稚時，能張目對日，明察秋毫。見藐小微物，必細察其紋理，故時有物外之趣。
>
> 夏蚊成雷，私擬作群鶴舞空，心之所向，則或千或百，果然鶴也；昂首觀之，項為之強。又留蚊於素帳中，徐噴以煙，使之沖煙飛鳴，作青雲白鶴觀；果如鶴唳雲端，為之怡然稱快。
>
> 又常於土牆凹凸處，花臺小草叢雜處，蹲其身，使與臺齊；定神細視，以叢草為林，蟲蟻為獸，以土牆凸者為丘，凹者為壑；神遊其中，怡然自得。
>
> 一日，見二蟲鬥草間，觀之，興正濃，忽有龐然大物，拔山倒樹而來，蓋一癩蛤蟆也。舌一吐而二蟲盡為所吞。余年幼，方出神，不覺呀然驚恐。神定，捉蛤蟆，鞭數十，驅之別院。

此文旨在寫作者在兒時所常得到的「物外之趣」，是用「先凡後目」的結構寫成的。

「凡」的部分，僅一段，即首段。作者直接以回憶之筆，由因而果，拈出「物外之趣」的主旨，以貫穿全文。「目」的部分，包括二、三、四等段：

首先在第二段，以一群蚊子為例，細察牠們的紋理，把牠們擬作「群鶴舞空」、「鶴唳雲端」，寫出作者獲得「項為之強」、「怡然稱快」的這種「物外之趣」之情形，為「目一」。就在寫「群鶴舞空」的一節

---

38 《詩詞曲藝術論》，頁 241。

裡，「夏蚊成雷」寫的是「物內」；「群鶴舞空」至「果然鶴也」，寫的
是「物外」；而以「私擬作」作橋樑，這是寫「細察紋理」的部分。至
於寫「物外之趣」的部分裡，「昂首觀之」為聯貫的句子，而「項為之強」
寫的則是「物外之趣」。在寫「鶴唳雲端」的一節裡，「又留蚊」句起
至「使之沖煙」句止，寫的是「物內」；「青雲」二句，寫的是「物外」；
而以「作」字作橋樑；這又是「細察紋理」的部分。至於寫「物外之趣」
的部分，則以「為之」作聯貫，而以「怡然稱快」寫「物外之趣」。

　　其次在第三段，以土牆凹凸處的叢草、蟲蟻為例，細察牠們的紋
理，把叢草擬作樹林、蟲蟻擬作野獸，寫出作者獲得「怡然自得」的這
種「物外之趣」的情形，為「目二」。就在寫「細察紋理」的部分裡，「又
常於」句起至「使與臺齊」句止，寫的是「物內」；「以叢草」句起至「凹
者為壑」句止，寫的是「物外」；而以「定神細視」作橋樑。至於寫「物
外之趣」的部分裡，「神遊其中」為聯貫的句子，而「怡然稱快」寫的
則是「物外之趣」。

　　然後在末段，以草間的二蟲與癩蛤蟆為例，細察牠們的紋理，把癩
蛤蟆擬作龐然大物，舌一吐便盡吞二蟲，寫出作者獲得「捉蛤蟆，鞭數
十，驅之別院」[39] 的這種「物外之趣」的情形，為「目三」。就在寫「細
察紋理」的部分裡，「一日」二句寫的是「物內」；「觀之」二句，是由
「物內」過到「物外」的橋樑；「忽有」句起至「不覺」句止，寫的是「物
外」；而特用「蓋一癩蛤蟆也」與「余年幼，方出神」等句，插敘[40] 在
中間，作必要的說明。至於寫「物外之趣」的部分裡，「神定」為聯貫
的詞語，而「捉蛤蟆」三句，寫的則是「物外之趣」。很特別的是：這

---

39 這三句用得到「物外之趣」之後的動作來寫「物外之趣」。見《國文教學論叢續編》，
　　頁 146。
40 「插敘」如同「補敘」，是一種使辭章秩序產生變化的章法。詳見陳滿銘：〈插敘法在
　　辭章裡的運用〉，頁 277-288。

個「物外之趣」是回到「物內」初時之情形加以交代的。

　　十分明顯地，全文是以「物外之趣」一意貫穿，自始至終無不針對著「趣」字來寫，使前後都維持著一致的情意。附其結構分析表如下：

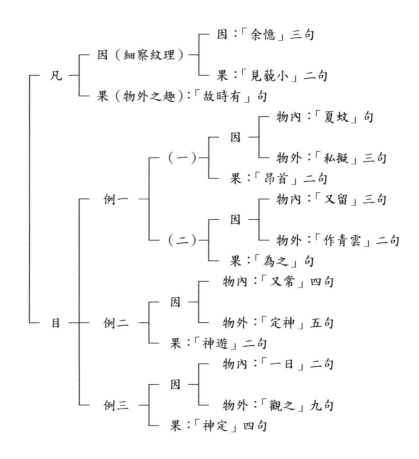

　　這篇文章在「篇」的部分，以「凡」和「目」形成呼應；在「章」的部分，連續以「因」與「果」、「人」（物內）與「天」（物外）彼此形成呼應。而就在寫「物外」由起點而過程而終點的時候，前後有著一些明顯的變化。首先看「私擬作群鶴舞空」句起至「果然鶴也」句止，

即有起點、過程，亦有終點；其中「私擬作」句，為起點；「心之所向」二句，為過程；而「果然鶴也」句，則是終點。再看「作青雲白鶴觀」二句，卻以「作青雲白鶴觀」為起點、「果如鶴唳」為終點，而省略了過程。接著看「定神細視」五句，很明顯地只敘起點，而將過程和終點完全省略了。最後看「忽有龐然大物」七句，拿掉插敘的「蓋一癩蛤蟆也」、「余年幼，方出神」等三句不算，則都是就終點來寫，而省略了起點和過程。作者這種寫「物外」之技巧可用簡表表示如下：

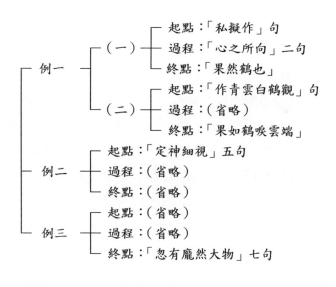

以上之省略，先省「過程」，再省「過程」與「終點」，最後省「起點」與「過程」，是很有變化的。如果不透過章法分析，這種省略、變化技巧，是很難看出其端倪來的。

　　此外，「項為之強」與「捉蛤蟆」三句，「有人以為二段的『項為之強』，寫的不是『物外之趣』，這該是錯誤的看法。因為『趣』，不只限於寫心理而已，用動作或姿態來寫，更為具體而富變化。又有人以為篇末『捉蝦蟆，鞭數十，驅之別院』，是寫作者主持正義的行為，這也

該是錯誤的看法。因為作者要是主持正義的話，必然是一鞭就把癩蛤蟆鞭死，怎麼可能在鞭數十下之後，竟然活得好好的，而又把牠趕到別院去呢？還有，果真如此，則寫的已不再是童心童趣，與前文也就不能維持一致的意思了。所以此三句，寫的該是作者得到『物外之趣』的動作，這樣，全文的意思就得以『一以貫之』了。」[41] 由此可見章法「統一律」梳理辭章的妙處。

　　如對應於「多、二、一（0）」來看，則由「因果」（六跌）、「並列」（兩疊）、「內外」（四疊）所形成之移位性調和結構與節奏（韻律），可視為「多」，由「凡目」自為陰陽徹下徹上所形成之核心結構與節奏（韻律），可視為「二」，而由此呈現的「物外之趣」之主旨與「生動奇妙」的風格、韻律，則可視為「一（0）」。

　　經由上述，可以看出「多、二、一（0）」結構的普遍性，它不但是屬於哲學、美學的，也是屬於文學的。而落於辭章的章法上，則如同上述，既適用於解釋章法之四大律：「秩序」（移位）與「變化」（轉位）為「多」、「聯貫」（由剛柔形成調和與對比，以徹下徹上）為「二」、「統一」（主旨與風格、韻律、氣象、境界等）為「一（0）」；而章法及其結構，也由於它們是一律由「二元對待」所形成的，非屬於「調和」（陰柔），即屬於「對比」（陽剛），可徹下徹上，是為「二」，而以核心結構以外之結構為「多」、統合全文之主旨與所形成之整體風格、韻律、氣象、境界等為「一（0）」；所以也一樣適用而無扞格之處。很顯然地，所舉之例，特別著眼於章法結構在凸顯主旨（偏於「一（0）」）與聯絡照應（偏於「多⟷二」）之功能上。

---

41 見〈如何畫好國文課文結構分析表〉，《國文教學論叢》，頁 239。

第二節　章法「多、二、一（0）」結構的節奏與韻律

　　詞章結構乃先由其移位、轉位而形成節奏，再由各個節奏層層串聯而形成一篇韻律的。大致說來，節奏乃就局部來說，而韻律則是指整體而言。而由移位所造成的，是較為簡單或反復、齊一之節奏，主要在顯現其偏於陰柔之調和性；而由轉位所造成的，則為較為複雜或往復、變化之節奏，主要在顯現其偏於陽剛之對比性。這樣，由局部而整體地層層疊合成為一篇韻律，再加上章法各結構本身的毗剛或毗柔屬性，即可大致可解釋一篇風格所以形成之原因，而這種歷程，可約略由章法之「多、二、一（0）」結構加以考察。就在此「多、二、一（0）」的諸多結構中，必有其核心結構，它一定落在一篇文章之主體所在，也就是最能凸顯「主旨」的部分，以牢籠各主體及其他對應材料，可以說乃關鍵性之「二」，居於既能收束又能發散的地位，在其他各輔助結構的支援下，形成「調和」（陰柔）或「對比」（陽剛），一面徹下以統合「多」（結構與節奏），一面徹上以歸根「一（0）」（主旨、韻律與風格等），發揮徹上徹下之功用。因此，理清核心與輔助結構，考察其移位、轉位之情形，則章法結構所造成之節奏與韻律，就可以大致掌握了。

一　章法「多、二、一（0）」結構的節奏與韻律之形成

　　由於章法，如上所述，為「客觀的存在」，因此所有的章法，都對應於自然規律，而出自於人類共通的理則。這種共通的理則，可概括為四：即「秩序」、「變化」、「聯貫」、「統一」；這便是章法四大律。其中「『秩序』、『變化』與『聯貫』三者，主要是就材料之運用來說的，

重在分析；而『統一』，則主要是就情意之表出來說的，重在通貫。」[42]
若針對「秩序律」而言，其「力」的變化是「移位」；而針對「變化律」
而言，其「力」的變化則是「轉位」了。

　　這所謂的「秩序」，是將材料依序加以整齊安排的意思。任何章法
都可依循此律，形成其先後順序。如就遠近法而言，「先近後遠」、「先
遠後近」就是依據空間遠近的秩序來組織篇章的，其他的章法也都可以
形成如此合乎秩序律的結構[43]。而且在張涵主編的《美學大觀》中也指
出：

　　　　秩序，事物的外在形式上部分與部分、整體與部分之間構成特定
　　　　的有規律的排列組合。指形式因素內部關係有秩序的變化，則構
　　　　成一種不變與變和諧交叉的形式美。[44]

由此可知，「秩序」並不是沒有變，而是一種「有秩序的變化」，由於
其「力」的變化較為和緩，因此可以用「移位」來說明。

　　而所謂的「變化」，則是把材料的次序加以參差安排的意思。每一
章法依循此律，也都可造成順逆交錯的效果。就以今昔法來說，可能有
的變化的結構至少有「今、昔、今」和「昔、今、昔」兩種，其他的章
法也都可以形成如此變化的結構。它所以會造成這種變化，那是因為
「參差安排」的關係，而所形成的是「往復」的現象，所造成的是較大
幅度的差異，因此其「力」的變化較為顯著，所以可以用「轉位」[45] 來

42　陳滿銘：〈論辭章章法的四大律〉，《章法學論粹》（臺北市：萬卷樓圖書公司，2002
　　年7月初版），頁4。
43　陳滿銘：〈論辭章章法的四大律〉，《章法學論粹》，頁4-5。
44　張涵主編：《美學大觀》（鄭州市：河南人民出版社，1988 年 1 月一版二刷），頁
　　246。
45　黃永武提出：「轉位是指詩行之間、意象之間，利用形、聲、義某一點共通性，作為

說明。

　　至於章法的「移位」與「轉位」，是可以根據結構表來掌握的。而所謂移位約有兩種：一是單一結構之移位，亦即章法單元之移位，如「由實而虛」與「由虛而實」、「由正而反」與「由反而正」等就是；一是兩個以上（含兩個）結構之移位，亦即結構單元之移位，如由「先凡後目」而「先底後圖」、由「先昔後今」而「先淺後深」等便是。至於轉位，也有兩種：一是單一結構之轉位，亦即章法單元的轉位，如「今、昔、今」、「破、立、破」等就是；一是兩個以上（含兩個）結構之轉位，亦即結構單元的轉位，如由「先景後情」而「先情後景」、由「先凡後目」而「先目後凡」等便是。此二者同是指「力」的變化，所不同的是變化程度較和緩者為「移位」，變化程度較顯著者為「轉位」，也因此「移位」與「轉位」所造成的節奏（韻律）與所帶出的美感也是有差別的。

　　而「節奏」是美感的重要來源之一[46]。什麼是節奏呢？楊辛、甘霖等在所著《美學原理》中提及：

　　　　構成節奏有兩個重要關係：一是時間關係，指運動過程；一是「力」的關係，指強弱的變化。把運動中的這種強弱變化有規律

　　媒介，觸類衍生，使二個彷彿是不連續的意象，相互引接。」見《中國詩學——設計篇》（臺北市：巨流圖書公司，1996 年 5 月十一版），頁 28，唯本論文所謂之「轉位」，內涵不同於此。

[46] 李澤厚曾闡明美的規則從何而來？他說：「原始積澱，是一種最基本的積澱，主要是從生產活動中獲得。也就是在創立美的過程中獲得。……由於原始人在漫長的勞動過程生產過程中，對自然的秩序、規律，如節奏、次序、韻律等等掌握、熟悉、運用，使外界的合規律性和主觀的合目的性達到統一，從而才產生了最早的美的形成和審美感受。」見《美學四講》（天津市：天津社會科學院出版社，2001 年 11 月一版一刷），頁 239，亦可與此參看。

地組合起來加以反復便形成節奏。[47]

通常比較容易引起注意的節奏，多是可以經由感官來把握的，譬如輕重長短的聲音、冷暖明暗的色彩、曲直橫折的線條、方圓尖斜的形狀等進行有規律的反復[48]；陳本益《漢語詩歌的節奏》從節奏與人的關係著眼，將節奏區分為聽覺上的、視覺上的和觸覺上的，但是他也認為廣義的節奏還可以指某些抽象的東西[49]。王菊生《造型藝術原理》則進一步地認為節奏可以分成「具象」和「抽象」兩種：

> 具象節奏是客觀具體物體及其形象所具有的節奏。……抽象節奏是非客觀具體物象及其構成形式所具有的節奏。抽象物體和抽象構成形式都是從客觀具體物中提煉、抽離出來的，它並不是純主觀的產物。[50]

「抽象的東西」也可以形成節奏，這是很重要的觀點。章法的移位與轉位所形成的節奏或韻律，就不是光靠聽覺、視覺或觸覺能夠把握的，但是它能夠暗合人的生理、心理結構，因此可以引起審美的愉悅[51]，所以也就可以產生節奏（韻律）美。而且節奏（韻律）所帶來的美感具有很重大的意義。蔣孔陽、蔣冰梅、樊莘森、樓昔勇等在所合著

47　楊辛、甘霖：《美學原理》（北京市：北京大學出版社，1989 年 2 月一版四刷），頁159。張涵主編的《美學大觀》亦有類似的說法，頁 246。
48　蔣孔陽等：《美與審美觀》（上海市：上海人民出版社，1987 年 5 月一版六刷），頁 55。
49　陳本益：《漢語詩歌的節奏》（臺北市：文津出版社，1994 年 8 月初版），頁 2-5。
50　王菊生：《造型藝術原理》（哈爾濱市：黑龍江美術出版社，2000 年 3 月一版一刷），頁 232-233。
51　可參看《美學大觀》所言：「形式美的規律根源在於客觀世界的自然規律，並與人的生理、心理結構相對應，是人類改造自然的長期歷史經驗在形式規律方面的集中體現。」見張涵主編：《美學大觀》，頁 245。

的《美與審美觀》中說道：

> 節奏也是事物正常化發展的一種表現形式。客觀世界的許多事物
> 和現象都是在合規律的節奏中存在和發展的。事物的正常發展都
> 離不開節奏，人的生活需要也離不開節奏。因此……這種符合規
> 律而又有利於人生的節奏，也就成了美的形式。[52]

　　這段話對節奏（韻律）所以帶來美感的原因，可說作了最好的
解釋。

　　先看由移位所造成之節奏（韻律），它可以從如下兩方面來加以考
察：

　　從單一結構單元來看，如前所述，所謂「秩序」就是將材料依序加
以整齊安排的意思。任何章法都可依循此律，形成其先後順序，若從章
法切入加以分析，則不僅可以看出它的結構，而且可以掌握其移位的情
形。就以「先底後圖」的結構來說，造成了由「底」向「圖」的移位，
這種變動本身就需要時間，而且標示出的是「力」的變化。前文曾提及
構成節奏有兩個重要關係：一是時間關係，指運動過程；一是力的關
係，指強弱的變化。把運動中的這種強弱變化有規律地組合起來加以反
復，便形成節奏。準此而觀，那麼單一結構中合乎秩序的移位，就具備
了這兩種基本元素：時間和力的關係，所缺者只是「有規律地組合起來
加以反復」而已。所以，此處所討論的移位，雖然在嚴格意義上，並未

---

52 《美與審美觀》，頁 55。E. B. Feldman 著、何政廣譯《藝術創作心理》談道：「我們知
　道，人的行進、舉重、或共同拖拉重物，如果以反復律動的拍子來加以規律，則他
　們的努力一定更有效，也比較不容易疲倦。人們在做反復的工作時，喜歡去尋找一
　種舒適的韻律。從另一種觀點，『反復』的韻律顯然有助於支援注意力，減少疲倦、
　發揮最大效率。」見《藝術創作心理》（臺北市：大江出版社，1971 年），頁 78，亦
　可與此參看。

形成明顯而具體之節奏美，但是已經具備形成節奏美的要素，因此若是
從寬來看待，也未嘗不可認為已具備簡單之節奏美。所以王菊生《造型
藝術原理》即說道：「只有一對矛盾對比或反復出現的單一節奏稱為簡
單節奏。」[53] 單一結構單元所呈現的移位現象，所產生的節奏就是「簡
單節奏」。

　　從兩個以上（含兩個）結構單元來看，通常一篇篇幅不算太短的辭
章，就可能形成兩層以上的結構層，所以就可能出現兩個以上的結構單
元。雖然從各自獨立的觀點來看，它形成的是單一結構的移位，但是因
為閱讀時必然是從整體來觀照，因此將這些結構單元結合起來看，就會
出現「重複」、「反復」[54] 的情況（與造成變化之轉位的「往復」不同），
這就會產生節奏（韻律）的美感。

　　綜合上述兩方面，可用王菊生在《造型藝術原理》中的一段話來說
明：

　　　　比如孤單的一個點‥單調呆板，靜止不動，只有單一刺激，無
　　　　差異矛盾可言，便無節奏感。而兩個點‥並置，開始有了延續
　　　　相繼和重複，出現了前後的發展過程。同時兩個點和兩個點之間
　　　　的空隙有了間隔和持續，實與虛、沒與現、前與後、左與右的矛
　　　　盾差異對比變化，因此具有了節奏感。[55]

---

53 《造型藝術原理》，頁 231。
54 《造型藝術原理》：「重複即同一形式再次出現，反復是同一形式的多次重複出現，是
　　重複的持續延伸。」，頁 287。
55 《造型藝術原理》，頁 225-226。蘇珊‧朗格著，劉大基譯《情感與形式》中談到：「重
　　複是另一種結構原則——像所有的基本原則相互聯繫著那樣，它深含於節奏－它給
　　了音樂作品以生命發展的外表。」見《情感與形式》（臺北市：商鼎文化出版社，
　　1991 年 10 月臺灣初版），頁 149，可供參看。

這段話可以總結前面從「單一結構單元」以及「兩個以上（含兩個）的結構單元」，來看「合乎秩序之移位」所產生的節奏（韻律）。

再看由轉位造成之節奏（韻律），一般說來，造成變化之轉位所形成的，是結構上的「往復」，可說是發展出去後，又拉回來的雙向作用，因此比起單純的「重複」、「反復」來說，變化是較為劇烈的，也就是說其「力」的強度會較強，節奏感也因而格外明顯。而且這種節奏（韻律）感也可以從兩個方向來觀察：

從單一結構單元來看，它因「轉位」所造成的往復，有著比較明顯之節奏。如「實、虛、實」便是。它由「虛」發展至「實」，又大力拉回至「虛」，這就是「轉位」。它既有時間的延展，「力」的變化又十分明顯，因此節奏（韻律）感是很鮮明的。從兩個以上的結構單元來看，「往復」的情況若是不只出現一次，如「賓、主、賓」與「賓、主、賓」所造成之節奏（韻律）感就會更加強烈。

節奏（韻律）表現的是生命的律動。蘇珊·朗格《情感與形式》即說道：「節奏連續原則是生命有機體的基礎，它給了生命體以持久性。」[56] 王菊生《造型藝術原理》亦言：「生命形式的特徵就是運動變化的張力和循環往復的節奏。」[57] 在文學作品中，結構的「移位」和「轉位」呈現的就是「運動變化的張力」，那麼就會產生「循環往復的節奏（韻律）」；而且因為「張力」的不同，所以「移位」和「轉位」所呈現的「節奏（韻律）」也就不同了。

關於這種不同的節奏（韻律）及節奏（韻律）美，我們可以從音樂美學中獲得靈感。郭長揚《音樂美的尋求》談到：

56《情感與形式》，頁 147。
57《造型藝術原理》，頁 192。

> 與節奏有密切關聯的是拍子的形式……我們可歸納為兩種基本形
> 式：1. 三拍子：拍子的力度為「強、弱、弱」，可表現生動、活
> 潑、或輕快之情緒。2. 雙拍子：拍子的力度為「強、弱」或「強、
> 弱、次強、弱」，可表現平穩、莊重、或溫雅之情緒。[58]

可見得在音樂中，不同的節奏可以表出不同的美感；音樂如此，文學又
何嘗不是呢？楊辛、甘霖的《美學原理》中提及郭沫若以文學作品為
例，認為節奏有兩種：鼓舞的節奏和沈靜的節奏，前者如海濤起初從海
心捲動起來，愈捲愈快，到岸邊啪地一聲打成粉碎，我們的精神便要生
出一種勇於進取的氣象；後者如遠處鐘聲，初叩時頂強，曳著嬝嬝的餘
音漸漸地微弱下去，這種節奏給人以沈靜的感受[59]。

　　雖然郭氏所言並非針對移位、轉位所產生的不同的節奏（韻律）美
而言，但是卻能夠給我們以相當的啟發。因為若是將移位與轉位拿來比
較的話，其產生的節奏（韻律）美必然有相對的差異，針對這樣的差
異，我們或可認為因為移位的「力」的變化較為穩定，因此其節奏（韻
律）的美感是偏於沈靜的，而轉位的「力」的變化較為顯著，所造成的
節奏（韻律）美就是偏於鼓舞的[60]。

　　而節奏是形成韻律之基礎。關於此點，歐陽周、顧建華、宋凡聖等
在其《美學新編》中說：

> 與節奏相關係的是韻律。韻律是在節奏的基礎上形成的，但又比
> 節奏的內涵豐富得多，是一種有規律的抑揚頓挫的變化，表現出

---

58 郭長揚：《音樂美的尋求》（臺北市：樂韻出版社，1991 年 6 月初版），頁 52-53。
59 《美學原理》，頁 160。
60 以上有關「節奏」之理論，參見仇小屏：〈論辭章法的移位、轉位及其美感〉，頁
　　98-122。

一種特有的韻味或情趣。可以說，節奏是韻律的條件，韻律是節
奏的深化。[61]

可見有了節奏才有韻律。如上所述，由移位所造成的，是較簡單或反
復、齊一之節奏（韻律），主要在顯現其偏於陰柔之調和性；而由轉位
所造成的，則為較複雜或往復、變化之節奏（韻律），主要在顯現其偏
於陽剛之對比性。這樣，由局部而整體地層層疊合成為一篇韻律，再加
上章法各結構本身的毗剛或毗柔屬性，即可大致可解釋一篇風格所以形
成之原因。而這種歷程，可約略由章法之「多、二、一（0）」結構加
以考察。

　　而這所謂的「一（0）」，籠統地說，就是「統一」，也可說是「和
諧」。這是統括「多」與「二」所獲致的結果，如就章法來說，則是聯
結在層層結構中，由「反復」（秩序）與「往復」（變化）所引起之「節
奏（韻律）」、「調和」（陰柔）與「對比」（陽剛）所呈顯之「剛柔」（陰
陽），以串聯成整體「韻律」、凸顯出情理（主旨）、形成風格、氣象、
境界等，而達於「和諧」的一個境界。而情、理（主旨）即「一」，一
篇韻律、風格、氣象、境界等即「（0）」。就在「多、二、一（0）」的
諸多結構中，必有其核心結構，它一定落在一篇文章之主體所在，也就
是最能凸顯「主旨」的部分，以牢籠各主體及其他對應材料，可以說乃
關鍵性之「二」，居於既能收束又能發散的地位，在其他各輔助結構的
支援下，形成「調和」（陰柔）或「對比」（陽剛），一面徹下以統合
「多」，一面徹上以歸根「一（0）」，發揮徹上徹下之功用。因此，理
清核心結構，對章法結構所造成之節奏與韻律的掌握，是有相當幫助
的。

[61] 《美學新編》，頁79。

　　這種由章法結構所產生之層層節奏與韻律，通常以底層之節奏為基本，該是完全顯性的；而其二、三或三層以上之節奏，則該是屬於隱性的，如分別來看，則對下一層來說，是屬韻律；對上一層而言，乃為節奏。而最上一層所造成之節奏，由於既可統合底下各層之節奏（韻律），也可藉以形成一篇之韻律，所以探討它是毗剛（對比）還是毗柔（調和），對於「一（0）」之認定，有極大之關聯性。這樣看來，章法「多、二、一（0）」結構所造成之層層節奏與韻律，正如音樂之有旋律或合唱之有重奏一樣，其重要性是不可輕忽的。

二　章法「多、二、一（0）」結構的節奏與韻律舉隅

　　任何一篇辭章，由章法切入，都可以理出其「多、二、一（0）」之結構，而屬於「多」的任何一層章法結構，也都可以由「移位」或「轉位」造成其節奏或韻律，以統合於「二」（核心結構），並上徹於「一（0）」，而形成一篇韻律與風格。茲舉幾篇古典散文與詩詞為例，分別探討其章法結構所形成之節奏與韻律，以見「多、二、一（0）」結構與節奏、韻律的密切關係。文如韓愈的〈送董邵南遊河北序〉：

> 燕趙古稱多感慨悲歌之士。董生舉進士，連不得志於有司，懷抱利器，鬱鬱適茲土，吾知其必有合也。董生勉乎哉！
> 夫以子之不遇時，苟慕義彊仁者，皆愛惜焉。矧燕趙之士，出乎其性者哉！然吾嘗聞風俗與化移易，吾惡知其今不異於古所云邪？聊以吾子之行卜之也。董生勉乎哉！
> 吾因子有所感矣。為我弔望諸君之墓，而觀於其市，復有昔時屠狗者乎？為我謝曰：「明天子在上，可以出而仕矣。」

　　此文為一贈序，寫以送董邵南往遊河北。由於當時河北藩鎮不奉朝

命，送行之人「斷無言其當往之理，若明言其不當往，則又多此一送」[62]，所以作者就避開河北之「今」，而從其「古」下筆。首先自開篇起至「出乎其性者哉」句止，以「因、果、因」的順序，說古時之燕趙〔即河北〕多「慕義彊仁」的豪傑之士，從正面預卜董生此行必受到「愛惜」而「有合」，以見其當往；其次自「然吾嘗聞」句起至「董生勉乎哉」句止，說如今燕趙之風俗，或許已與古時有所不同，從反面勉董生聊以此行一卜其「合與不合」[63]，以進一步見其當往；以上兩段，直接扣住董生之當「遊河北」來寫，是「擊」的部分。最後以末段，筆鋒一轉，旁注於燕趙之士身上[64]，採「先泛後具」的結構來表達，要董生傳達「明天子在上」而勸他們來仕之意，含董生不當往的暗示作收[65]；這是「敲」的部分。由此角度分析，可畫成如下結構分析表：

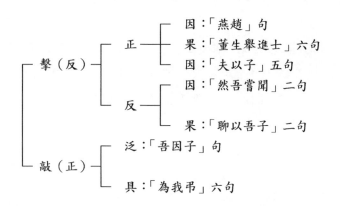

62 《古文析義合編》上冊卷四，頁 216。

63 王文濡在首段下評注：「此段勉董生行，是正寫。」在次段下評注：「此段勉董生行，是反寫。」見《精校評注古文觀止》卷八（臺北市：臺灣中華書局，1972 年 11 月臺六版），頁 36-37。

64 王文濡於「吾因子而有所感矣」下評注：「上一正一反，俱送董生，此下特論燕趙。」見《精校評注古文觀止》卷八，頁 37。

65 王文濡在篇末評注：「送董生，卻勸燕趙之士來仕，則董生之不當往，已在言外。」見《精校評注古文觀止》卷八，頁 37。

從「篇」來看，它是形成「先擊後敲」[66]之結構的。這個結構，足以涵蓋此文正面（擊）與側面（敲）的全部內容，可視為核心結構。其中「擊」的部分，先由一疊「因、果、因」（變化）與一疊「先因後果」（秩序）的調和性之輔助結構，以轉位之「變化」（陽剛）與移位之「秩序」（調和）來支撐這「先正後反」之對比性（陽剛）結構，而造成反復與往復之節奏（韻律）；再由此對比性（陽剛）結構來為「擊」的部分作支撐，使得這個部分，一面由「移位」、「轉位」造成明顯而有變化的節奏（韻律），一面由對比與調和形成「剛中寓柔」的強大力量，有力地帶出「敲」部分。而「敲」部分，則因離開了「送董邵南」的主題，故僅以「先泛後具」的一疊調和性結構來支撐，一面藉移位所造成的簡單節奏，與上個部分的「反復」與「往復」之節奏（韻律）銜接呼應，串聯為一篇韻律；一面藉此調和性結構，適切地表達「董生不當往」的「言外之意」。由此看來，這篇文章「先擊後敲」的核心結構本身，雖性屬調和，卻因隱含對比性極強之「正反」成分，而輔助結構之「多」，又帶有「剛中寓柔」的強大力量，所以上徹至「一（0）」，便足以表達本文頗曲折之主旨，而形成「剛柔互濟」之風格。吳楚才說：「董生憤己不得志，將往河北求用於諸藩鎮，故公作此送之。始言董生之往必有合，中言恐未必合，終諷諸鎮之歸順，及董生不必往。文僅百十餘字，

---

66 為「敲擊」結構之一種。「敲擊」一詞，一般用作同義的合義複詞，都指「打」的意思。但嚴格說來，「敲」與「擊」兩個字的意義，卻有些微的不同，《說文》說：「敲，橫擿也。」徐鍇《繫傳》：「橫擿，從旁橫擊也。」而《廣韻‧錫韻》則說：「擊，打也。」可見「擊」是通指一般的「打」，而「敲」則專指從旁而來的「打」。也就是說，以用力之方向而言，前者可指正〔前後〕面，也可指側面，而後者卻僅可指側面。依據此異同，移用於章法，用「敲」專指側寫，用「擊」專指正寫，以區隔這種篇章條理與「正反」、「平側」〔平提側注〕、賓主等章法的界線，希望在分析辭章時，能因而更擴大其適應的廣度與貼切度。大體說來，「敲擊」，主要在用不同事物以表達同類情意時，藉「敲」加以引渡或旁推，來呼應「擊」的部分，與「正反」、「賓主」之彼此映襯或「平側」之有所偏重的，有所不同。見〈論幾種特殊的章法〉，頁 196-202。

而有無限開闔，無限變化，無限含蓄。」[67] 這種特色之形成，很明顯地可從其「多、二、一（0）」結構中找到重要線索。

又如王安石的〈讀孟嘗君傳〉：

> 世皆稱孟嘗君能得士，士以故歸之，而卒賴其力，以脫於虎豹之秦。
> 嗟呼！孟嘗君特雞鳴狗盜之雄耳，豈足以言得士！不然，擅齊之強，得一士焉，宜可以南面而制秦，尚何取雞鳴狗盜之力哉！
> 雞鳴狗盜之出其門，此士之所以不至也。

這篇文章，一開頭就直接以「世皆稱」四句，先立一個案，採「先因後果」的條理，藉世人之口，對孟嘗君之「能得士」，作一讚美，並從中拈出「卒賴其力，以脫於虎豹之秦」，隱含「雞鳴狗盜」之意，以作為「質的」，以引出下文之「弓矢」。再以「嗟呼」句起至末，在此用「實、虛、實」的條理，針對「立」的部分，以「雞鳴狗盜」扣緊「卒賴其力，以脫於虎豹之秦」，予以攻破。所謂「質的張而弓矢至」，真是一箭而貫紅心，雖文不滿百字，卻有極強的說服力。附結構分析表如下：

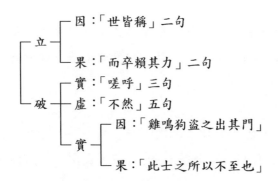

---

67 《精校評注古文觀止》卷八，頁 36-37。

可見此文在「篇」的部分，以「先立後破」的移位性核心結構，形成對比。但一樣的在對比中卻含有調和的成分，因為就「章」而言，在「立」的部分，既以「先因後果」的移位結構形成了調和；在「破」的部分，又先以「實（正）、虛（反）、實（正）」的轉位結構形成對比，再以「先因後果」的移位結構形成調和。這樣以「對比」、「移位」為主、「調和」、「轉位」為輔，其節奏（韻律）、風格自然趨於強烈、陽剛。

如此由底層而次層而上層，以兩疊「因（陰）果（陽）」、一疊「虛（陰）實（陽）」，來支撐一疊「立（陰）破（陽）」，其結構雖僅有四個，卻十分完整。如對應於「多 ←→ 二 ←→ 一（0）」而言，則此文以兩層移位性的「先因後果」與轉位性的「實、虛、實」結構與節奏（韻律），形成了「多」；以「先立後破」的核心（移位）結構與節奏（韻律），自為陰陽對比，形成了關鍵性之「二」，以徹下徹上；而以孟嘗君「未足以言得士」之主旨與所形成的偏剛風格（百分比：陽 64、陰 36）與韻律，所謂「筆力簡而健」[68]，則形成了「一（0）」。這篇短文之所以有極強之氣勢與說服力，與這種邏輯結構與節奏（韻律）有著密切之關係。

詩如王維的〈渭川田家〉：

斜光照墟落，窮巷牛羊歸。野老念牧童，倚杖候荊扉。雉雊麥苗秀，蠶眠桑葉稀。田夫荷鋤至，相見語依依。即此羨閒逸，悵然歌式微。

這首詩作於陝西藍田，藉「渭川田家」黃昏時的閒逸之景，以興欣羨之情，從而表出自己急欲歸隱田園的心願，是採「先因後果」的結構

---

68 郭預衡：《中國散文史》中（上海市：上海古籍出版社，2000 年 3 月），頁 485。

寫成的。「因」的部分，自篇首至「即此」句止。在此，先以「斜光」
八句，實寫引起作者欣羨之情的一些景物；再以「即此」句，虛寫面對
「田家」閒逸景物時所湧生的欣羨之情，形成「先景（實）後情（虛）」
的結構。就在實寫「田家」閒逸景物的八句裡，首先就「近」，也就是
村巷，以「斜光」二句，寫自然閒逸之景；以「野老」二句，寫人事閒
逸之景。然後就「遠」，也就是田野，以「雉雊」二句，寫自然閒逸之
景；以「田夫」二句，寫人事閒逸之景。由於王維這時在政治上失去了
張九齡的依傍而進退兩難，所以經由這些融合自然與人事的閒逸之景，
而引生他欣羨之情，便很自然地由「因」而「果」，帶出末句，用《詩
經・邶風・式微》「式微，式微，胡不歸」的詩意，以表達自己「踵武
靖節」[69] 的意思。可見此詩主要以「先因後果」的結構，形成其秩序。
據此，可畫成如下結構分析表：

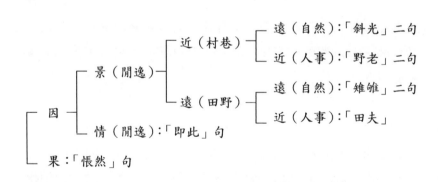

此詩主要以二疊「先遠後近」之空間層次，造成反復的第一層節奏，而
由「先近後遠」（一疊）之結構，造成的第二層節奏（韻律），先予以
統合，以呈現整體之「景」，從而由「景」及「情」，形成「先景後情」

69　高步瀛：《唐宋詩舉要》（臺北市：學海出版社，1973 年 2 月初版），頁 12。

（一疊）之結構，造成第三層節奏（韻律），作為「因」，以帶出其「果」，而成為「先因後果」的結構，造成最高一層節奏（韻律），結合各層節奏（韻律），形成一篇之韻律。而這「先因後果」的調和性結構，由於既可以徹下統合各輔助結構，也可以徹上交代自己急欲歸隱田園的心願，也就是主旨，以及由此形成的「閒逸自然」的風格，所以可認定為本文之核心結構。如此徹下以統合「多」、徹上以歸根「一（0）」，充分地發揮了核心結構（「二」）的功能。喻守真說：「這首詩是羨慕田家閒逸的景象，加以輕淡的描寫，結尾大有因慕田家閒逸不如歸去來之意。……結末二句，以『閒逸』二字總括上文，因羨生感，結出作意。」[70] 所謂「羨慕田家閒逸的景象，加以輕淡的描寫」與「因羨生感，結出作意」，道出了它「多、二、一（0）」結構的主要內容。

又如李白的〈登金陵鳳凰臺〉：

鳳凰臺上鳳凰遊，鳳去臺空江自流。吳宮花草埋幽徑，晉代衣冠成古邱。三山半落青天外，二水中分白鷺洲。總為浮雲能蔽日，長安不見使人愁。

這首詩藉作者登臺之所見所感，以寫其身世之悲與家國之痛。它首先在起聯，扣緊「金陵鳳凰臺」，凸出登臨之地點，用「遊」與「去」寫其盛衰，以寓興亡之感；這是頭一個「圖」的部分。接著在頷、頸兩聯，前以「吳宮」二句，就近寫今日所見「幽徑」與「古邱」之「衰」景，而用「吳宮花草」與「晉代衣冠」帶入昔日之「盛」況，形成強烈對比，以深化興亡之感；後以「三山」二句，將空間拓大，就遠寫今日所見

---

70 喻守真：《唐詩三百首詳析》（臺北市：臺灣中華書局，1996 年 4 月臺二三版五刷），頁 9。

「三山」與「二水」一直延伸到「長安」的山水勝景；這對上敘的「臺」或下敘的「人」〔不見長安之作者〕而言，均有烘托、襯映的作用，是「底」的部分。最後在尾聯，聚焦到自己身上，以「浮雲」之「蔽日」，譬眾邪臣之蔽賢，「長安」之「不見」，喻己之謫居在外，既為自己被排擠出京而憤懣，又為唐王朝將重蹈六朝覆轍而憂慮；這是後一個「圖」的部分。循此角度切入，它的結構分析表是這樣子的：

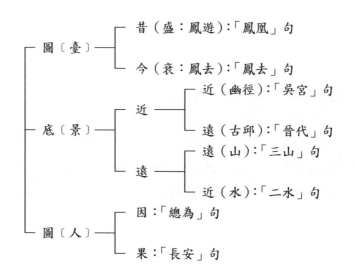

由上表可看出，作者此詩，經過「邏輯思維」作了安排，就最上一層來說，以「圖、底、圖」（一疊）之轉位，造成其往復節奏，以統合各次、底層節奏，串成一篇韻律，而其主旨就出現在後一個「圖」裡，因此可確定此「圖、底、圖」為核心結構；就次層而言，以「先昔後今」、「先近後遠」與「先因後果」等調和性結構，由時、空、事理之移位，造成其反復式節奏，以支撐上一層之「圖、底、圖」；就底層來說，以「先近後遠」（一疊）、「先遠後近」（一疊）調和性結構之空間轉位，造成

其往復節奏,以支撐次層之「先昔後今」(一疊)、「先近後遠」與「先因後果」。這樣看來,本詩是全由調和性之結構所組成的,而其風格也應該趨於純柔才對,但由於其中次層之「先昔後今」與底層之「先近後遠」兩結構,都形成了強烈對比,即一盛(反)一衰(正),且其主旨又在抒發家國之悲;而其中「順」和「逆」並用而產生變化的,除「圖、底、圖」外,還有中間兩聯所形成的「近、遠、近」,這些都使得此詩之風格在「柔」之中帶有「剛」氣。張志英說:「這首詩,在登臨處極目遠眺,觸景生情;語言自然天成,清麗瀟灑,憂國傷時,寓意深厚。」[71] 以這種情意與格調,對應於此詩之「多、二、一(0)」結構來看,是相當吻合的。

詞如蘇軾的〈醉落魄〉:

蒼顏華髮,故山歸計何時決。舊交新貴音書絕。惟有佳人,猶作殷勤別。　　離亭欲去歌聲咽,蕭蕭細雨涼吹頰。淚珠不用羅巾裹。彈在羅衫,圖得見時說。

這首詞題作「蘇州閶門留別」,當是熙寧七年(1074),由杭州赴密州時,途經蘇州而作。它一開篇即置重於虛時間,以「蒼顏」二句,把時間推向未來,發出不知何時才能歸鄉的感嘆,為下敘的別情蓄力。接著置重於實空間,採「主、賓、主」的順序,先以「舊交」四句,敘寫美人唱離歌殷勤送別的場景,以襯出別情,這是「主」;再以「蕭蕭」句,寫不斷吹頰的蕭蕭細雨,以景襯情,此為「賓」;末以「淚珠」句,寫美人淚滴羅衫的情狀,以加重別情,這又是「主」。然後又置重於虛時

---

71 張志英評析,見《山水詩歌鑑賞辭典》(北京市:中國旅遊出版社,1989 年 10 月一版一刷),頁 226

間，以結句應起，將時間推向未來，用「淚」作橋樑，設想未來見面時
的情景，一面藉以安慰「美人」，一面藉以推深別情。如此以「虛
（時）、實（空）、虛（時）」的結構呈現，很富於變化。依此可畫成結
構分析表如下：

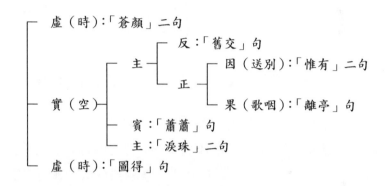

由上表可看出，作者此詞，經過「邏輯思維」的安排布置，先在底層以
一疊「先因後果」（移位）的調和性結構，造成第一層節奏，以支撐一
疊「先反後正」（移位）之對比性結構，造成第二層節奏。再由此「正反」
結構來支撐一疊「主、賓、主」（轉位）的變化結構，造成第三層節奏。
然後又由此「賓主」結構來支撐一疊「虛、實、虛」（轉位）的核心結
構，既造成第四層節奏，以連接為整體之韻律；又由這「虛實」的核心
結構，徹下於「多」，以統合各層節奏、上徹於「一（0）」，一面從篇
外逼出主旨（別情），一面則由於這「虛、實、虛」之結構，與次層之
「主、賓、主」，將「順」與「逆」雙向合用，產生兩層「轉位」作用，
而頭一個「主」更作成「正反」對比型態，使得節奏、韻律更趨於起伏
有致，這對作品風格之所以「柔中寓剛」、情意之所以深沉來說，是有
極大影響的。湯易水、周義敢說：「蘇軾任杭州通判之後詞作漸多，道
了離杭州赴密州前後，更大量創作詞篇的，自此一發而不可收。他注意

學習前人的經驗。沿用晚唐五代以來婉約詞的某些寫作技巧來寫歌妓，但不寫淺斟低唱，不涉艷冶風情，而是以幽怨纏綿的手法，表達身世之感和政治懷抱。」[72] 所謂「以幽怨纏綿的手法，表達身世之感和政治懷抱」，道出了本詞之特色；而這個特色，可大致從其「多、二、一（0）」結構裡反映出來。

　　由上述諸多「多、二、一（0）」結構的例子中，獲得充分之證明，可藉以看出由章法結構所形成節奏與韻律之梗概。

第三節　章法「多、二、一（0）」結構的風格

　　文學的風格是多樣的，有文體、作家、流派、時代、地域、民族和作品等風格之異，即以一篇作品而言，又有內容與形式（藝術）風格的不同，而形式（藝術），更有文法、修辭和章法等風格之別。由於章法是建立在二元（陰柔、陽剛）對待之基礎上的，所講求的是篇章「多、二、一（0）」的邏輯結構，因此其風格之形成，便與這種由二元（陰柔、陽剛）對待所組織而成之「多、二、一（0）」結構與其「移位」、「轉位」，息息相關；而其中之「二」，除一面徹下以統合結構與節奏之「多」，一面徹上以歸根於「一（0）」，凸出一篇之主旨、韻律與風格等，發揮徹上徹下之功用外，也用於指核心結構之陰柔或陽剛屬性，可以說乃關鍵性之「二」，居於既能收束又能發散的地位，在其他各輔助結構（多）的支持下，形成「調和」（陰柔）或「對比」（陽剛）。本章即以此由二元（陰柔、陽剛）對待所組織成之「多、二、一（0）」的章法結構與其「移位」（順、逆）、「轉位」（拗）為依據，對整體結構之陽剛與陰柔消長的情形，探討其準則，並舉幾首詩詞為例，試予量

---

72 湯易水、周義敢評析，見《唐宋詞鑑賞辭典》（上海市：上海辭書出版社，1988 年 4 月一版十五刷），頁 721。

化，以見章法風格之一斑。

一　章法「多、二、一（0）」結構的風格之形成

　　每一篇辭章，雖然各有各的章法結構與風格，但其形成之原理是一致的，茲概述如下。

　　作為一般術語，風格是指「作風、風貌、格調，是各種特點的綜合表現」，而這種表現是多方面的，有建築風格，雕塑風格、音樂風格、服裝設計風格、藝術風格，文學風格等[73]。即以其中的文學風格而言，又有文體、作家、流派、時代、地域、民族和作品等風格之異[74]。如再就其中之一篇作品來說，則又有內容與形式（藝術）風格的不同，而形式（藝術），更有文法、修辭和章法等風格之別。

　　從文學風格來看，在我國，自曹丕〈典論論文〉與劉勰《文心雕龍》開始，對風格概念，就探討、發展得很好，這可由傳統有關的許多論著中得知，而所探討的，大體而言，不外是作家風格、作品風格或文章風格[75]。而對其中之作品風格，大都僅就整體來作綜合探討，卻較少分為內容與形式加以析論，也十分自然地，從文法、修辭和章法等角度來推求其風格的，便更少見，甚至完全看不到。其中章法風格，就是如此；這是由於一直未注意到章法是建立在「陰陽二元對待」的基礎之上的緣

73　黎運漢：《漢語風格學》（廣州市：廣東教育出版社，2000 年 2 月一版一刷），頁 3。
74　周振甫：《文學風格例話》（上海市：上海教育出版社，1989 年 7 月一版一刷），頁 1-290。
75　黎運漢：「在我國傳統文論、詩話、文體以及 20 世紀初的修辭學論著中，都常用『體』、『體性』、『體式』、『文體』、『品』等表示風格的概念。例如曹丕〈典論論文〉說的『文以氣為主，氣之清濁有體』」和《文心雕龍·體性》篇、司空圖《二十四詩品》，以及龍伯純《文字發凡·修辭》（1905）的『簡潔體』、『剛健體』、『優柔體』、『華麗體』，王易《修辭學通詮》（1930）的『雄健體』、『富麗體』，陳望道《修辭學發凡》（1932）的〈語文的體類〉（後改為〈文體或辭體〉）等，都是講作家風格、作品風格或文章風格。」見《漢語風格學》，頁 2。

故。

　　直接由「陰陽二元對待」所形成之母性風格，是「剛」與「柔」。
而我國涉及此「剛」與「柔」的特性來談風格的，雖然很早，如南朝梁
鍾嶸的《詩品》、唐司空圖的《二十四詩品》、宋嚴羽的《滄浪詩話》
等，它們所談的風格，就有與「剛」、「柔」相接近或類似的，卻還沒
直接提到「剛」與「柔」；就是明末清初的黃宗羲在〈縮齋文集序〉裡，
固然以陰陽之氣論文，與「剛柔」有關，也一樣未直接提到「剛柔」[76]。
真正說來，明明白白地提到「剛」與「柔」，而又強調用它們來概括各
種風格的，首推清姚鼐的〈復魯絜非書〉：

　　　　鼐聞天地之道，陰陽剛柔而已。文者，天地之精英，而陰陽剛柔
　　　　之發也。……其得於陽與剛之美者，則其文如霆，如電，如長風
　　　　之出谷，如崇山峻崖，如決大川，如奔騏驥；其光也，如杲日，
　　　　如火，如金鏐鐵；其於人也，如凭高視遠，如君而朝萬眾，如鼓
　　　　萬勇士而戰之。其得於陰與柔之美者，則其文如升初日，如清
　　　　風，如雲，如霞，如煙，如幽林曲澗，如淪，如漾，如珠玉之
　　　　輝，如鴻鵠之鳴而入寥廓；其於人也，漻乎其如嘆，邈乎其如有
　　　　思，煖乎其如喜，愀乎其如悲。觀其文，諷其音，則為文者之性
　　　　情形狀舉以殊焉。且夫陰陽剛柔，其本二端，造萬物者糅而氣有
　　　　多寡、進絀，則品次億方，以至於不可窮，萬物生焉。故曰：一
　　　　陰一陽之為道。夫文之多變，亦若是已。

---

[76] 于民、孫通海：「以陽剛陰柔論文之美，早已有之，但大都不甚直接、明確、系統。
　　到了明末至清代中期，這個問題就有了明顯的發展和反映。其代表作家是清初的黃
　　宗羲與清代中期的姚鼐。黃宗羲的觀點……是崇陽而貶陰，以陽為陰制、陽氣突發
　　為迅雷而論至文。」見《中國古典美學舉要》（合肥市：安徽教育出版社，2000 年 9
　　月一版一刷），頁 962。

對這段話，周振甫作了如下闡釋：

> 在這裡，姚鼐把各種不同風格的稱謂，作了高度的概括，概括
> 為陽剛、陰柔兩大類。像雄渾、勁健、豪放、壯麗等都歸入陽
> 剛類，含蓄、委曲、淡雅、高遠、飄逸等都可歸入陰柔類。就
> 這兩類看，認為「為文者之性情形狀舉以殊焉」，性情指作者之
> 性格，跟陽剛、陰柔有關；形狀指作品的文辭，跟陽剛、陰柔
> 有關。又指出這兩者「糅而氣有多寡進絀」，即陽剛陰柔可以混
> 雜，在混雜中，陰陽之氣可以有的多有的少，有的消有的長，這
> 就造成風格的各種變化。他雖然把風格概括為兩大類，但又指出
> 陰陽之交錯所造成的各種不同風格是變化無窮的，這又承認風格
> 的多樣化。[77]

可見風格之多樣，是由「剛」與「柔」的「多寡進絀」（多少、消長）
而形成的，因此多樣的風格，可以概括為陽剛、陰柔兩大類，以其
「剛」與「柔」之「多寡進絀」（多少、消長）而形成不同的風格。姚
鼐這種「剛柔」的概念，承襲自古聖的典籍，他在〈復魯絜非書〉中說：

> 惟聖人之言，統二氣之會而弗偏，然而《易》、《詩》、《書》、《論
> 語》所載，亦間有可以剛柔分矣。[78]

---

[77] 《文學風格例話》，頁 13。
[78] 于民、孫通海注此四句：「統二氣之會而弗偏，指《周易‧繫辭上》所言『一陰一陽
之謂道』。舊說〈繫辭傳〉為孔子所作。《易》、《詩》、《書》、《論語》所載的有關
剛柔分的，如《易‧噬嗑》：『剛柔分，動而明。』《詩經‧大雅‧烝民》：『柔嘉維則』、
『剛亦不吐』。《尚書‧舜典》：『剛而無虐』、『柔遠能邇』等等。」見《中國古典美學
舉要》，頁 965。

這種「陰陽、剛柔」源自《易》、《詩》、《書》、《論語》的說法，可藉以說明姚鼐所以「尚陽而下陰，伸剛而絀柔」（姚鼐〈海愚詩鈔序〉）的原因，因為儒家本來就是崇尚陽剛的，與道家之崇尚陰柔，有所不同。如果真正要「統二氣之會而弗偏」，則《周易》（含《易傳》）和《老子》二書有關陰陽、剛柔，亦即「二」的說法，當是剛柔風格之哲學基礎所在，不宜有所偏倚。關於這點，在上文論章法「多、二、一（0）」結構之形成時，已約略作了說明，在此不予贅述。

　　如上所述，章法與章法結構，既然是建立在「陰陽二元對待」，亦即「剛」與「柔」互動的基礎之上的，當然與「剛柔」風格就有直接之關係。而由章法與章法結構來解釋「剛柔」風格之形成，也自然最為利便。因此要談章法風格之形成，就必須從章法本身與章法結構之陰陽、剛柔來探討。

　　先就章法本身之陰陽、剛柔來看，由於所有章法，無論是調和性或對比性的，都以「一陰一陽」對待而形成，所以每一章法本身即自成陰陽、剛柔。大抵而論，屬於本、先、靜、低、內、小、近……的，為「陰」為「柔」，屬於末、後、動、高、外、大、遠……的，為「陽」為「剛」。而《周易・繫辭上》所謂「天尊地卑，乾坤定矣；卑高以陳，貴賤位矣；動靜有常，剛柔斷矣」，雖然沒有明說何者為「剛」？何者為「柔」？然而從其整個陰陽、剛柔學說看來，卻可清楚地加以辨別。陳望衡說：

　　　《周易》中的剛柔也不只是具有性的意義，它也用來象徵或概括
　　天地、日月、畫夜、君臣、父子這些相對立的事物。而且，剛柔
　　也與許多成組相對立的事物性質相連屬，如動靜、進退、貴賤、
　　高低……剛為動、為進、為貴、為高；柔為靜、為退、為賤、為

低。[79]

這樣以「陰陽」或「剛柔」來看章法，則所有以《周易》（含《易傳》）
與《老子》之「陰陽二元」為基礎而形成的章法，都可辨別它們的陰陽
或剛柔。譬如：

今昔法：以「昔」為陰為柔、「今」為陽為剛。

遠近法：以「近」為陰為柔、「遠」為陽為剛。

大小法：以「小」為陰為柔、「大」為陽為剛。

本末法：以「本」為陰為柔、「末」為陽為剛。

虛實法：以「虛」為陰為柔、「實」為陽為剛。

賓主法：以「主」為陰為柔、「賓」為陽為剛。

正反法：以「正」為陰為柔、「反」為陽為剛。

立破法：以「立」為陰為柔、「破」為陽為剛。

凡目法：以「凡」為陰為柔、「目」為陽為剛。

因果法：以「因」為陰為柔、「果」為陽為剛。

以此類推，每種章法都各有其陰陽或剛柔，這樣，對風格之形成，便打
好了最佳基礎。

　　以此為基礎，再配合章法本身之調和性（陰柔）或對比性（陽剛），
就可約略推得它們的陰陽或剛柔來。大致說來，在約四十種章法中，除
了貴與賤、親與疏、正與反、抑與揚、立與破、眾與寡、詳與略、張與
弛……等，比較容易形成「對比」外，其他的，如遠與近、大與小、高
與低、淺與深、賓與主、虛與實、平與側、凡與目、縱與收、因與

---

[79]《中國古典美學史》，頁184。

果……等，都極易形成「調和」的關係。

　　再從章法結構之陰陽、剛柔來看，這就涉及了章法單元與結構單元的「移位」與「轉位」的問題。先就章法單元來說，所謂的「移位」，是指章法二元本身所形成的順向或逆向運動，如「正 → 反」（順）、「反 → 正」（逆）或「凡 → 目」（順）、「目 → 凡」（逆）等便是；而所謂的「轉位」，是指章法二元本身所形成的往復（合順、逆為一）運動，如「破 → 立 → 破」、「主 → 賓 → 主」、「實虛 → 實」、「果 → 因 → 果 」等便是。後就結構單元來說，所謂的「移位」，是指章法結構所形成的順向或逆向運動，如「先立後破 → 先本後末」、「先點後染 → 先近後遠」、「先昔後今 → 先抑後陽」等便是；所謂的「轉位」，是指章法結構所形成的往復（合順、逆為一）運動，如「正 → 反」與「反 → 正」、「大 → 小」與「小 → 大」、「平 → 側」與「側 → 平」等便是[80]。而這種「移位」與「轉位」，雖然二者同是指「力」（勢）的變化，但是在程度上是有所不同的，亦即變化強度較弱者為順向之「移位」，較強者為逆向之「移位」，而變化強度最激烈者為「轉位」之「拗」，也因為這樣，「移位」（順與逆）與「轉位」（拗）所形成的章法風格與所帶出的美感，也是有差別的。而推動這些運動的，是陽剛與陰柔之二元力量，如就全篇之「多、二、一（0）」來看，則都是由其核心結構發揮徹下徹上之作用，逐層予以統合的。

　　這樣看來，章法結構之陽剛或陰柔的強度（「勢」），當受到下列幾個因素的影響：

　　（一）章法本身的陰柔、陽剛屬性，如「近」為陰柔、「遠」為
　　　　　陽剛，「正」為陰柔、「反」為陽為剛，「凡」為陰柔、「目」

80〈論章法的移位、轉位及其美感〉，頁 98-122。

為陽剛。

（二）章法結構的調和、對比屬性，如淺與深、賓與主、凡與目
　　　 等形成調和，而正與反、抑與揚、立與破等則形成對比。

（三）章法結構之變化，如「移位」之「順」、「逆」與「轉位」
　　　 之「拗」。其中「順」屬原型，「逆」與「拗」屬變型。

（四）章法結構之層級，如底層、次層、三層、四層……等。

（五）章法「多、二、一（0）」的核心結構。

以上幾個因素，對於陰陽、剛柔之「勢」（力量）之「消長」影響極大，
而這所謂的「勢」，可用涂光社在《因動成勢》中的闡述來加以說明：

> 他們（按：指藝術家）或隱或顯地把宇宙萬物，尤其是把一切藝
> 術表現對象都理解為不斷運動變化的存在，乃至是與自己心靈相
> 通的有生命有個性的活物。他們總是企求體察和反映出物態中存
> 在的這種靈動之「勢」。[81]

而「勢」有順、有逆、有拗，正好反映出其所體察之不同：

> 「勢」有「順」有「逆」。「順」指其運動方式和取向與審美主體
> 的心理傾向或思維習慣協調一致，能使欣賞者有意氣宏深盛壯、
> 淋漓暢快的感受；「逆」則是其運動方式和取向與審美主體的心
> 理傾向或思維習慣相牴觸、相違背，於是波瀾陡起，衝突、騷動
> 和搏擊成為心態的主導方面。[82]

81　涂光社：《因動成勢》（南昌市：百花洲文藝出版社，2001 年 10 月一版一刷），頁
　　256。
82　涂光社：《因動成勢》，頁 265。

準此以觀，「順勢」較渾成暢快，「逆勢」較激盪騷動；「拗勢」則自然地，比起順、逆來，更為渾成暢快、激盪騷動。而這些「勢」的本身，雖然也有其陰陽（以弱、小者為陰、強、大者為陽），卻不能藉以確定章法結構之「陰」、「陽」，是完全要看結構內之運動而定的，如結構是向「陰」而動，則加強的是陰柔之「勢」；如「結構」是向「陽」而動，則加強的是陽剛之「勢」了。

　　如果這種看法或推測正確，則可根據以上所述幾種因素所形成的「勢」之大小強弱，約略地推算出一篇辭章剛柔成分之比例來。大抵而言，據上述因素加以推定：

（一）除判其陰陽外，以起始者取「勢」之數為「1」（倍）、終末者取「勢」之數為「2」（倍）。

（二）將「調和」者取「勢」數為「1」（倍）、「對比」者取「勢」之數為「2」（倍）。

（三）將「順」之「移位」取「勢」之數為「1」（倍）、「逆」之「移位」取「勢」之數為「2」（倍）、「轉位」之「拗」取「勢」之數為「3」（倍）;而「拗」向「陽」者取「勢」之數為「1」（倍）、「拗」向「陰」者取「勢」之數為「2」（倍）[83]。

（四）將處「底層」者取「勢」之數為「1」（倍）、「次層」者取「勢」之數為「2」（倍）、「三層」者取「勢」之數為「3」（倍）……以此類推。

（五）以核心結構一層所形成「勢」之數為最高，過此則「勢」之數（倍）逐層遞降。

---

[83]「拗」向「陰」或「陽」部分，乃參酌仇小屏與謝奇懿之意見加以增訂。

雖然這些「勢」之數（倍），由於一面是出自推測，一面又為了便於計算，因此其精確度是不足的，卻也已大致可藉以推測出一篇辭章剛柔成分之比例來，初步為姚鼐「夫陰陽剛柔，其本二端，造萬物者糅而氣有多寡、進絀，則品次億方，以至於不可窮，萬物生焉」的說法，作較具體的印證。

二　章法「多、二、一（０）」結構的風格舉隅

　　一篇辭章，是由多個章法結構先後連接、層層組合而成。而每個章法結構，又有調和（陰柔）或對比（陽剛）的不同，且皆各自成其陰（柔）陽（剛），經「移位」（順、逆）或「轉位」（拗）之運動，以表現其「勢」。因此要探求每篇辭章所形成之章法風格，必須掌握層層結構之調和或對比、陰（柔）或陽（剛）「移位」或「轉位」所形成「勢」之強弱，才能循「理」大致推得。由於章法所探討的原是「篇章內容的邏輯結構」，與「情」、「理」、「景（物）」、「事」等內容，關係極其密切，所以章法風格是最接近一篇風格的。茲特舉蘇軾之「清峻」詞格為例，附以結構分析表，概述如次：

（一）蘇軾之「清峻」詞格

　　蘇軾在創作詩、文之餘，也致力於填詞，共留下了三百二十多首詞作。它的風格，雖說一如辛棄疾「備四時之氣」[84]，應有盡有，但要以「清雄」[85]，較為後人所稱道；而「清峻」（清遠高峻）又是其中最足以反映作者生命情調的一種。在此即以其清峻詞為範圍，從中選擇幾首，試著透過其篇章或章法結構，對風格中的剛柔成分，加以量化，以見一

84　王易：《詞曲史》上（臺北市：廣文書局，1960 年初版），頁 195。
85　龍沐勛：〈東坡樂府綜論〉，《詞學季刊》二卷二號（臺北市：學生書局，1935 年影印版），頁 10。

斑。如：

> 寒雀滿疏籬。爭抱寒柯看玉蕤。忽見客來花下坐，驚飛。踏散芳
> 英落酒卮。　　痛飲又能詩。坐客無氈醉不知。花謝酒闌春到
> 也，離離。一點微酸已著枝。（〈南鄉子〉）

此詞題作「梅花詞，和楊元素」，是宋神宗熙寧七年（1074）冬日
所寫。時蘇軾在密州，而楊元素（繪）正守杭，在杭州。它旨在藉詠梅
來抒發個人身世之感，是採「先實後虛」的結構寫成的。「實」的部分，
自篇首至「花謝酒闌」止，乃用「先目後凡」的結構來組合，其中「寒
雀滿疏籬」五句，用以實寫「花謝」，為「目一」，它首先以起二句，
寫「花謝」之前，經由「寒雀」之「抱」與「看」，帶出梅的樹枝與白花，
以交代白梅正盛開；然後以「忽見客來」三句，寫「花謝」之時，藉
「客」來驚動樹上的群雀飛起，營造出梅花被「踏散」而落入酒杯的清
雅景致，以交代白梅已飄落。而「痛飲又能詩」二句，用以實寫「酒
闌」，為「目二」，在此，用了唐代鄭虔的典實。鄭虔為廣文館博士，
由於貧窮，客人來了，連坐氈都沒有，杜甫〈戲鄭廣文又兼呈蘇司業〉
詩說：

> 才名三十年，坐客寒無氈。

所謂的「寒」，原指貧窮，而蘇軾用於此，一方面說醉到沒有氈席也不
覺得冷，一方面也暗寓了自己不如意的感慨，是很耐人尋味的。而
「凡」為「花謝酒闌春到也」句中的「花謝酒闌」四字，用以收上文之
二「目」。至於「虛」的部分，為結尾「離離」二句，透過設想，虛寫
「春到」之後，梅樹結實纍纍的景象，而作者在此視覺之外，又特地加

上「微酸」二字，藉味覺來增強它的感染力，使得不如意的感慨推深一層。龍沐勛指出此二句有所「感喟」[86]，是很有見地的。陳邇冬在《蘇軾詞選》中以為：

> 花謝酒闌，結束眼前事；春到也，想像未來時。[87]

明白地道出了這一句的虛實作用。而「梅」，自古以來，即常用以象徵人品的高潔，而品格高潔之人，又因有所堅持，而不肯與世俗妥協，這樣自然就只有沈醉在酒中，以求寬慰了。杜甫〈晦日尋崔戢李封〉詩云：

> 濁醪有妙理，庶用慰沈浮。

即此意。此詞之所以呈現清峻風格，與此有關。附結構分析表供參考：

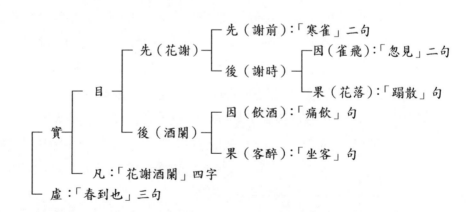

86 龍沐勛：《東坡樂府箋講疏》卷一（臺北市：廣文書局，1972 年 9 月初版），頁 28。
87 陳邇冬：《蘇軾詞選》（北京市：人民文學出版社，1986 年 7 月二版三刷），頁 22。

而將其剛柔成分加以量化，可呈現如下圖：

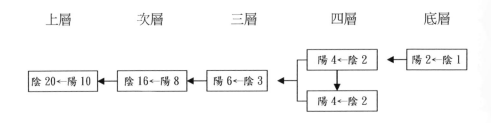

由上圖可知，此詞含五層結構：底層以「先因後果」形成順向的移位結構，其「勢」之數為「陰1、陽2」；四層以「先先後後」、「先因後果」又形成順向的移位結構，其「勢」之數依序為「陰2、陽4」、「陰2、陽4」；三層以「先先後後」再形成順向的移位結構，其「勢」之數為「陰3、陽6」；次層以「先目後凡」形成逆向的移位結構，其「勢」之數為「陰16、陽8」；上層以「先實後虛」又形成逆向的移位結構，其「勢」之數為「陰20、陽10」。這樣累積成篇，其「勢」之數的總和為「陰44、陽34」，如換算成百分比（四捨五入），則為「陰56、陽44」。

　　如此，對應於「多、二、一（0）」結構來看，則次層以下之結構為「多」（「凡目」一疊、「先後」與「因果」各二疊），它們由下而上地藉層層結構之陰陽流動與呼應，將「勢」形成層層節奏（韻律）[88]，以支撐上層的「先實後虛」結構，而這「先實後虛」結構即為「二」，它一面徹下以統合「多」，一面又歸根於「一（0）」，以強化愛梅之情與身世之感，並呈現「柔中寓剛」的清峻風格。而此「柔中寓剛」，從

---

[88] 「章法結構」，是先由其移位、轉位而形成節奏，再由各個節奏串聯而形成一篇韻律的。大致說來，「節奏是韻律的條件，韻律是節奏的深化。」見《美學新編》，頁79。所以節奏是就局部而言，而韻律則是指整體來說的。見陳滿銘：〈章法「多、二、一（0）」結構的節奏與韻律──以兩首詩詞為例〉，《中國科技發展精典文庫》二輯（北京市：中國言實出版社，2003年5月），頁367。

「陰 56、陽 44」的量化結果看來，此詞中之剛柔成分是極接近的。

又如：

> 照野瀰瀰淺浪，橫空隱隱層霄。障泥未解玉驄驕，我欲醉眠芳
> 草。　　可惜一溪風月，莫教踏碎瓊瑤。解鞍欹枕綠楊橋，杜宇
> 一聲春曉。（〈西江月〉）

此詞題作「頃在黃州，春夜行蘄水中。過酒家，飲酒醉，乘月至一
溪橋上，解鞍，曲肱醉臥少休。及覺已曉，亂山攢擁，流水鏘然，疑非
塵世也，書此語橋柱上」，為神宗元豐五年（1082）三月所寫，時蘇軾
在黃州。主要藉自己對「一溪風月」的陶醉，來寫瀟灑出塵的意趣，以
超脫出謫居之不幸[89]，是採「天（自然）、人（人事）、天（自然）」之
結構敘寫而成的。

它首先以「照野」二句，寫自己「乘月至一溪橋上」的所見水天清
景，由水光拓寬原野，由層霄襯映夜空，構成了極為迷人的畫面；為頭
一個「天（自然）」的部分。其次以「障泥未解」五句，寫自己「解鞍，
曲肱醉臥少休」之經過，採「先因後果」的結構寫成。其中先「障泥」
二句，交代作者置身於如此迷人畫面的直接反應，那就是欲「解鞍」而
「醉眠」，寫來生動有致；接著以「可惜」二句，進一步交對代溪月之
喜愛，以強化酒醉欲眠之情；在此用愛惜溪月，而不忍心被人馬踏碎的
心意，在「醉」之外，為「解鞍」更找到不得不如此的理由。而「解鞍」
句，則用來敘「果」，寫出自己就在此綠楊垂映之溪橋上斜躺下來憩
息。如此幕天席地，縱意所如，恰恰印證了作者曠達的心胸，所謂「非

---

89 徐中玉：「元豐五年三月作。詞人陶醉在澄澈寧靜的自然風光裡，似乎完全忘卻了謫
居的不幸與痛苦。」見《蘇東坡文集導讀》（成都市：巴蜀書社，1990 年 6 月一版一
刷），頁 244。

塵世」，正是他此刻心境的寫照；這是「人（人事）」的部分。至於結尾的「杜宇」一句，用以寫「及覺已曉」之景，僅僅藉杜宇一聲，畫破曉空，以聽覺來收束全詞。此時，以近而言，是「曉風殘月下的綠楊翠嵐，橋下的淙淙流水與聲聲催歸的杜宇交織」[90]；以遠而言，則「亂出攢擁」；這是後一個「天（自然）」的部分。此時，在作者眼前所展現的，不又是一幅充盈著清峻之氣的畫面嗎？龍沐勛指出此乃「清絕之境」[91]，見得十分真切。

　　由此看來，東坡此刻之心，是澄澈如眼前一片清景的，但「杜宇」，亦名「杜鵑」，是周朝末年蜀地君主望帝的化身，而望帝則是政治鬥爭下的犧牲者，他所蒙受的冤屈，是令後人憤憤不平的。李商隱〈錦瑟〉詩：「望帝春心托杜鵑」，即用此典，以寄託詩人失意之無限怨恨；而蘇軾用於此，難道只是偶然涉筆嗎？顧易生講析蘇軾此詞云：

　　　　蘇軾因作詩受政治陷害，謫居黃州，實受看管。他徜徉於大自然
　　　　懷抱，表現出一種逍遙自得、瀟灑出塵的意趣，實為對現實壓迫
　　　　的蔑視和鄙視，這是我們讀本詞時所能感受到的。[92]

這是極合理的看法。附結構分析表供參考：

---

90 劉崇德語，見《唐宋詞鑑賞集成》（香港：中華書局香港分局，1987 年 7 月初版），
　　頁 391。
91 《東坡樂府箋講疏》卷二，頁 7。
92 陳邦炎主編：《詞林觀止》上（上海市：上海古籍出版社，1994 年 4 月一版一刷），
　　頁 279。

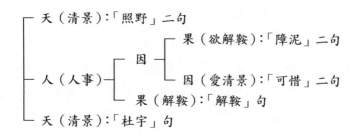

而將其剛柔成分加以量化，可呈現如下圖：

由上圖可知，此詞含三層結構：底層以「先果後因」形成逆向的移位結構，其「勢」之數為「陽2、陰4」；次層以「先因後果」形成順向的移位結構，其「勢」之數為「陰12、陽24、陰48」。這樣累積成篇，其「勢」之數的總和為「陰54、陽30」，如換算成百分比（四捨五入），則為「陰64、陽36」。

　　如此，對應於「多、二、一（0）」結構來看，則次層以下之結構為「多」（「因果」形成二疊），它們由下而上地藉層層結構之陰陽流動與呼應，將「勢」形成層層節奏（韻律），以支撐上層的「天、人、天」結構，而這「天、人、天」結構即為「二」，它一面徹下以統合「多」，一面又歸根於「一（0）」，來寫瀟灑出塵的意趣，以超脫出謫居之不幸，並呈現「柔中寓剛」的清峻風格。而這「柔中寓剛」，從「陰64、陽36」的量化結果看來，此詞中之陰柔成分比上一首詞是稍「長」、稍「進」的。

又如：

缺月挂疏桐，漏斷人初靜。時見幽人獨往來，縹緲孤鴻影。
　　驚起卻回頭，有恨無人省。揀盡寒枝不肯棲，寂寞沙洲冷。
（〈卜算子〉）

　　這首詞題作「黃州定惠院寓居作」，為元豐五年十二月所作，是採「先底（賓）後圖（主）」的形式寫成的。

　　「底」（賓）的部分，為開篇二句，用「先天（自然）後人（人事）」的結構寫成。它先就視覺，寫月缺桐疏之景，此為「天（自然）」；再就聽覺，寫漏斷人靜之景，此為「人（人事）」。而這種景是極其寂寞的，正好襯托出作者此刻身無所寄的心境，而且也為「孤鴻」出現，安排好一個適當的環境。

　　「圖」（主）的部分，為「時見」六句，用「先點後染」之結構，寫「孤鴻」之寂寞。其中「時見」二句為「點」、「驚起」四句為「染」。而所謂「幽人」，原為隱士，而在此卻指「孤鴻影」，因為高飛在空中的孤鴻，被「缺月」投影在沙洲之上，模糊成一團，在那裡來回移動，人遠遠地看去，很容易誤認為是個隱士，看久了，到最後才確定那是孤鴻之影。所以「時見」之主人翁，不是別人，而是作者自己。既然「幽人」是「孤鴻」之影，便以「影」為媒介，令作者把注意力由「影」投注到高飛於夜空的「孤鴻」身上。其中「驚起」二句，用「先具（事）後泛（情）」之結構，寫「孤鴻」有驚弓之恨，交代了牠所以高飛於空中的理由，這和作者不久前從「烏臺詩案」中撿回一條命，顯然是有關的，繆鉞以為此詞是：

　　東坡經歷烏臺詩案之後，貶居黃州，發抒其個人幽憤寂苦之

情。[93]

這是很有見地的。而結尾二句，則以「先因後果」的結構，進一步寫「有恨」之「孤鴻」，尋尋覓覓，都不肯棲於寒枝，以致「寂寞」地在沙洲之上來往高飛。澄波解釋說：

> 牠不願棲息於高寒之枝，而甘願自守在冷漠的沙洲，遺憾的是當牠受驚回首之時，又有誰能理解牠心中隱含的淒恨和苦痛？這是蘇軾當時在官宦生涯中的實際遭遇。寒枝隱喻朝廷高位，沙洲猶如卑荒的黃州，作者以比興的手法出之，形象生動。[94]

解釋得很明白。可見作者乃托鴻以寫自己，這樣透過幽獨之鴻來抒發自身幽獨之恨，風格會趨於清峻，是很自然的事。附結構分析表供參考：

---

93 繆鉞評析，見《唐宋詞鑑賞辭典》（上海市：上海辭書出版社，1999 年 1 月一版十五刷），頁 668。
94 澄波評析，見《詞林觀止》上，頁 286。

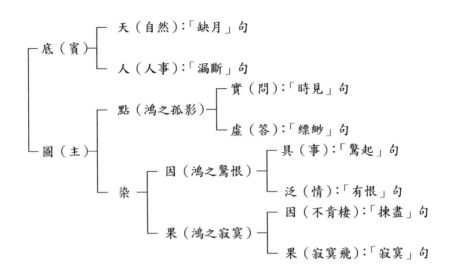

而將其剛柔成分加以量化，可呈現如下圖：

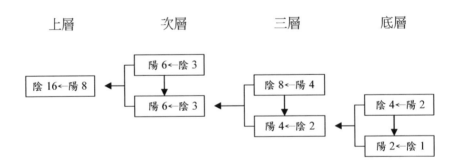

由上圖可知，此詞含四層結構：底層先以「先具後泛」形成逆向的移位結構，其「勢」之數為「陰4、陽2」，再以「先因後果」形成順向的移位結構，其「勢」之數為「陰1、陽2」；三層先以「先實後虛」形成逆向的移位結構，其「勢」之數為「陰8、陽4」，再以「先因後果」形成順向的移位結構，其「勢」之數為「陰2、陽4」；次層以「先天

後人」、「先點後染」再形成順向的移位結構，其「勢」之數為「陰6、陽12」；上層以「先賓後主」又形成逆向的移位結構，其「勢」之數為「陰16、陽8」。這樣累積成篇，其「勢」之數的總和為「陰37、陽32」，如換算成百分比（四捨五入），則為「陰54、陽46」。

　　如此，對應於「多、二、一（0）」結構來看，則次層以下之結構（「天人」、「點染」、「虛實」、「泛具」各一疊與二疊「因果」）為「多」，它們由下而上地藉層層結構之陰陽流動與呼應，將「勢」形成層層節奏（韻律），以支撐上層的「先賓後主」結構，而這「先賓後主」結構即為「二」，它一面徹下以統合「多」，一面又歸根於「一（0）」，以「發抒其個人幽憤寂苦之情」，並呈現「柔中寓剛」的清峻風格。而這「柔中寓剛」，從「陰54、陽46」的量化結果看來，此詞中之剛柔成分相當接近，可看成是「剛柔互濟」的作品。

　　又如：

　　湖上雨晴時，秋水半篙初沒。朱檻俯窺寒鑑，照衰顏華髮。
　　　醉中吹墮白綸巾，溪風漾流月。獨棹小舟歸去，任煙波搖兀。（〈好事近〉）

　　這首詞題作「西湖夜歸」，為哲宗元祐五年（1090）重九日所作。當時作者知杭州，是採「先點後染」的結構寫成的。

　　所謂的「點」，是指「湖上」二句，寫泛舟西湖時所見湖上雨霽、秋水沒篙的景象，以交代本詞時空之落足點。所謂「半篙初沒」，看似靜景，卻含有動意，因為「篙」（撐船的竹竿）既沒於「秋水」，就有「船行」的意思，不然船停在那裡，「篙」無所施，那就不會沒於水中了。此外，陳邇冬說：

半篙，寫秋水本淺；初沒，狀雨後水量新添。隱用杜甫〈南鄰〉
「秋水才深四五尺」句意。[95]

可見此二句，在平實中卻帶有曲折，頗堪玩味。

　　而所謂的「染」，是指「朱檻」以下六句，用「圖、底、圖」之結
構組合而成。其中頭一個「圖」，為「朱檻」三句，乃以「先靜後動」
之結構寫成，它依序以「朱檻」二句，透過清澈如鏡之湖水，照見自己
的「衰顏華髮」，寫自己衰老之狀；以「醉中」句，暗用晉朝孟嘉落帽
的重九典實，寫自己失意之情。其中孟嘉的故事，見於《晉書‧孟嘉
傳》：

> （嘉）後為征西桓溫參軍，溫甚重之。九月九日，溫宴龍山，僚
> 佐畢集。時佐吏並著戎服，有風至，吹嘉帽墮落，嘉不之覺。溫
> 使左右勿言，欲觀其舉止。嘉良久如廁，溫令取還之，命孫盛作
> 文嘲嘉，著嘉坐處。嘉還見，即答之，其文甚美，四坐嗟歎。

蘇軾把這個故事用在這裡，雖用以寫醉態，但也像杜甫〈九日藍田崔氏
莊〉詩的「羞將短髮還吹帽」一樣，在「骨子裡透出一縷傷感、悲涼的
意緒」[96]，以深化年華虛度的哀傷。

　　而「底」僅一句，即「溪風漾流月」，呼應起二句之「湖上」、「秋
水」，寫風動水面、波光蕩月的大景，形成「染」這個部分的背景，以
凸顯前後兩個「圖」，造成烘托的作用。

　　至後一個「圖」，則指「獨棹」二句。作者在此，呼應起二句之「半

95《蘇軾詞選》，頁92。
96 徐永端語，見《唐詩大觀》，頁474。

篙初沒」，寫自己在煙波搖兀中放舟歸去的小景；將自然之景（大）與
人事之景（小）結合，構成一幅「清絕」的圖畫，並從中凸顯出作者遊
心物外，不肯與世俗妥協的幽獨形象，予人以清遠高峻的深刻感覺。

　　如此實寫重九日在西湖之所見所為，卻暗寓了年華虛度的失意感
慨，所謂「意在言外」，是很讓人感動的。附結構分析表供參考：

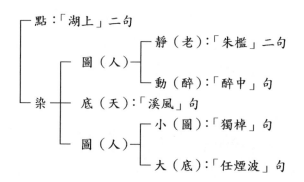

而將其剛柔成分加以量化，可呈現如下圖：

由上圖可知，此詞含三層結構：底層以「先靜後動」、「先圖後底」形
成順向的移位結構，其「勢」之數依序為「陰1、陽2」、「陰1、陽2」；
次層以「圖、底、圖」形成拗向陰的轉位結構，其「勢」之數為「陰
60、陽24」；上層以「先點後染」又形成順向的移位結構，其「勢」之

數為「陰 1、陽 2」。這樣累積成篇，其「勢」之數的總和為「陰 68、陽 40」，如換算成百分比（四捨五入），則為「陰 63、陽 37」。

　　如此，對應於「多、二、一（0）」結構來看，則次層之以下之結構為「多」（「圖底」形成「拗」、「動靜」與「大小」形成「順」，各一疊），它們由下而上地藉層層結構之陰陽流動與呼應，將「勢」形成層層節奏（韻律），以支撐上層的「先點後染」結構，而這「先點後染」結構即為「二」，它一面徹下以統合「多」，一面又歸根於「一（0）」，來寫作者遊心物外，不肯與世俗妥協的幽獨心境，並呈現「柔中寓剛」的清峻風格。而這「柔中寓剛」，從「陰 63、陽 37」的量化結果看來，此詞中之陰柔成分與上舉〈西江月〉詞是很接近的。

　　又如：

　　　　乳燕飛華屋。悄無人、桐陰轉午，晚涼新浴。手弄生綃白團扇，
　　　　扇手一時似玉。漸困倚、孤眠清熟。簾外誰來推繡戶，枉教人、
　　　　夢斷瑤臺曲。又卻是，風敲竹。　　　　石榴半吐紅巾蹙。待浮花浪
　　　　蕊都盡，伴君幽獨。穠豔一枝細看取，芳心千重似束。又恐被、
　　　　秋風驚綠。若待得君來，向此花前，對酒不忍觸。共粉淚，兩簌
　　　　簌。（〈賀新郎〉）

　　此詞不知作於何時，楊湜《古今詞話》以為乃蘇軾守杭時，為官妓秀蘭而作[97]，這是不可信的。

　　這是一首自傷幽獨之作，採「先實後虛」的結構寫成。「實」的部分，自篇首至「芳心千重」句止。在這裡，作者先以整個上片，寫一位

---

97 楊湜：《古今詞話》，見《詞話叢編》一（臺北市：新文豐出版公司，1988 年 2 月臺一版），頁 27。

絕塵的佳人，藉她本身及周遭的「幽獨」物事，再加上「新」、「白」、「玉」、「清」和「俏」、「孤」等字眼，以烘托出她的高潔與孤單。而且又以清夢之驚斷，來強化她失意之情。經由這個清夢，她深入了閬苑仙境，卻在準備更深入時，朦朧地聽到有人在推門，使她驚斷了好夢，恍然醒來，不料發現自己又一次地被風竹蕭蕭之聲給騙了，於是悵惘失意，更顯得「幽獨」了。而在下片，則分初放與盛開兩階段，來描寫不與「浮花浪蕊」為伍，而願「伴君幽獨」的榴花，並予以擬人化，以表出無限的幽獨「芳意」。而這種「芳意」，從表面上看，是在形容重瓣的榴花，說它的花心被花瓣重重裹束，而實際上，卻用以象徵「君子」，也就是佳人蘊結不解的層層衷曲。至於「虛」的部分，則自「又恐被」句至篇末，完全透過想像，寫榴花驚風衰謝和佳人哀憐落淚的失意情狀，使得情寓景中，達於人花交融的境界。到了這個時候，究竟何者是花？何者是人？已完全無從分辨了。

　　由此看來，作者寫榴花是賓，寫佳人是主；而佳人又是作者的化身。丁紹儀在《聽秋聲館詞話》中以為此詞：

　　　　寄託深遠，與詠雁〈卜算子〉……同一比興。[98]

而劉乃昌、崔海正在《唐宋詞鑑賞集成》中更進一層地說：

　　　　在詩人筆下，榴花已被充分的人格化，詩人借榴花象徵佳人，榴花為賓，佳人為主，而佳人則經由詩人的感情胚胎孕育了她特定的個性化品格，雖然詩人沒有在作品中出現，也沒有直接抒發天涯淪落之感，但讀者不難從榴花聯想到佳人，從佳人又彷彿看到

---

[98] 丁紹儀在《聽秋聲館詞話》，見《詞話叢編》三，頁 2706。

　　詩人的影子。作者用榴花比況佳人，用佳人寄託個人的不遇之
　　感、孤高失時之悲，意在言外，餘味不窮。[99]

準此以觀，作者是有意藉此以寓其懷才不遇的抑鬱情懷與不肯和流俗妥
協的孤高人格的，這就無怪會有一股清峻之氣流貫於篇什之間了。附結
構分析表供參考：

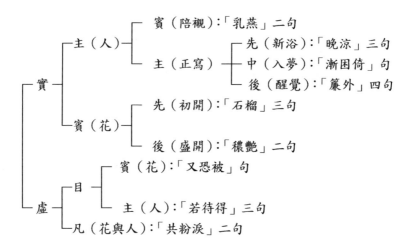

而將其剛柔成分加以量化，可呈現如下圖：

---

99 劉乃昌、崔海正評析，見《唐宋詞鑑賞集成》（香港：中華書局香港分局，1987 年 7
　月初版），頁 404。

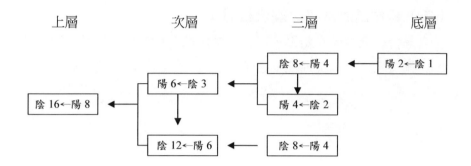

由上圖可知，此詞含四層結構：底層以「先、中、後」形成順向的移位結構，其「勢」之數為「陰1、陽2」；三層一面以二疊「先賓後主」形成逆向的移位結構，其「勢」之數為「陰16、陽8」，一面以「先先後後」形成順向的移位結構，其「勢」之數為「陰2、陽4」；次層先以「先主後賓」再形成順向的移位結構，其「勢」之數為「陰3、陽6」，再以「先目後凡」又形成逆向的移位結構，其「勢」之數為「陰12、陽6」；上層以「先實後虛」再形成逆向的移位結構，其「勢」之數為「陰16、陽8」。這樣累積成篇，其「勢」之數的總和為「陰50、陽34」，如換算成百分比（四捨五入），則為「陰60、陽40」。

　　如此，對應於「多、二、一（0）」結構來看，則次層以下之結構為「多」（「賓主」形成一「順」二「逆」等三疊與「先後」二疊），它們由下而上地藉層層結構之陰陽流動與呼應，將「勢」形成層層節奏（韻律），以支撐上層的「先實後虛」結構，而這「先實後虛」結構即為「二」，它一面徹下以統合「多」，一面又歸根於「一（0）」，以寓其懷才不遇的抑鬱情懷與不肯和流俗妥協的孤高人格，並呈現「柔中寓剛」的清峻風格。而這「柔中寓剛」，從「陰60、陽40」的量化結果看來，此詞中之陰柔成分比上一首詞要「消」、要「絀」一些。

（二）蘇軾清峻詞格之綜合檢討

綜合以上的探討結果，可分幾層作綜合檢討：首先從蘇軾幾首清峻詞中剛柔成分「消長進絀」之幅度來看，它們可概括成下表：

清峻詞作	剛柔比例
〈南鄉子〉	剛 44% 、 柔 56%
〈西江月〉	剛 36% 、 柔 64%
〈卜算子〉	剛 46% 、 柔 54%
〈好事近〉	剛 37% 、 柔 63%
〈賀新郎〉	剛 40% 、 柔 60%

從上表可看出：上舉蘇軾的五首清峻詞，它們形成風格的剛柔成分，以陽剛而言，介於 37% 與 46% 之間；而以陰柔而言，則相應地介於 54 與 63 之間。若以上定「（一）純剛、純柔者，其「勢」之數為『65→ 72 』；（二）偏剛、偏柔者，其「勢」之數為『 55→ 65 』；（三）剛、柔互濟者，其「勢」之數為『45→ 55 』」之準則加以對照，則這五首清峻詞，除〈卜算子〉一首外，其他四首全為「偏柔」的作品。

在此，值得注意的是，這五首清峻詞，沒有一首的剛柔成分是「剛」多於「柔」的。而蘇軾的詞，卻一直以來都被歸入「豪放」一派，似乎他的主要詞篇，應該全屬陽剛之作才對。但是，最足以代表他生命情調的清峻詞，其中的剛柔成分卻「柔」多於「剛」。這該是因為蘇軾之清峻詞，大都以「幽獨」為其骨髓。而「幽獨」本身，又以「幽」為因、「獨」為果。因為品格幽潔的人，常人既無法了解他，而他又不肯與流俗妥協，以至於終生都孤獨自守。這樣形之於文辭，往往就形成清峻的風格。由於東坡一生，「幽獨」的情懷特別強烈，所以清峻風格在他的詞裡，也表現得最為出色。如上舉的〈賀新郎〉（乳燕飛華屋）一詞，被後人推為「蘇軾詞第一」，不是沒原因的。

本來，辭章風格之形成，與辭章之整體內涵有關，而辭章是結合

「形象思維」、「邏輯思維」[100]與綜合思維所形成的。而這三種思維，各有所主：首先就形象思維來說，如果是將一篇辭章所要表達之「情」或「理」，也就是「意」，主要訴諸各種偏於主觀的聯想、想像，和所選取之「景（物）」或「事」，也就是「象」，連結在一起，或者是專就個別之「情」、「理」、「景」（物）、「事」等材料本身設計其表現技巧的，皆屬「形象思維」；這涉及了「取材」與「措詞」等問題，而主要以此為探討對象的，就是意象學（狹義）、詞彙學與修辭學等。其次就邏輯思維來看，如果整個就「景（物）」或「事」（象）等各種材料，對應於自然規律，結合「情」與「理」（意），主要訴諸偏於客觀的聯想、想像，按秩序、變化、聯貫與統一之原則，前後加以安排、布置，以成條理的，皆屬「邏輯思維」；這涉及了「布局」（含「運材」）與「構詞」等問題，而主要以此為研究對象的，就字句言，即文（語）法學；就篇章言，就是章法學。末了就形象思維與邏輯思維的統合而言，即綜合思維；而一篇辭章用以統合「形象思維」（偏於主觀）與「邏輯思維」（偏於客觀）而為一的，乃是主旨與風格（韻律）等，這就涉及了主題學、文體學與風格學等。而以此整體或個別為對象加以研究的，則統稱為辭章學或文章學。

因此，影響一篇風格形成之主要因素，就辭章之內涵而言，有意象、詞彙、修辭、文法、章法與主旨、文體等；而章法由於可透過其「多、二、一（0）」結構，由「章」而「篇」地，藉「多」來整合意象群、藉「一」來凸顯一篇主旨，所以由此所呈現之章法風格，是與一篇風格「（0）」最為接近的。

所謂內容決定形式，而主旨又是內容的核心，因此主旨對風格之影

---

[100] 吳應天：「人們的思維既有形象性，也有邏輯性，所以既可寫成形象體系，也可寫成邏輯體系。」見《文章結構學》（北京市：中國人民大學出版社，1989 年 8 月一版三刷），頁 345。

響極大，就以上舉五首清峻詞而言，都離不開身世之感、物外之思：

詞作	主旨
〈南鄉子〉	寫愛梅之情（清），卻含藏身世之感（峻）。
〈西江月〉	寫瀟灑出塵的意趣（清），以超脫出謫居之不幸（峻）。
〈卜算子〉	寫孤鴻之幽（清）獨（峻），以寄自己孤高寂苦之情。
〈好事近〉	寫遊心物外（清），不肯與世俗妥協（峻）的心境。
〈賀新郎〉	寫幽（清）獨（峻）情懷。

對蘇軾而言，很多作品是離不開寫身世之感（峻）或物外之思（清）的，
而清峻之作，則往往將二者融在一起來寫。從上表可看出：偏重於身世
之感的，其陽剛的成分會高一些；同樣地，偏重於物外之思的，則其陰
柔（清）的成分會多一些。譬如〈卜算子〉偏重於寫寂苦之情、〈南鄉子〉
偏重於寫所含藏身世之感（陽），其超出之物外之思（清）的成分都相
對地比較低；而〈西江月〉偏重於寫瀟灑出塵的意趣、〈好事近〉偏重
於寫遊心物外的心境，相對地身世之感（剛）的成分都比較少，其陰柔
的成分自然會多一些；至於〈賀新郎〉寫幽獨情懷，雖然其「幽」（柔）
的成分一樣高於「獨」（剛）成分，但比起其他四首來，是比較居中而
不偏不倚的。

　　蘇軾詞中單寫身世之感（峻）的，往往可使風格趨於「剛中寓柔」
或「純剛」。如其〈江城子〉詞：

　　　老夫聊發少年狂，左牽黃，右擎蒼。錦帽貂裘，千騎卷平岡。為
　　　報傾城隨太守，親射虎，看孫郎。　　　酒酣胸膽尚開張，鬢微
　　　霜，又何妨！持節雲中，何日遣馮唐？會挽雕弓如滿月，西北
　　　望，射天狼。

　　這是首藉抒發豪情壯志，以寫自己身世之感的作品，採「果、因、

果」結構寫成。它先以「老夫聊發少年狂」一句，作為引子，以領起下文，為「泛」寫的部分；次以「左牽黃」七句，藉「密州出獵」（題目）時威武的場面寫「狂」，為「具」寫的部分；以上寫的是頭一個「果」。其次以「酒酣胸膽尚開張」三句，用來交代自己所以會「聊發少年狂」（承上）而有靖邊願望（起下）的原因，以承上起下；這寫的是「因」。最後先用「持節雲中，何日遣馮唐」二句，藉期待朝廷用自己守邊的事寫「狂」；再用結三句，一面用「挽雕弓」回應「因」的部分，緊緊扣著首句的「狂」字作收，表現出英雄欲用武以靖邊的強烈願望[101]，而身世之感也由此透出；這寫的是後一個「果」的部分。附結構分析表如下：

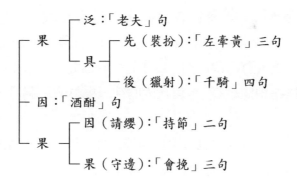

而將其剛柔成分加以量化，可呈現如下圖：

[101] 于潔：「上半闋歇拍『親射虎』，下半闋結拍『射天狼』，一實一虛相映襯，表達了強烈的愛國激情，意象生動，詞情豪邁。」見《詞林觀止》上，頁293。

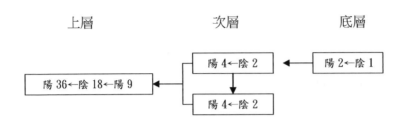

此詞含三層結構：它上層之「果、因、果」（拗、轉位）為其核心結構，其「勢」之數為「陰 18、陽 45」；此為「二」。而次層有「先泛後具」（順）、「先因後果」（順）等「移位」結構，其「勢」之數為「陰 4、陽 8」；至於底層僅有「先先後後」（順）的「移位」結構，其「勢」之數為「陰 1、陽 2」；以上是「多」。將三層加在一起，其「勢」之數為「陰 23、陽 55」；如換算成百分比（四捨五入），則為「陰 29、陽 71」。由此可知這闋詞所形成的是強烈的「純剛」風格。而這種「純剛」風格與「英雄欲有用武之地」的主旨，可說是「一（0）」。雖然有人以為它的「風格稍嫌粗豪」，但代表的卻是蘇軾的新詞風，是有其典範意義的[102]。

　　同樣地，蘇軾詞中也有單寫物外之思（清）的，這類作品往往使風格趨於「柔中寓剛」，甚至達到「純柔」的地步。如其另一首〈江城子〉詞：

　　　　夢中了了醉中醒，只淵明，是前生。走遍人間，依舊卻躬耕。昨

---

102 劉開揚：「平心而論，這首小詞寫得過於直露而少蘊藉，風格稍嫌粗豪，並非東坡詞中上乘之作。但是，蘇軾在這裡既然是把它作為與柳七風格相異的『自是一家』之作列舉出來的，則此詞就無疑具有代表蘇軾新詞風、顯示蘇軾改革詞體之方向的典範意義。」見《唐宋詞流派史》（福州市：福建人民出版社，1999 年 2 月一版一刷），頁 240。

夜東坡春雨足，烏鵲喜，報新晴。　　雪堂西畔暗泉鳴，北山傾，小溪橫。南望亭丘，孤秀聳曾城。都是斜川當日境。吾老矣，寄餘齡。

這是首寫老來歸耕的作品。作者在此，首先以「夢中了了醉中醒」三個因果句，指明自己的前生是陶淵明，以統括下文，這是「凡」的部分；其次以「走遍人間」五句，用「先久後暫」之結構，寫自己「鳥倦飛而知還」，終於躬耕於「東坡」的情況，來證明「只淵明，是前生」，這是就「人」（人事）來寫的，為「目一」的部分；接著以「雪堂西畔暗泉鳴」六句，採先目後凡的形式，寫自己「躬耕於東坡」（題目）之所聞（聽覺）所見（視覺），完全等於陶淵明當日「斜川之遊」（題目）[103]，進一步地證明「只淵明，是前生」，這是就「天」（自然）來寫的，為「目二」的部分；然後以結二句，用陶淵明〈遊斜川詩〉「開歲倏五十，吾生行歸休」的句意，應起作收，這又是「凡」的部分。顯然的，這也是用「凡、目、凡」的單軌形式所寫成的。附結構分析表如下：

---

[103] 本詞題作「陶淵明以正月五日遊斜川，臨流班坐，顧瞻南阜，愛曾城之獨秀，乃作〈斜川詩〉，至今使人想見其處。元豐壬戌之春，余躬耕於東坡，築雪堂居之，南挹四望亭之後丘，西控北山之微泉，慨然而嘆，此亦斜川之遊也。乃作長短句，以〈江城子〉歌之。」見《東坡樂府箋》卷二（臺北市：華正書局，1978 年 9 月初版），頁137。

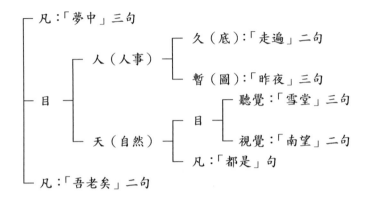

而將其剛柔成分加以量化，可呈現如下圖：

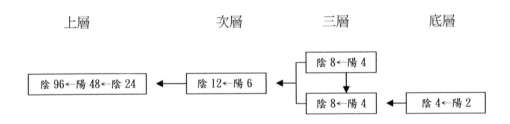

此詞含四層結構：它上層之「凡、目、凡」（拟、轉位）為其核心結構，其「勢」之數為「陰120、陽48」；此為「二」。而次層有「先人後天」（逆）的「移位」結構，其「勢」之數為「陰12、陽6」；而三層有「先久後暫」（逆）、「先目後凡」（逆）等移位結構，其「勢」之數為「陰16、陽8」；至於底層僅有「先聽後視」（逆）的「移位」結構，其「勢」之數為「陰4、陽2」；以上是「多」。將四層加在一起，其「勢」之數為「陰152、陽64」；如換算成百分比（四捨五入），則為「陰70、陽30」。由此可知這闋詞所形成的是「純柔」的風格。而這種「純柔」之風格與嚮慕陶淵明的主旨，可說是「一（0）」。

　　上舉兩首作品，同樣是〈江城子〉詞，其風格卻因內容主旨不一樣，而有「純剛」、「純柔」的不同，可見內容主旨與風格，息息相關。因此蘇軾清峻詞中的剛柔成分，便與寫身世之感（峻）或物外之思（清）這種內容主旨之多寡、顯隱、強弱關係密切，這從所舉例子中可獲得初步的證明。

　　綜上所述，可知章法風格，是和由「陰陽二元」所形成之層層章法結構的「移位」（順、逆）與「轉位」（扣）息息相關的。而「移位」（順、逆）與「轉位」（扣），又因其所產生之「勢」，強弱各有不同，使得層層章法結構之「陰柔」或「陽剛」起了「多寡進絀」（多少、消長）的變化，結果就由「多」而「二」而「一 0」，而形成一篇辭章之章法風格。雖然在目前，對各種結構所引生「陰柔」或「陽剛」之「勢」數（倍）的推斷，還十分粗糙，有待改進；但畢竟已試著從「無」生「有」地跨出一步，作了一些探討，對一篇辭章之剛柔成分，初步推定其量化之準則，從而約略計算出其比例。這樣冒著招來「走火入魔」之譏的危險，作此嘗試，就是希望藉此拋磚引玉，能使辭章風格學，甚至整個辭章學之研究，加緊腳步邁向科學化，在「直覺」、「直觀」之外，拓展「有理可說」的無限空間啊！

第五章
章法美學

　　章法的「多、二、一（0）」結構，由於是建立在「陰陽二元對待」之基礎上的，所以既可在哲學上找到它的源頭，當然也可在美學上尋得它的歸宿。茲分其「整體」（「多、二、一（0）」結構）與「個別」（章法類型）兩層，探討於後。

第一節　就整體言

　　要深入了解章法現象，以呈現其整體內容，除了須探討其哲學源頭外，也有結合其心理基礎，進一步探析其美感效果的必要。由於章法所講求的是邏輯思維，是「陰陽二元對待」，而「陰陽二元對待」的「多、二、一（0）」結構（含章法單元與結構單元）所形成之節奏（局部）和韻律（整體），是最容易感動人的。宗白華在其《藝術學》中說：

> 有謂節奏為生理、心理的根本感覺，因人之生理，均兩兩相對，故於對稱形體，最易感入。[1]

說的就是這個道理。而李澤厚也在其《美學四講》中說：

---

[1]　林同華主編：《宗白華全集》1（合肥市：安徽教育出版社，1994 年 12 月一版二刷），頁 506。

（審美注意）長久地停留在對象的形式結構本身，並從而發展其心理功能如情感、想像的滲入活動。因之其特點就在各種心理因素傾注在、集中在對象形式本身，從而充分感受形式。線條、形狀、色彩、聲音、時間、空間、節奏、韻律、變化、平衡、統一、和諧或不和諧等形式、結構的方面，便得到了充分的「注意」。讓感覺本身充分地享受對對象形式方面的這些東西，並把主觀方面的各種心理因素如感情、想像、意念、願望、期待等等，自覺或不自覺地投入其中。[2]

這雖然是針對造型藝術來說，卻一樣適用於章法結構與規律之上，其中所謂「時間、空間、節奏、韻律」，便涉及到章法的局部的「移位」與「轉位」、「調和」與「對比」與整體的「多、二、一（0）」結構，而「變化、平衡、統一、和諧」，則涉及到章法的四大律（秩序、變化、聯貫、統一）。

　　既然章法結構或規律，是容易引起人之「審美注意」的，那就必然也可容易地獲得美感效果。邱明正在其《審美心理學》中說：

在這（審美心理活動）一過程中，主體通過求同、求異性探究，把握對象審美特性，使主客體之間、主體審美心理要素之間的矛盾、差異達於和諧、統一，獲得美感；或保持主客體的差異、矛盾、對立，以確保自己審美、創造美的獨立性、自主性和獨特個性。這一過程，是種有著內在節奏的有序運動的過程。[3]

2　李澤厚：《美學四講》（天津市：天津社會科學院出版社，2001 年 11 月一版一刷），頁 158-159。
3　邱明正：《審美心理學》（上海市：復旦大學出版社，1993 年 4 月一版一刷），頁 92。

經過這種「有著內在節奏的有序運動的過程」，人（主體）之對於章法（客體），自然可以「獲得美感」。底下就先就局部之「移位」與「轉位」、「調和」與「對比」進行探討，再總結起來對章法「多、二、一0」之結構，論述其美感效果：

一 「移位」與「轉位」的美感效果

在「多、二、一（0）」的結構裡，就「多」（秩序與變化）而言，必涉及「移位」與「轉位」的問題，而「移位」與「轉位」又與節奏、韻律與風格之形成有關，因而特別對此，先作交代：

「移位」、「轉位」是可造成節奏，又能統攝起形成對比或調和之材料的，這些都會造成強烈的美感；而且最重要的是，這些美感都不是各自獨立的，而是在同一篇作品中起著交互的作用，渾融成一個整體。所以，「移位」、「轉位」所造成之整體美感，就是一個需要更進一步掌握的課題。

中國最具代表性的美學範疇，就是「陽剛」與「陰柔」[4]。陳望衡《中國古典美學史》中說道：

> 剛柔在藝術領域中的最重要的意義在於它成為兩大美學風格的代名詞。這就是陽剛之美與陰柔之美。[5]

4　陳望衡：「陰陽在《周易》（主要是《易傳》）中，經常與剛柔相連屬。在《易傳》作者看來，剛柔是陰陽的重要屬性。……而在藝術領域內，剛柔概念的運用，則遠比陰陽概念的運用普遍。可以說，剛柔是中國美學的一對重要範疇。」見《中國古典美學史》（長沙市：湖南教育出版社，1998 年 8 月一版一刷），頁 183。

5　《中國古典美學史》，頁 184。又，金丹元：「中國人講的『陽剛美』與西方人所說的『崇高』，既有相同點，又有相異處。雖說兩者都與雄偉、壯大、力量、氣勢有關，但中國人所言之壯美，往往並不一定包含悲劇色彩，而是多與『大』、與『剛』相連。西方人講的崇高中常常伴隨著恐懼和痛苦感，往往表現為人受到外來力量的壓迫，從而產生出某種強大的反作用力。……因此，中國人所推崇的陽剛美……是在肯定

早在《易傳》中即包含了以陽剛陰柔的思想來認識社會現象與自然現象的思考，例如「乾剛坤柔」、「剛柔有體」、「動靜有節，剛柔斷矣」、「剛柔相推而生變化」、「柔上而剛下，二氣感應以相與」，最重要的是卷九《說卦》中的一段話：

> 昔者聖人之作易也，將以順性命之理。是以立天之道，曰陰與陽；立地之道，曰柔與剛；立人之道，曰仁與義。兼三才而兩之。[6]

這段論述以「陰陽（剛柔、仁義）」統合天、地、人而一之，極為精彩，對我國陽剛、陰柔美學範疇的確立，具有深遠的影響。

這樣的思想在後來一直在延續著[7]，直到清代的姚鼐又得到一次高峰性的發展，他在〈覆魯絜非書〉中有段非常著名的論述：

> 鼐聞天地之道，陰陽剛柔而已。文者，天地之精英，而陰陽剛柔之發也。……其得於陽與剛之美者，則其文如霆，如電，如常風之出谷，如崇山峻崖，如決大川，如奔騏驥；其光也，如杲日，如火，如金鏐鐵；其於人也，如馮高視遠，如君而朝萬眾，如鼓萬勇士而戰之。其得於陰與柔之美者，則其文如升初日，如清

外在力量和氣勢所表現出來的無限之美的同時，又借這種力量、氣勢等來顯示人文之美、人格之美，從而達到心靈追求的遠大境界。」見《撿拾藝術的記憶——中國古典美學漫談》（臺北市：業強出版社，1992 年 6 月初版），頁 99-100。又：「即便是陰柔美，中國人的眼光也不同於西方人所講的優美。陰柔美中既含有優美，又可能包括著某種『崇高』在。這就使得中國藝術往往具有陽剛與陰柔並列或交叉出現的情況。」，見同書，頁 102。

6 李鼎祚：《周易集解》卷十七（臺北市：世界書局，1963 年 5 月初版），頁 404-405。

7 其發展的過程，可參看李元洛：《詩美學》（臺北市：東大圖書公司，1990 年 2 月初版），頁 439-444。

風，如雲，如霞，如煙，如幽林曲澗，如淪，如漾，如珠玉之
輝，如鴻鵠之鳴而入寥廓；其於人也，漻乎其如嘆，邈乎其如有
思，煥乎其如喜，愀乎其如悲。觀其文，諷其音，則為文者之性
情形狀舉以殊焉。

姚鼐在這裡將文章大別為「陽剛」和「陰柔」兩類，是相當有見地的；
而且用了許多形象化的譬喻，也很有助於掌握「陽剛」與「陰柔」的特
質。

　　然而，這種「陽剛」和「陰柔」是如何與人們的心理起著感應呢？
這可援引格式塔心理學派的說法來加以解釋。此學派認為審美體驗就是
對象的表現性及其力的結構（外在世界），與人的神經系統中相同的力
的結構（內在世界）的同型契合；這就是「異質同構」[8]。李澤厚在〈審
美與形式感〉一文中說：

　　　　不僅是物質材料（聲、色、形等等）與視聽感官的聯繫，而更重
　　　　要的是它們與人的運動感官的聯繫。對象（客）與感受（主），
　　　　物質世界和心靈世界實際都處在不斷的運動過程中，即使看來是
　　　　靜的東西，其實也有動的因素……其中就有一種形式結構上巧妙
　　　　的對應關係和感染作用……格式塔心理學家則把這種現象歸結為

8　《審美心理學》談到格式塔心理學時所說的：「他們還提出了一條心理組織、結構的
　　基本規律：『完形趨向律』，即在一定條件下，心理結構經過神經系統的組織作用，
　　總是盡可能趨向完善化、整體化。如果事物各部分之間具有相似性、接近性、連續
　　性、閉合性這些特徵，就容易組成一個整體性的單元，構成一個完形，並使人產生
　　整體性、系統性的反應，形成完形的心理結構；如果對象整體中有缺口，觀察者的
　　完形心理結構就會根據『完形趨向律』對缺口加以彌合，完善對象圖形，既使人發
　　生頓悟，把握對象的整體系統，又使心理結構整體化、系統化、完形化。」《審美心
　　理學》，頁29。

外在世界的力（物理）與內在世界的力（心理）在形式結構上的
「同形同構」，或者說是「異質同構」，就是說質料雖異而形式結
構相同，它們在大腦中所激起的電脈衝相同，所以才主客協調，
物我同一，外在對象與內在情感合拍一致，從而在相映對的對
稱、均衡、節奏、韻律、秩序、和諧……中，產生美感愉快。[9]

值得注意的是，在古代中國就已經有這樣的思想產生了，例如孔子在
《論語·雍也》篇中說：「知者樂水，仁者樂山。知者動，仁者靜。」
水與知者、山與仁者的對應，這不就是「異質同構」嗎？自古以來也有
「春山淡冶而如笑，夏山蒼翠而如滴，秋山明淨而如妝，冬山慘澹而如
睡」的說法，這也是一種「異質同構」[10]。人的心理世界與物理世界既
有如此的對應關係，那麼對文學作品中所展現的「張力結構」，更不會
無所感觸。

　　說得更清楚一點，人類之所以對「異質」，能產生「同構」的感應，
是因為對它的「表現性」有感應。蘇珊·朗格在《情感與形式》一書中
即說：

要把一幅圖案、一支旋律、一首詩歌或任何藝術符號的情感內容
傳達給觀眾，其唯一的方法就是把有表現力的形式表現得非常抽
象、非常有力。[11]

9　李澤厚：《李澤厚哲學美學文選》（臺北市：谷風出版社，1987年5月初版），頁503-504。
10　童慶炳：《中國古代心理詩學與美學》（臺北市：萬卷樓圖書公司，1994年3月初版），頁168-171。
11　蘇珊·朗格著，劉大基等譯：《情感與形式》（臺北市：商鼎出版社，1991年10月臺初版），頁440。

　　因而「陽剛」和「陰柔」的分法，就是依據「表現性」，也就是依據「張力結構」的不同而區分的。

　　從上文的論述中可以看到：合乎秩序之移位、造成變化之轉位及節奏的關聯；此外，還有移位、轉位與調和、對比的聯繫，而且這些都可以一一和中國傳統的美學範疇——陽剛與陰柔對應起來看待。

　　首先，就秩序律而言，因為「移位」而造成的「力」的變化是較為和緩的，所以這是傾向於沉靜的節奏美；就變化律而言，因為「轉位」而造成的「力」的變化是較為顯著的，所以這是傾向於鼓舞的節奏美。而且因為這種形成秩序之「移位」，和造成變化之「轉位」，是在字面上看不出來的，必須深入到文章的內蘊，理清其組織的脈絡，才能夠加以掌握。所以我們稱這種節奏為「隱性節奏」。

　　其次，不管是「移位」或「轉位」，都會統攝起一定的材料（內容），彼此之間都會形成對比或調和，而不論是對比或調和，都是一種呼應，會因此而造成銜接的效果，合乎聯貫律的要求。而且，這種因對比、調和而形成的起伏呼應，固然與前述的直接因為移位、轉位所形成的節奏不同，但是它也可以形成節奏；不僅如此，還可以加以區分：因調和而形成的節奏是較為和緩的，會偏向於陰柔，因對比而形成的節奏是較為鮮明的，會偏向於陽剛[12]。同時因為它是材料與材料之間造成對比或形成調和，所以是從字面上就可以判斷的，相較起來較為顯著、易於掌握，因此可稱之為「顯性節奏」。

　　所以，因為「移位」、「轉位」而產生的隱性或顯性節奏，都為文學作品的風格添加了或剛或柔的元素，非常值得探究。

　　此外，前面曾將「隱性節奏」和「顯性節奏」分開來論述，而且它

---

12 關於對比、調和與陽剛、陰柔的關聯，可參看仇小屏：《古典詩詞時空設計美學》（臺北市：文津出版社，2002 年 11 月），頁 332。

們各自又有許多細微的區分，所以是相當複雜的；那麼，如果用全篇的
觀點來審視，該如何掌握其整體的節奏美感呢？關於此點，可以借鑒於
造型藝術理論加以說明。

　　造型藝術也有節奏，而且可以分為「簡單節奏」和「複雜節奏」，
「簡單節奏」，而關於「複雜節奏」，王菊生在《造型藝術原理》中闡述
道：

> 複雜節奏的特點是：要麼是節奏的矛盾對比內容多樣豐富，如對
> 稱的蝴蝶；要麼是節奏的重複延續過程變化多樣，如清明上河圖
> 長卷；要麼是節奏的矛盾對比內容和延續過程形式均複雜多樣，
> 如米開朗基羅的繪畫「最後審判」等等。[13]

「簡單節奏」易於把握，但是如何掌握「複雜節奏」的美感，那就需要
根據「主節奏」來判斷。

　　王菊生《造型藝術原理》又說：

> 凡稍微複雜一點的節奏必分主節奏與次節奏。如果無主節奏，就
> 會發生節奏的混亂和模糊不清的毛病。造型藝術形象一般由多種
> 形象與各種形象要素構成，各種形象和形象要素都可能形成各自
> 的節奏，如不經過組織，互相間的干擾就會使各自形成的節奏互
> 相抵銷，不能引起節奏感受。造型藝術必須著眼於主要結構關係
> 和主要形象所塑造的主節奏，就如音樂裡的主旋律一樣，以此為
> 主節奏分層次地安排各種次節奏。[14]

13　王菊生：《造型藝術原理》（哈爾濱市：黑龍江美術出版社，2000 年 3 月一版一刷），
　　頁 232。
14　王菊生：《造型藝術原理》，頁 234-244。

　　這對文學來說，極具啟發性。就結構分析而言，那就是「主結構」（核心結構）和「次結構」（輔助結構）[15]，而主、次之區分，則是取決於「主要的情意（亦即主旨）」，與主要情意相關密切者，是「主結構」，與主要情意的關係不是非常密切者，為「次結構」。至於為何是取決於「主要的情意（亦即主旨）」？我們可以從節奏與韻律的異同上來察考。

　　節奏會形成韻律，至於節奏如何形成韻律，大致上有兩種說法：章利國《造型藝術美學導論》說道：「韻律可以視作節奏的較高型態，是多種節奏的巧妙、複雜的結合，具有使人產生審美心理變化的良好效應。」[16] 以及楊辛、甘霖《美學原理》中所言：「在節奏的基礎上賦予一定情調的色彩便形成韻律。韻律更能給人以情趣，滿足人的精神享受。」[17] 但是這兩種說法並非相悖的，而是可以統整起來的。

　　王菊生在《造型藝術原理》中又說：

> 造型藝術中諸矛盾因素的變化統一便產生一種節奏的和諧——即韻律。韻者變化多樣，同質的孤獨的單一缺乏多樣變化性，無異可和，亦無韻可言。律者秩序，異質的多樣性要按一定的秩序規則統一起來，便有規律可循，便有韻律。[18]

---

15 陳滿銘：〈論章法與國文教學〉，《國文教學學術研討會論文集 2002》（臺北市：萬卷樓圖書公司，2003 年 1 月初版），頁 18。

16 章利國：《造型藝術美學導論》（石家莊市：河北美術出版社，1997 年一版一刷），頁 195。

17 楊辛、甘霖：《美學原理》（北京市：北京大學出版社，1989 年 2 月一版四刷），頁 161。又，張涵主編的《美學大觀》（鄭州市：河南人民出版社，1988 年 1 月一版二刷）亦持相同看法，頁 246。

18 《造型藝術原理》，頁 227。

「變化多樣」即是多種節奏作巧妙、複雜的組合,而所謂「按一定的秩序規則統一起來」,說得更準確一點,那是統一起來匯歸向「情意」,也就是說,那是依據「情意」的力量而將變化多樣的節奏統一起來的[19]。所以歐陽周等著《美學新編》中即說道:

> 韻律是在節奏的基礎上形成的,但又比節奏的內涵豐富得多,是一種有規律的抑揚頓挫的變化,表現出一種特有的韻味和情趣。可以說,節奏是韻律的條件,韻律是節奏的深化。[20]

所以從節奏韻律的觀點來察考章法之美,會發現它也合乎「繁多的統一」(或稱「多樣統一」)這一美學至理[21]。也就是說,「繁多」指的是因為「移位」、「轉位」的不同,所造成的章法現象有趨於「秩序」或趨於「變化」的差別,因而或偏於「陰柔」,或偏於「陽剛」;而且因為統整起來的材料有別,所以「聯貫」有偏向於「對比」者,也有偏向於「調和」者,前者趨於「陰柔」,後者趨於「陽剛」,前述這些複雜的因素就造成了「繁多」,但是它們都是向主要情意(主旨)匯歸,這就是「統一」。同時我們可以更進一步的探討如何掌握「繁多」,而使「統一」之後所呈現的風格能有理可說?那就要根據結構的主(核心)、次(輔助),辨別它們與主要情意(主旨)的關係密切與否。辨別出結構的主(核心)、次(輔助),並進而掌握主結構的移位、轉位,以及

---

19 王菊生:「韻律能產生魅力的原因有兩個:一個是因為韻律的運動節奏感和生命機能性能激發主體的生理快適感;另一個是由於韻律的情感表現力和人的本質力量的對象化能激發主體的心理聯想,產生審美判斷力。」見《造型藝術原理》,頁 245。

20 歐陽周、顧建華、宋凡聖等:《美學新編》(杭州市:浙江大學出版社,2001 年 5 月一版九刷),頁 79。

21 陳望道:《美學概論》(臺北市:文鏡文化事業公司,1984 年重排出版),頁 78。又可參見《美學原理》,頁 176。其餘可參考者甚多,不在此一一列舉。

因此而產生的或柔或剛的隱性或顯性節奏，然後就可以尋得主（核心）結構的韻律。此主（核心）結構的韻律又很大幅度地支配了整篇作品章法上的美感，這就是使得「繁多」清晰化，而趨於統一，並進而彰顯出風格形成的過程。

　　所謂「繁多的統一」，就章法而言，就涉及了章法四大律中的「統一律」，而「所謂的『統一』，是就材料情意的通貫來說的。一般而言，辭章要達成統一，非訴諸主旨（情意）與綱領（大都為材料）不可。」[22]並且其間的關聯是：『秩序』、『變化』與『聯貫』三者，主要是就材料之運用來說的，重在分析；而『統一』，則主要是就情意之表出來說的，重在通貫。」[23]如此，由「移位」、「轉位」所造成的「秩序」、「變化」和「聯貫」，與「統一」，亦即「多、二、一（0）」結構之間的關係，就可分辨得非常清楚了[24]。

二　「調和」與「對比」的美感效果

　　「調和」與「對比」，如同「移位」與「轉位」一樣，對章法「多、二、一（0）」結構之形成，有相當大的影響，而且也與「移位」與「轉位」有關，因此也在此分三層先作初步的論述：

　　首先要探討的是「何謂『調和』與『對比』」的問題？簡單地說，所謂「對比」，就是兩個極不相同的東西並列在一處，其間相去很遠，形成極大的反差[25]；而「調和」就是兩個極相近的東西並列在一處，其

22　陳滿銘：〈論辭章章法的四大律〉，《章法學論粹》（臺北市：萬卷樓圖書公司，2002年7月初版），頁14。

23　同前註，頁4。

24　以上論述「移位、轉位的美感效果」的內容，均參見仇小屏：〈論章法的移位、轉位及其美感〉，《辭章學論文集》（福州市：海潮攝影藝術出版社，2002年12月一版一刷），頁117-122。

25　《美學概論》，頁70。

間相差很微，便多成為調和的形式[26]。「對比」與「調和」是造成美感
的兩種基本的類型，夏放《美學：苦惱的追求》談到總體組合關係時
說：

> 從構成形式美的物質材料的總體關係來說，最基本的規律是多樣
> 的統一。平時所謂的和諧美，意即是多樣而統一。……多樣的統
> 一包括兩種基本類型：一種是多種非對立因素相互聯繫的統一，
> 形成一種不太顯著的變化，謂之調和式統一，一種是各種對立因
> 素之間的相反相成，對立造成和諧，形成對立式統一。[27]

無獨有偶地，蔡運桂《藝術情感學》中談到「藝術情感的和諧性」時，
也分「對立中的和諧」和「統一中的和諧」來加以論述[28]。

　　而且關於「對比」與「調和」，類似的觀念，早在春秋戰國時期就
出現了，陳望衡《中國古典美學史》中，曾引用一段《左傳》晏子與齊
侯論「和」與「同」之差異的文字，然後加以闡述說：

> 「同」是同一事物量的增加，而「和」是多樣統一，因不同事物
> 融合而造成新質出現。……「和」的構成規律是「相成」和「相
> 濟」。「相成」是不同質的滲入；「相濟」是相反質的組合，前者
> 使「和」的內涵更豐富；後者則經常產生奇特的效果。它不僅使
> 質的對立更鮮明，更強烈，更具活力，而且是新質得以產生的根

---

26 《美學概論》，頁 70。
27 夏放：《美學：苦惱的追求》（福州市：海峽文藝出版社，1988 年 5 月初版），頁
　108。
28 蔡運桂：《藝術情感學》（廣州市：三環出版社，1989 年 12 月初版），頁 73-80。又參
　見〈論辭章章法的四大律〉，頁 14。

本原因或者說動力。[29]

這種見解是相當深刻的。而且，需要了解的是：對章法的「對比」與「調和」，所以能較為清晰的掌握，那是因為章法分析有助於我們清理出作品的「簡潔性」。關於此點，我們可以引用格式塔心理學有關「簡潔化」的說法，來加以說明。格式塔心理學認為每一種心理範疇都是趨於最單純、最均衡、最有秩序之組織的可能性，因此藝術作品之完成乃是各種力量之均衡、秩序與統一[30]。王秀雄《美術心理學》中引用阿恩海姆的說法道：

> 藝術作品的所謂簡潔，是全體構成中部分之機能或位置有明確之規定，並且有豐富之意義或形式隱藏在藝術品中，才能稱為簡潔的藝術作品。[31]

從結構分析出發，將作品的條理處理清楚，以使作品的簡潔性呈顯出來，才能夠掌握住它是趨向於「對比」抑或是「調和」；而且這種掌握是相當重要的，因為這與作品的所傳達出的張力有相當大的關聯。而王希杰〈從《周易》說修辭學〉中也曾提及「簡單性原則」：

> 簡單性原則之所以重要，是因為正如〈繫辭上傳〉所說：「易則

---

29 《中國古典美學史》，頁 199。

30 劉思量：《藝術心理學：藝術與創造》（臺北市：藝術家出版社，1998 年 6 月三版），頁 165。

31 王秀雄：《美術心理學》（臺北市：三信出版社，1975 年 8 月初版），頁 172。並可參見同書所介紹卡爾・巴特（Kurt Badt）對藝術之簡潔所下的定義：「洞察本質性之東西，把其餘不重要之東西服從於它，這就是最賢明、最有秩序化，也就是藝術應走的簡潔化的方法。」頁 174。

易知，簡則易從。」宋人朱熹說：「人之所為，如乾之易，則其心明白而人易知；如坤之簡，則其事要約而易從。」[32]

亦可於此參看。

其次就「對比、調和與張力」來看，正如王秀雄《美術心理學》中所談到的：

> 整個構圖之所以能造出力動性，乃是各細部的動是很合理地配合全體的動勢。這樣的藝術作品，是以主要的力動性主題為中心，加以組織，然後其運動必須貫徹到全領域裡。[33]

他談的雖然是繪畫，但是道理很可相通於文學。文學作品中所呈現的各種現象，都為了表現某一個主題（這主題通常稱之為情意或是主旨），並因而產生出「張力」。楊匡漢《詩學心裁》乾脆就將此表現張力之結構，稱作「張力結構」，他解釋說：

> 「張力」結構在詩中的呈現，是詩人審美心理結構的對象化型態。詩人內在情緒力的豐繁，也就往往要求詩的張力的豐繁與強大。[34]

對此，劉思量《藝術心理學》曾介紹過一個圖表，相當有意義[35]，在這

---

32 何偉棠主編：《王希杰修辭學論集》（廣州市：廣東高等教育出版社，2000 年 9 月一版一刷），頁 100-101。
33 《美術心理學》，頁 321。
34 楊匡漢：《詩學心裁》（西安市：陝西人民出版社，1995 年 7 月一版一刷），頁 255。
35 《藝術心理學》，頁 45。

裡，也可以將這個圖表作如此的表達：

內容主題／形式→意義→完形（動力的均衡）→存在之本質（真實）。

據此就可理清楚這中間的脈絡了：為了表達出情意（即「內容主題」）的力量，創作者會運用各種技巧，因此會呈現出各種文學現象（即「形式」），並形成張力結構（即「動力的均衡」），以傳達出「存在之本質」；所以文學作品中的張力，歸根究柢來說，是源自於情意的[36]。

　　但是創作者創作出的張力結構，如何讓鑑賞者體會得到呢？格式塔心理學派認為審美體驗就是對象的表現性及其力的結構（外在世界），與人的神經系統中相同的力的結構（內在世界）的同型契合；這就是「異質同構」。這點在上文中已引李澤厚〈審美與形式感〉一文，加以說明過[37]。而邱明正《審美心理學》於論及格式塔心理學時，對此用「完形趨向律」來解釋：

　　　　他們還提出了一條心理組織、結構的基本規律：「完形趨向律」，即在一定條件下，心理結構經過神經系統的組織作用，總是盡可能趨向完善化、整體化。如果事物各部分之間具有相似性、接近性、連續性、閉合性這些特徵，就容易組成一個整體性的單元，構成一個完形，並使人產生整體性、系統性的反應，形成完形的

---

[36] 邱燮友等《中國美學》：「任何文學作品都離不開思想與情感……然而文學畢竟有別於其他也兼具思想與情感的學科（如哲學、科學），它必須通過藝術的形式，呈現出某種意境和趣味，因而文學中的思想與情感，往往也就能產生審美效應。」（臺北市：空中大學，1992 年 2 月初版），頁 222，也可於此參看。

[37] 《李澤厚哲學美學文選》，頁 503-504。

心理結構；如果對象整體中有缺口，觀察者的完形心理結構就會
根據「完形趨向律」對缺口加以彌合，完善對象圖形，既使人發
生頓悟，把握對象的整體系統，又使心理結構整體化、系統化、
完形化。[38]

人的心理世界與物理世界既有如此的對應關係，那麼對文學作品中所展
現的「張力結構」，更不會無所感觸。

　　就像上文所談過的，我們之所以對「異質」，能產生「同構」的感
應，是因為對它的「表現性」有感應。蘇珊・朗格在《情感與形式》一
書中即說：「要把一幅圖案、一支旋律、一首詩歌或任何藝術符號的情
感內容傳達給觀眾，其唯一的方法就是把有表現力的形式表現得非常抽
象、非常有力。」[39] 世界上所有的事物都具有兩種屬性，一種是物理性
〔非表現性〕，一種是表現性；若針對「表現性」來說，其實就是一種
力的展現的型態，所謂的「林奈分類法」就是只以「表現性」作為對各
種存在物進行分類的標準，這樣就可以把極不相同的卻具有同樣表現性
的事物分在同一類，例如暴風雨和革命，就因為表現性和力的結構相
同，就分在同一類，這就是一種「異質同構」[40]。

　　因此，將作品的章法現象區分出對比與調和，那就可以確認它的
「表現性」，並且我們甚至可以更進一步，據此而推出作品的「張力類
型」，這對於掌握美感、掌握風格而言，是具有相當大的意義的。

　　最後對「對比、調和與陽剛、陰柔的對應關係」來看，中國雖未明
言這種依據表現性來分類的林奈法，卻早已經進行這種表現性的分類

---

38 《審美心理學》，頁 92。
39 《情感與形式》，頁 440。
40 《中國古代心理詩學與美學》，頁 172。

了；最具代表性的，就是「陽剛」與「陰柔」的分法[41]。陽剛與陰柔在中國美學裡是一對重要的範疇，如上文所述，陳望衡《中國古典美學史》中就說：「剛柔在藝術領域中的最重要的意義在於它成為兩大美學風格的代名詞。這就是陽剛之美與陰柔之美。」[42]

其實，我國早在《易傳》中，即相當圓融地作了以陽剛陰柔的思想來認識人生與宇宙的思考，例如「一陰一陽謂之道」、「乾剛坤柔」、「乾，陽物也；坤，陰物也。陰陽合德，而剛柔有體」、「動靜有節，剛柔斷矣」、「剛柔相推而生變化」、「柔上而剛下，二氣感應以相與」等，都對此而發；而其中最重要的是卷九〈說卦〉中的一段話：「昔者聖人之作易也，將以順性命之理。是以立天之道，曰陰與陽；立地之道，曰柔與剛；立人之道，曰仁與義。兼三才而兩之。」這所謂的「天、地、人」三才，就是「異質」；而「陰陽、柔剛、仁義」，則是「同構」，這種思維對我國陽剛陰柔美學範疇的確立，奠定了堅實的基礎。

這樣的思維在影響著後代[43]，直到清代的姚鼐又得到一次高峰性的

---

41 《中國古典美學史》在「《周易》與中國美學」中，談到「剛與柔」：「陰陽在《周易》（主要是《易傳》）中，經常與剛柔相連屬。在《易傳》作者看來，剛柔是陰陽的重要屬性。……而在藝術領域內，剛柔概念的運用，則遠比陰陽概念的運用普遍。可以說，剛柔是中國美學的一對重要範疇。」《中國古典美學史》，頁183。

42 《中國古典美學史》，頁184。另外，亦可參看金丹元《撿拾藝術的記憶——中國古典美學漫談》：「中國人講的『陽剛美』與西方人所說的『崇高』，既有相同點，又有相異處。雖說兩者都與雄偉、壯大、力量、氣勢有關，但中國人所言之壯美，往往並不一定包含悲劇色彩，而是多與『大』、與『剛』相連。西方人講的崇高中常常伴隨著恐懼和痛苦感，往往表現為人受到外來力量的壓迫，從而產生出某種強大的反作用力。……因此，中國人所推崇的陽剛美……而是在肯定外在力量和氣勢所表現出來的無限之美的同時，又借這種力量、氣勢等來顯示人文之美、人格之美，從而達到心靈追求的遠大境界。」（臺北縣：業強出版社，1992年6月初版），頁99-100。又：「即便是陰柔美，中國人的眼光也不同於西方人所講的優美。陰柔美中既含有優美，又可能包括著某種『崇高』在。這就使得中國藝術往往具有陽剛與陰柔並列或交叉出現的情況。」同書，頁102。

43 發展的過程，可參看《詩美學》，頁439-444。

發展，他在〈覆魯絜非書〉中的一段話，將文章的「表現性」大別為「陽剛」和「陰柔」兩類，而且用了許多形象化的譬喻作說明[44]，這對掌握「陽剛」與「陰柔」之特質，是很有幫助的。

這樣，就可以回應前面所作的種種探討：因為「對比」會形成極大的反差，因此有強健、闊達、華美之感，將使作品趨向於「陽剛」；而「調和」則因質性之相近，產生優美、融洽、鎮靜、深沉等情緒，自然會使作品趨向於「陰柔」。經過這樣的分析可發現：只要能分辨出章法現象對比與調和的表現性，就可以大致地掌握住它的美感類型。

不過，前面所說的「陽剛」、「陰柔」的分法，只是從章法（結構）的觀點出發，來作一個大略的分類，並不是說某種作品在章法（結構）上呈現某種型態，就是「純陽剛」或是「純陰柔」；因為這還牽涉到各種型態的相互搭配，以及形式與內容的相互適應等等問題。黎運漢《漢語風格探索》中即說：

> 文章風格是文章的思想內容和表現形式上各種特點的綜合表現，是作者的思想、性格、興趣、愛好以及語言修辭等在文章中的凝聚反映。[45]

而楊小青在《藝術構造論》中也說：

> 風格問題在藝術中是如此重要，這就決定它作為一個理論範疇可以從創作論、作品論、鑑賞論、批評論、發展論等不同角度進行研究。[46]

44　參見本章第一節「一、移位與轉位的美感效果」部分。
45　黎運漢：《漢語風格探索》（北京市：商務印書館，1990 年 6 月初版），頁 7。
46　楊小青：《藝術構造論》（桂林市：廣西師範大學出版社，1992 年 9 月一版一刷），頁

可見得風格問題是極為複雜的，須從各個角度切入，並且彼此配合來分析，才可能得出較為圓滿的結果。

不過，若單從章法（結構）角度而言，則由於一篇作品中往往用到多種章法、形成複雜的結構，所以其風格也就雜揉了多種因素，因而呈現出多變的面貌。因此就正如姚鼐〈覆魯絜非書〉中所說的：「且夫陰陽剛柔，其本二端，造物者揉而氣有多寡，進絀，則品次億萬，以至於不可窮，萬物生焉。故曰：一陰一陽之為道。夫文之多變，亦若是矣。揉而偏勝可也，偏勝之極，一有一絕無，與夫剛不足為剛，柔不足為柔者，皆不可以言文。」這確是有得之言。而陳望衡《中國古典美學史》闡述《周易》中的陰陽關係時則說：

> 陰陽的關係是變化無窮的，這種無窮難測的變化，《易傳》稱之為「神」，《內經》稱之為「神明」。這種理論對藝術創作的直接啟示是：要想使藝術作品達到「神」的境界，就必須熟練、巧妙、富有創造性地處理藝術創作中所有對立的關係。……《周易》中的陰陽理論強調的不是相反事物的對立，而是相反事物的相交、相合。……因此，陰陽的相合不是量的增加，而是新質的產生，是創造。[47]

201。

[47]《中國古典美學史》，頁182。另外劉思量《藝術心理學》介紹保羅克利的藝術理論時，說到他認為無垠的大自然歷史，是一種生命的力量，是從兩極之對立。因此任何一個概念，如果沒有相對性是無法可想，無法掌握的。嚴格說來，概念本身是不存在的，而是以一對概念並存，處理兩極性就是處理整體和統合，比如左、右；前、後；靜止和非靜止，運動和相對運動。因此藝術創作即是在處理統合的問題，處理統合就要同時處理兩端，這就是藝術家在創作時的程序。動是所有成長的根本，是造型之創生，運動是改變其原生狀態的首要條件，然後即產生改變、發展、固定、度量、決定等等相對概念。劉思量：《藝術心理學：藝術與創造》，頁99-100。

這就是說，所有對立、相交、相合的關係都要歸結到「陰陽」之變化，而在變化中，在某各階段而言，對立乃過度，而相交、相合是結果；所以陳望衡又說：

> 《周易》強調的不是陰陽、剛柔之分，而是陰陽、剛柔之合。……中國美學向來視剛柔相濟的和諧為最高理想。……中國的藝術家們也都自覺地去追求剛柔的統一，并不一味地去追求純剛或純柔，而總是柔中寓剛或剛中寓柔。[48]

這是從文化的根源上來釐清剛柔相濟的問題，值得重視。

此外，通常所說的作品的「風格」（或說「氣」、「神」、「韻」、「境」、「味」），實際上也就是格式塔心理學所一再指稱的「整體大於部分之和」的「格式塔質」。前者是中國傳統美意識的概括，後者是西方格式塔心理學的基本觀念，它們的共通點在於其超越性，即對詩和藝術中具體物象、景象、情象等實境的超越，它們在藝術中都不是作為一個元素而存在，而是作為整體質而存在[49]。而理清章法現象的對比與調和之美，是相當有助於我們追索出這個整體質─風格的[50]。

三 「多、二、一（0）」結構的美感效果

由於「多、二、一（0）」的結構，是結合多種、多層之章法類型與其四大規律所形成的，因此它的性質是通貫的，可適用於各個體裁的任何一篇辭章，以獲得如下美感效果：

48《中國古典美學史》，頁 186-187。
49《中國古代心理詩學與美學》，頁 19-20。
50 本章「二、調和與對比的美感效果」部分，均可參見仇小屏：〈論辭章章法的對比與調和之美──以正反法、賓主法與圖底法為考察對象〉，《辭章學論文集》，頁 78-97。

（一）「多」的美感效果

　　所謂的「多」，就是「多樣」。歐陽周、顧建華、宋凡聖等在其《美學新編》中說：

> 所謂「多樣」，是指整體中所包含的各個部分在形式的區別和差異性，前面所舉各種法則（整齊一律、對稱與均衡、比例與尺度、節奏與韻律）都包含在這一總的形式美總法則中，成為其一個組成部份或一個側面。[51]

這種「多樣」，對章法而言，凡是核心結構以外的各個局部性結構，都在它的範圍內。其中的每一章法或結構單元，無論是順或逆、調和性或對比性，都可以因為「移位」（章法單元如「由正而反」、結構單元如由「先賓後主」而「先凡後目」）或「轉位」（章法單元如「正、反、正」、結構單元如由「先賓後主」而「先主後賓」），而產生變化，形成節奏與秩序。所以對應於章法四大律，「多」就是指「產生變化，形成節奏與秩序」的多種結構，而可由此獲得「秩序美」與「變化美」。

　　一般說來，「秩序」是由形式之「齊一」或「反復」而呈現。陳雪帆（望道）在其《美學概論》中說：

> 形式中最簡單的，是反復（Repetition）。反復就是重複，也就是同一事物的層見疊出。如從其它的構成材料而言，其實就是齊一。所以反復的法則同時又可稱為齊一（Uniformity）的法則。這種齊一或反復的法則，原本只是一個極簡單的形式，但頗可以

---

51 《美學新編》，頁 80。

隨處用它，以取得一種簡純的快感。[52]

對這種「反復」或「齊一」，歐陽周、顧建華、宋凡聖等在其《美學新編》中則稱為「整齊一律」，結合「節奏與秩序」，作了如下說明：

> 又稱單純一致、齊一、整一，是一種最常見、最簡單的形式美。它是單一、純淨、重複的，不包含差異或對立的因素，給人一種秩序感。顏色、形體、聲音的一致或重複，就會形成整齊一律的美。農民插秧，株距相等，橫直成行；建築物採用同樣的規格，長短高矮相同，門窗排列劃一；在軍事檢閱中，戰士們排成一個個人數相等的方陣，戰士的身材、服裝、步伐、敬禮的動作、歡呼的口號聲完全一致，都表現了一種整齊一律的美。我們常見的二方或多方連續的花邊圖案，在反復中體現出一定的節奏感，也屬於齊一的美。這種形式美給人一種質樸、純淨、明潔和清新的感受。[53]

可見「多」（多樣），是會因其形式之「齊一」或「反復」而形成簡單「節奏」，而「給人一種秩序感」的。

至於「變化」，乃一種動力作用不已之結果，也是形成「多樣」的根本原因。《周易‧繫辭上》說：「剛柔相推而生變化。……變化者，進退之象也。」而〈繫辭下〉又說：「易，窮則變，變則通，通則久。」可見「窮」是變化的條件，而變化又與象不可分割。對此，陳望衡在其《中國古典美學史》中闡釋說：

---

52 《美學概論》，頁 61-62。
53 《美學新編》，頁 76。

《周易》的這些關於變的觀念對中國文化包括中國美學影響深遠。……「象」最大的功能就是能變。……「變」既是空間性的，表現為物體位置的變異；又是時間性的，表現為時光的線性流程。〈繫辭上傳〉云：「法象莫大乎天地，變通莫大乎四時。」最大的象是天地，最大的變通應是春下秋冬四時的更迭。這實際上是提出，我們視察事物應該有兩種相交叉：空間的——天地（自然、社會）；時間的——四時（歷史）。[54]

既然「變化」是時、空交叉的，而章法又離不開時空，所以這種「變化」的觀點，用於章法，不但可以解釋章法或結構單元之「移位」（齊一、反復）與「轉位」（往復）與時空交叉之關係，也可以和人之心理緊密地接軌。陳望道在其《美學概論》中說：

人類心理卻都愛好富於變化的刺激，大抵喚取意識須變化，保持意識的覺醒狀態也是需要變化的。若刺激過於齊一無變化，意識對它便將有了滯鈍、停息的傾向。在意識的這一根本性質上，反復的形式實有顯然的弱點。反復到底不外是同一（縱非嚴格的同一，也是異常的近似）狀態之齊一地刺激著我們的事。反復過度，意識對於本刺激也便逐漸滯鈍停息起來，移向那有變化有起伏的別一刺激去的趨勢。[55]

而「變化」是會形成較複雜之「節奏」的，歐陽周、顧建華、宋凡聖等在其《美學新編》中就針對由「變化」所引生的「節奏」，加以解釋說：

---

[54]《中國古典美學史》，頁 188。
[55]《美學概論》，頁 63-64。

　　節奏是一種連續的合規律的週期性變化的運動形式。郭沫若說：
「把心臟的鼓動和肺臟的呼吸，認為節奏的起源，我覺得很鞭辟
近裡了。」是有道理的。世界上沒有一樣事物是沒有節奏的：日
出日沒，月圓月缺，寒往暑來，四時代序，這是時間變化上的節
奏；日作夜眠，起居有序，有勞有逸，這是人們日常生活上的節
奏；人體的呼吸、脈搏、情緒乃至思維，都像生物鐘一樣，是一
種有節奏的生命過程。當外在環境的節奏與人的機體的律動相協
調時，人的生理就會感到快適，並引起心理上的喜悅。[56]

可見時空或生活變化，甚至生命過程，都會引起「節奏」，與人之生理
律動相協調，產生「心理上的喜悅」。而這種由「變化」、「節奏」所引
起的「心理上的喜悅」，說的正是美感效果。

　　由上述可知，章法之「多樣」美，是由其結構之「秩序」（順或逆）
與「變化」（順與逆），引生時間或空間性之節奏而呈現的。

（二）「二」的美感效果

　　所謂的「二」，是「陰」（柔）與「陽」（剛）。由於事事物物，都
可形成「二元對待」，而分陰分陽。因此陰陽可說是層層對待，且一直
互動、循環的。就以章法單元或結構單元而言，除了本身自成陰陽之
外，又可以其他結構形成「二元對待」，而形成另一層陰陽。其中屬於
陰性的，便成調和性結構，而造成陰柔之美；屬於陽性的，則成對比性
結構，而造成陽剛之美。陳望道於其《美學概論》裡說：

　　兩個極相接近的東西並列在一處，其間相差很微，便多成為調和

56《美學新編》，頁 78-79。

（Harmony）的形式。兩個極不相同的東西並列在一處，其間相
去很遠，便多成為對比（Contrast）的形式。例如從正黑色，漸
次淡薄到正白色的一列中，取正黑色和其次的但黑色相並列時就
是調和；取兩端的黑白兩色相並列時就是對比。……凡是調和的
兩件東西，總是互相類似的，並無甚麼觸目的變化。所以接觸到
它時，也就每每覺得它有融洽、優美、鎮靜、深沉等情趣。……
對比的形式，因為變化極明顯，每每帶有華美、鮮活、健強及闊
達等情趣，與調和所隨有的情調，差不多相反。[57]

他用顏色為例來說明，很能凸顯「調和」與「對比」的不同，而由此所
引生的「情趣」，又以「融洽、優美、鎮靜、深沉」與「華美、鮮活、
健強及闊達」加以區別，也很能分出「陰柔之美」與「陽剛之美」之差
異來。而歐陽周、顧建華、宋凡聖等在其《美學新編》中，也對這種
「調和」與「對比」因素之造成及其所引生之美，提出如下說明：

對比，指的是具有顯著差異的形式因素的對立統一。如色彩的濃
與淡、冷與暖，光線的明與暗，線條的粗和細、直與曲，體積的
大與小，體量的重與輕，聲音的長與短、強與弱等，有規則地組
合排列，就會相互對照、比較，形成變化，又相互映襯、協調一
致。這種對立因素的統一，可收到相反相成、相得益彰的效果。
色彩學上的對比色就是這個道理。如紅與綠互為補色，可產生強
烈的色對比和反差。「桃紅柳綠」、「紅花綠葉」、「紅肥綠瘦」、
「萬綠叢中一點紅」等，使人感到特別鮮明、醒目，富有動感。
所以民間有俗話說：「紅配綠，花簇簇」，「紅間綠，看不足」。

---

[57]《美學概論》，頁 70-72。

由對立因素的統一造成的形式美，一般屬於陽剛之美。調和，指
的是沒有顯著差異的形式因素之間的對立統一。它只有量的區
別，是一種漸變的協調，並不構成強烈的對比。如果說，對比是
差異中趨向於「異」，那麼，調和則是在差異中趨向於「同」。
以色彩為例，紅與橙、橙與黃、黃與綠、綠與藍、藍與青、青與
紫、紫與紅，都是相似色，在同一色中又有濃淡、深淺的層次變
化，如綠有深綠、淺綠、暗綠、墨綠、嫩綠、翠綠、碧綠等。這
種相似或相近的顏色相互配合協調，在變化中保持大體一致，就
會給人一種融和、寧靜的感覺。……由非對立因素的統一造成的
形式美，一般屬於陰柔美。[58]

他們不但把事物「調和」與「對比」之 差異與各自所造成的美感，都
說明得很清楚，也把「調和」一般屬於「陰柔美」、「對比」一般屬於「陽
剛美」的不同，明白地指出來[59]，有助於了解「陰柔美」與「陽剛美」
產生的一般原因。

這種「調和」與「對比」之形成，是可以另用「襯托」的一種創作
技法來作解釋的，董小玉說：

襯托，原係中國繪畫的一種技法，它是只用墨或淡彩在物象的外
廓進行渲染，使其明顯、突出。這種技法運用於文學創作，則是
指從側面著意描繪或烘托，用一種事物襯托另一種事物，使所要
表現的主體在互相映照下，更加生動、鮮明。襯托之所以成為文
學創作中一種重要的表現手法，是由於生活中多種事物都是互為

---

58 《美學新編》，頁81。
59 《古典詩詞時空設計美學》，頁332。

襯托而存在的，作為真實地表現生活的文學，也就不能孤立地進
行描寫，而必然要在襯托中加以表現。[60]

既然「生活中多種事物都是互為襯托而存在」，而「襯托」的主客雙方，
所呈現的就是「陰陽二元對待」的現象。這種現象，形成「調和」的，
相當於襯托中的「正襯」與「墊襯」；而形成「對比」[61]的，則相當於
襯托中的「反襯」。對於「正襯」、「墊襯」與「反襯」，董小玉解釋說：

> 襯托可以分為正襯、反襯和墊襯。正襯，是只用相同性質的事物
> 來互相襯托，使之更加生動，更富感染力。也可以說是用美好的
> 景物來襯托歡樂的感情，用淒苦的景物來襯托悲哀的感情。⋯⋯
> 反襯，是指用對立性質的客體事物來襯托主體，達到服務主體的
> 目的。即用淒苦的景物來襯托歡樂的感情，用美好的景物來襯托
> 悲哀的感情。⋯⋯襯墊，又叫鋪墊，它是指為主要情節和故事高
> 潮的到來，從各個方面、各個角度所作的準備。它的作用在於
> 「托」或「墊」。[62]

這樣，無論是「正襯」、「墊襯」或「反襯」，亦及無論是「調和」或「對

---

60 董小玉：《文學創作與審美心理》（成都市：四川教育出版社，1992 年 12 月一版一刷），頁 338。
61 有人以為「對比」往往是「雙方並重」，所呈現的是雙方的矛盾，而另以「映襯」稱呼它。如黃慶萱釋「映襯」：「在語文中，把兩種不同的，特別是相反的觀念或事實，貫串或對列起來，兩相比較，互為襯托，從而使語氣增強，使意義明顯的修辭方法，叫做『映襯』。⋯⋯既然在客觀上，人性跟宇宙都存在著許多矛盾；而在主觀上，人類的差異覺閾又足以辨認這些矛盾。那麼，作為反映人類對宇宙人生之感覺的文學作品，把這些矛盾排列在一起，使其映襯成趣，實在是很自然的事。」見《修辭學》（臺北市：三民書局，2002 年 10 月增訂三版一刷），頁 409-410。
62 《文學創作與審美心理》，頁 339-341

比」，都可以形成「美」，而對「多」（多樣）或「一（0）」（統一），
更有結合的作用，在顯示出「多」（多樣）與「一（0）」（統一）之「美」
時，充當必要的橋樑。所以歐陽周等《美學新編》說：

> 對比是強調相同形式因素中強烈的對照和映襯，從而更鮮明地突
> 出自己的特點；調和是尋求相同形式因素中不同程度的共性，以
> 達到治亂、治雜、治散的目的。無論是對比還是調和，其本身都
> 要求在統一中有變化，在變化中求統一，把兩者巧妙地結合在一
> 起，就能顯示出多樣與統一的美來。[63]

可見「二」之美，是有結合「多」與「一（0）」之美的作用的。

（三）「一（0）」的美感效果

所謂的「一（0）」，籠統地說，就是「統一」，也可說是「和諧」。
這是統括「多」與「二」所獲致的結果，如就章法來說，則是聯結在時、
空結構中，由「反復」（秩序）與「往復」（變化）所引起之「節奏」、「調
和」與「對比」所呈顯之「剛柔」（陰陽），以串成整體「韻律」、突出
情理（主旨）、形成風格、氣象，而達於「和諧」的一個境界。而這種
「統一」或「和諧」，可以從「形式原理」方面來探討。陳望道在其《美
學概論》裡說：

> 所謂形式原理，就是繁多的統一。我們對於美的形式，雖不一定
> 其如此如彼，只是四分五裂、雜亂無章，總覺得是與審美的心情
> 不合的。所以第一，「統一」實為對象所不可不具的一個要質。

63《美學新編》，頁81。

而且它所統一的又該不只是簡單的一、二個要素。如只是一、二個要素，則統一固易成就，卻頗不免使人覺得單調。所以第二，繁多又為對象所不可不具的一個要質。我們覺得美的對象最好一面有著鮮明的統一，同時構成它的要素又是異常的繁多。卻又不是甚麼統一與否定了統一的繁多相並列，而是統一即現在繁多的要素之中的。如此，則所謂有機的統一就成立。能夠「統一為繁多的統一，而繁多又為統一的分化」。既沒有統一的流弊的單調板滯，也沒有繁多的流弊的厭煩與雜亂。所以古來所公認的形式原理，就是所謂繁多的統一（Unity in Variety），或譯為多樣的統一，亦稱變化的統一。[64]

所謂「統一為繁多的統一，而繁多又為統一的分化」，將「多」與「一（0）」不可分的關係，說得很明白。而這「多」與「一（0）」，是要徹下徹上的「二」來作橋樑的。對這「多樣的統一」，歐陽周、顧建華、宋凡聖等在其《美學新編》裡，也加以闡釋說：

所謂統一，是指各個部分在形式上的某些共同特徵以及它們之間的某種關聯、呼應、襯托、協調的關係，也就是說，各個部分都要服從整體的要求，為整體的和諧、一致服務。有多樣而無統一，就會使人感到支離破碎、雜亂無章、缺乏整體感；有統一而無多樣，又會使人感到刻板、單調和乏味，美感也難以持久。而在多樣與統一中，同中有異，異中求同，寓「多」於「一」，「一」中見「多」，雜而不越，違而不犯；既不為「一」而排斥「多」，也不為「多」而捨棄「一」；而是把兩個對立方面有機結合起來，

這樣從多樣中求統一，從統一中見多樣，追求「不齊之齊」、「無
秩序之秩序」，就能造成高度的形式美。……多樣與統一，一般
表現為兩種基本型態：一是對比，二是調和。……無論對比還是
調和，其本身都要要求在統一中有變化，在變化中求統一，把兩
者巧妙地結合在一起，就能顯示出多樣與統一的美來。[65]

可見「一（0）」與「多」也形成了「二元對待」，有機地結合在一起。
也就是說，「一（0）」之美，需要奠基在「多」之上；而「多」之美，
也必須仰仗「一（0）」來整合。在此，最值得注意的是，歐陽周他們
特將這種屬於「二元對待」的「調和」（陰）與「對比」（陽），結合「多」
（多樣）與「一（0）」（統一）作說明，凸顯出「二」（「調和」（陰）
與「對比」（陽））徹下徹上的居間作用。這對章法「多、二、一（0）」
結構及其所產生美感方面的認識而言，有相當大的幫助。

　　而這個「一」中的（0），簡單地說，在辭章中指的是風格、韻律、
氣象、境界等辭章之抽象力量。這些抽象力量，是與「剛」（對比）、
「柔」（調和）息息相關的。就以風格而言，即可用「「剛」（對比）、「柔」
（調和）」來概括。關於這點，姚鼐在其〈復魯絜非書〉中就已提出，
大致是「姚鼐把各種不同風格的稱謂，作了高度的概括，概括為陽剛、
陰柔兩大類。像雄渾、勁健、豪放、壯麗等都可歸入陽剛類；含蓄、委
曲，淡雅、高遠、飄逸等都可歸入陰柔類。就這兩類看，認為『為文者
之性情形狀舉以殊焉』」，性情指作者的性格，跟陽剛、陰柔有關；形
狀指作品的文辭，跟陽剛、陰柔有關。又指出這兩者『糅而氣有多寡進
絀』，即陽剛和陰柔可以混雜，在混雜中，陰陽之氣可以有的多有的

---

65 《美學新編》，頁 80-81。

少，有的消，有的長，這就造成風格的各種變化」[66]。據此，則陽剛（對比）和陰柔（調和），不但與風格有關，而為各種風格之母；也一樣與作者性情與作品文辭有關，而為韻律、氣象、境界等的決定因素。

對這種道理，吳功正在其《中國文學美學》裡，以美學的觀點，從「陰陽」這一範疇切入說：

> 由一個最簡括的範疇方式：陰陽，繁孳衍化出正多的美學範疇：言與意、情與景、文與質、濃與淡、奇與正、虛與實、真與假、巧與拙等等，顯示出中國美學的一個顯著特徵：擴散型；又顯示出中國美學的另一個顯著特徵：本源不變性。這兩個特徵的組合，便顯示出中國美學在機制上的特性。如劉勰的《文心雕龍》就以此作為理論的結構框架。關於審美的主客體關係，劉勰認為，心（主體）「隨物以宛轉」，物（客體）「與心而徘徊」。關於情與物的關係：「情以物興，故義必明雅；物以情觀，故詞必巧麗」。其他關於文質、情文、通變等範疇和問題，也都是兩兩對舉，都有著陰陽二元的基本因子的構成模式。[67]

在此，他提出了兩個重要觀點：一是指出心（情）與物、文與質、情與文、通與變等等範疇，都與「陰陽二元」有關。二為「陰陽二元」的特徵，既是「擴散」（徹下）的，也是「本源不變」（徹上）的。也正由於「陰陽二元」，是諸多範疇構成的基本因子，有著擴散（徹下）、本源不變（徹上）的特徵，所以既能繁衍為「多」，也能歸本於「一（0）」。

---

[66] 周振甫：《文學風格例話》（上海市：上海教育出版社，1989 年 7 月一版一刷），頁 13。

[67] 吳功正：《中國文學美學》下卷（南京市：江蘇教育出版社，2001 年 9 月一版一刷），頁 785-786。

由此可知，陽剛（對比）和陰柔（調和）之重要，因而也凸顯了「二」（陽剛、陰柔）在「多」、「一（0）」之間不可或缺的地位。

這樣看來，這（0）之美，是統合了「多」、「二」、「一」所形成的；而「多」、「二」、「一」之美，則依歸了（0）而呈現的，這就說明了此種「多、二、一（0）」結構美之一體性。

第二節　就個別言

任何一篇辭章，都由許多章法組合成其結構，以形成「多、二、一（0）」之美。而每一種章法，也各有它獨特之處，以收到其個別之美感效果。茲舉虛實章法為例，略作說明，以見一斑。

文學與美學向來就與人們的生活有著十分密切的關係[68]，要從事文學研究，除了解析其現象的層面外，也應能掌握由現象所呈現出來的情意與美感[69]，因此，在前幾章將虛實法的各種內涵與結構類型，做一番探討與歸納後，還需進一步的處理其所透顯的美感效果。

辭章美感的生發與透顯，是來自辭章家進行創作時，自覺或不自覺的順應審美心理的流向與波動，且依據美感的各種型態去謀篇布局，從而使其內容與形式配合無間，並反映出多樣的美感[70]，當然，如同前文曾提及的，在這些千變萬化的創作風貌中，實皆藏著一些具普遍性的理則，陳師滿銘即表示：每個作家在進行謀篇布局時，都會不知不覺的受到人類共通理則的支配，以致寫成的作品，在各式各樣的枝葉底下，都

---

68 龔鵬程：「在我們的日常生活裡，文學或美感經驗，經常和我們的心靈發生密切的關係。……那些令人沉醉的情節和意象，往往為人生帶來豐盈的美感。……文學，既然是天地大美的人文示現；則創作文學，是希望體現美；觀覽文學，自然也是要從其中採挹體察這份美。」見《文學與美學》（臺北縣：業強出版社，1987 年 1 月再版），頁 2-6。

69 《古典詩詞時空設計美學》，頁 278-335。

70 張紅雨：《寫作美學》（高雄市：麗文文化公司，1996 年 10 月初版），頁 194。

無可例外地藏著有一些基本的、共通的幹身[71]，而將其中的共同規律加
以疏通，更能有效的掌握辭章的美感效果；也就是說，「必須嘗試理清
楚這些現象背後所埋藏的「理」，掌握這個「理」之後，我們對這些設
計技巧所產生的美感效果，才能有所認識，文學作品的價值，也才能夠
確立。」[72]

　　因此探究美感層面不但是基於人的審美需要，也是藉此深入掌握文
學作品價值的門徑。本節將由「化虛為實的含蓄美」、「化實為虛的自
由美」、「虛實交錯的靈動美」、以及「虛實相生的和諧美」尋味虛實法
的美感效果。

一　化虛為實的含蓄美

　　含蓄，是文學創作上一種重要的藝術手法，它也是文學藝術上的一
種美學特徵。含蓄美具有婉曲、蘊藉的藝術美感，是歷來十分受矚目的
美學型態，童慶炳在《中國古代心理詩學與美學》中就指出：

> 「含蓄」作為藝術美的形態是中國古典詩學特別重視的一個問
> 題。[73]

例如劉勰在《文心雕龍‧隱秀》中，即以「情在詞外」曰「隱」，並言：
「隱也者，文外之重旨者也。」又說：「隱之為體，義生文外，秘響旁
通，伏采潛發。」足見其十分注重文章之外所寓含婉曲無窮的意旨；白
居易的《文苑詩格》也有「須令語盡而意遠。」的說法；而司空圖的《詩
品》，更是把「含蓄」列為二十四詩品之一，提出「不著一字，盡得風

[71] 陳滿銘：《章法學新裁》（臺北市：萬卷樓圖書公司，2001年1月初版），頁21。
[72]《古典詩詞時空設計美學》，頁279。
[73]《中國古代心理詩學與美學》，頁102。

流」的藝術境界；梅堯臣也曾提及：「含不盡之意，見於言外。」[74] 由此可見歷代對於含蓄美的重視與追求。

關於含蓄的定義，童慶炳在書中扼要地說：

> 所寫的很少很少，可讓人感受到的很多很多，這就是所謂以少少許勝多多許，這就是含蓄。[75]

辭章家提供篇內有限的情境，卻能讓人體會到藏在篇外、無限的世界，使得「翫之者無窮，味之者不厭」（《文心雕龍》），從而感受到言有盡而意無窮的韻味。此外，童氏還指出：無論是講求溫柔敦厚的儒家，或是主張有無相生的道家，對於「無」與「有」、「虛」與「實」、「內」與「外」、「言」與「意」等之間的關係，都非常重視，當它反映於文藝創作上，自然都以「含蓄」、「蘊藉」為美[76]。含蓄之所以能成為美，即來自讀者對作品再創造的作用；當人們在欣賞呈現出來的部分時，也會自動對空白的部分予以填充，因此，雖然文學作品裡提供的是有盡之言，但卻能衍生無窮之意[77]。總之，「含蓄」，意指顯其「一」，即可收其「萬」，也就是以有限概括無限之意。其實，含蓄也可以就多方面來說，如情意、風格、章法等，而此處則特就章法中的虛實法所產生的含蓄美來探討。

比較而言，含蓄美就虛實法來說，又以作者在處理「化虛為實」的謀篇手法時，最為明顯；這是由於在一篇「全實」結構的作品中，其

---

74 王更生注譯：《文心雕龍讀本》下篇，頁 201-209。又，《中國古代心理詩學與美學》，頁 103-104。
75 《中國古代心理詩學與美學》，頁 105。
76 同前註，頁 102。
77 同前註，頁 110。

「情」或「理」未顯露於篇內，故在藉由篇內實寫的內容感發篇外蘊含的無限情意時，含蓄蘊藉的文章之美，也容易隨之產生。但是還有一種特殊的情況值得一提，即全虛（虛構）的正體寓言，它也是將諷諭、哲理等深層的意涵置於篇外，呈現出隱而不顯、意在言外的藝術魅力。

　　對於這種化虛為實的含蓄美，張少康在《中國古代文學創作論》中就強調：

> 在藝術形象塑造中要使實的描寫能引導人產生某種必然的聯想，從而構成一個虛的境界，使實的境界和虛的境界相結合，從而形成更加豐富的生動藝術形象。[78]

我國古代的詩歌創作，就很注重「境生象外」，主張要通過作品中的具體描寫，引起人們豐富的聯想，並於象外構成一個虛的境界[79]；張少康也針對文藝創作的虛實關係，提出一種「以實出虛」的情況：

> 通過部分有形的描寫，借助於藝術的比喻、象徵、暗示等作用，引導人產生一種必然的聯想，從而傳達出一種虛的境界，使實的部分和虛的部分結合而形成為完整而豐滿的藝術形象。[80]

辭章家在篇內表現出實寫的部分，從而在篇外引起人們對於情感、意識、道理等體悟，以構成作品的含蓄美。曾祖蔭在《中國古代文藝美學範疇》，更明確的以「化虛為實」作為虛實論的一種美學特徵，他說：

---

78 張少康：《中國古代文學創作論》（臺北市：文史哲出版社，1991 年 6 月初版），頁 229。
79 同前註，頁 230。
80 同前註，頁 233。

化虛為實突出地表現為將心境物化。把看不見、摸不著的思想感情、心理變化等，用具體的或直觀的感性形態表現出來，也就是說，要變無形為有形。從這個意義上說，具體的或直觀的物象為實，無形的思想感情、心理變化等為虛。化虛為實就是把無形的思想、情趣、心理等轉化為具體生動的藝術形象。[81]

所謂「將心境物化」，就是把思想、情意、心理等加以轉化，而以具體的藝術形象來抒發，例如篇章中只寫景或只敘事，而將情意、道理、心願等寓於篇外的手法皆屬之，這些安置在篇外的情思，需靠讀者自己去聯想、填補、體會，從而獲得含蓄之美，仇小屏於《篇章結構類型論》裡，便提出敘論法中「全敘」結構的美感效果：

> 至於「全敘」的作品，那就會造成我們常說的「意在言外」的效果；因為此時的主旨一定是在篇外表出的，所以會顯得含蓄不盡。[82]

由於篇章裡只呈現敘事的部分，故作者想要表達的主旨，則必須靠讀者從作品中的事材或物材去推敲，此即以敘論法來談含蓄美生發的源頭。舉例來說，如劉義慶的《世說新語》記「晉明帝早慧」一則：

> 晉明帝數歲，坐元帝膝上。有人從長安來，元帝問洛下消息，潸然流涕。明帝問：「何以致泣？」具以東渡意告之。因問明帝：

---

81 曾祖蔭：《中國古代文藝美學範疇》（臺北市：文津出版社，1987 年 8 月初版），頁172。

82 仇小屏：《篇章結構類型論》上（臺北市：萬卷樓圖書公司，2000 年 2 月初版），頁286。

「汝意謂長安何如日遠？」答曰：「日遠。不聞人從日邊來，居
然可知。」元帝異之。明日，集群臣宴會，告以此意；更重問
之。乃答：「日近。」元帝失色曰：「爾何故異昨日之言耶？」答
曰：「舉目見日，不見長安。」

其結構表為：

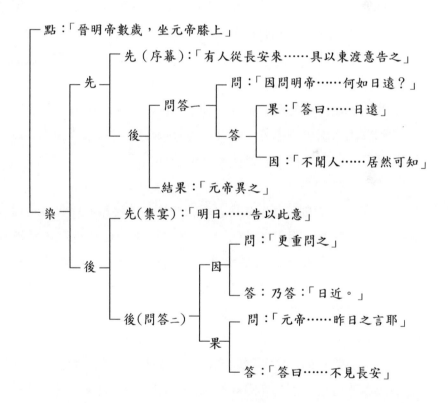

通篇完全敘事而不雜以說理，屬於「全實（敘事）」的結構類型，作者
只在篇中記敘兩次問答的原委，而表現晉明帝「夙慧」的主旨意涵則置
於篇外，須待讀者深入領會。

　　綜上所述,「化虛為實」是虛實法的美感效果之一,其所造成的「言外之意」能夠喚起讀者的審美想像與聯想,是故所表現的雖是「實」,但仍然可以虛實相生。當讀者在體悟更深遠的意境時,也領略到餘韻無窮的審美感受,並藉此強化了文章「言有盡而意無窮」的美感效果。

二　化實為虛的自由美

　　相對於前面所談的「化虛為實」,虛實法的美學特徵有一部分即來自於「化實為虛」。所謂的「化實為虛」,是指在辭章作品的篇內,只呈現出虛寫的部分,但此處的「虛」又是以「實」為基礎,從而造成一個立足於現實又高於現實的藝術空間,使讀者能夠在辭章中感受及體悟其流洩的思緒,或悠遊於虛擬的夢境、故事之中;由於「化實為虛」進一步的突出「虛」的部分,因此能令作品生發出自由騰飛的美感。張紅雨的《寫作美學》裡,談到「放」的寫作方式:

> 寫作主體在立意和結構文章的時候,其思維和想像不受時間和空間的限制,往往神馳千載,目觀秦漢。這種情況,積澱於記憶中的審美經驗的紛紛復呈,是美感情緒四處流溢的一種表現形式。……寫作主體就是依據這種美感情緒的放開去結構作品,其表現形式就是「放」的寫作。[83]

其中不僅說明此種寫作形態的來源,事實上,這種「放」的寫作也符合化實為虛的特色,因為作者在創作時,即是受到審美想像的作用,使美感情緒在虛處自由流洩,而其所獲得的美感效果即為:

---

83 《寫作美學》,頁 224。

這種寫作可以使美感情緒縱橫馳騁，海闊天空，自由而輕鬆。[84]

這就是化實為虛的自由美；此外，他也闡述了多種寫作美感的表現方式，其中有一種就是運用隱藏具體（實），只表達抽象（虛）的寫作手法，以達到「化實為虛」的美感，他說：

> 有的寫作主體不僅善於從激情物的具體形態那裡獲得美感，而且還善於從某一現象、某些言論、某種動向、某種傾向和思潮等等，這些精神領域的激情物那裡獲得美感信息。[85]

寫作主體往往將「實」的美感形象潛在心底，推向後臺，而把這些「虛」的材料予以分化、加工、組合，再化為辭章作品，這除了是因為主體在掌握美感來源時，有不同的面向外，其成因有部分也是由於文學具有突破時空限制的特性，不要求在篇內一定要呈現出對象具體直觀的部分，因此，作者能於辭章當中，將具體或現實隱於幕後，只進行虛寫，亦即從虛處著筆，而讀者除了能夠以現實為基礎，掌握作品意涵外，更能跳出現實，隨著想像的作用進行再創造，而自由流動的美感亦隨之而生。

　　另外，曾祖蔭也在《中國古代文藝美學範疇》中，特別針對「化實為虛」的美學特徵作了說明：

> 就藝術反映生活的特點來看，如果說現實景物是「實」，通過景物所體現的思想感情是「虛」，那末，化實為虛就是要化景物為情思，這在我國詩詞中表現得尤為突出。[86]

---

84 同前註。
85 《寫作美學》，頁 158。
86 《中國古代文藝美學範疇》，頁 167。

其中,「化景物為情思」,即引自於范晞文的《對床夜語》,他引周伯弜的〈四虛序〉說:

> 不以虛為虛,而以實為虛,化景物為情思,從首到尾,自然如行
> 雲流水,此其難也。否則偏於枯瘠、流於輕俗,而不足采矣。[87]

很明顯的,這是就情景法來說的。當辭章家在創作時,將眼前實有的景物轉化為情感來表達者,即所謂的「以實為虛」。

接著,再就其於虛實法中的表現而言。「化實為虛」的自由美通常會藉由「全虛」的結構類型來顯露,如前文所提及的「化景物為情思」,也就是通篇僅抒情而未雜有寫景者,或是全篇只發議論,而沒有敘事;它也可能只呈現虛的時空,也就是作者全就未來的時間、或眼所未見的遠處空間來謀篇布局;然而,這種自由騰飛的美感更是會藉著「真實與虛假」一類的章法現象表出,這是由於以「假」的性質來進行的虛寫,包括有設想、願望、夢境、虛構等,而這些章法的心理基礎又來自於審美想像活動,是美感騰飛的反映,故使得此類的虛寫特別具有躍動的自由美,此外,真與假的虛實,也十分強調作者的虛寫必須以現實為基點,曾祖蔭《中國古代文藝美學範疇》中說:

> 化虛為實,還包括著要求作者的幻想和虛構必須符合生活和歷史
> 的真實。幻想和虛構,對現實生活而言,就是假。藝術作品中所
> 描寫的人和事,可以是完全虛構的,也可以是半真半假的,但其
> 中所體現的情和理,則必須是真實的。[88]

---

87 丁福保輯:《歷代詩話續編》卷二(臺北市:木鐸出版社,1983 年初版),頁 421。
88 《中國古代文藝美學範疇》,頁 176。

他的說明實有助於了解文學或藝術中的「假」，需以現實之「真」為基礎。然而，由於角度的不同，曾祖蔭將這種虛實關係，視為化虛為實的美學特徵，不過，若就辭章構成的始末來說，作者是以現實之真為基礎來進行虛寫，因此虛構的美感即來自於「化實為虛」了。以真與假來談的虛實，其虛寫的部分對事實而言，雖非現實生活的實際存在，但卻是現實生活的折光和反映，故在藝術創作上需符合「幻中有真」的要求。舉例來說，如全虛結構的漢樂府〈上邪〉，就充分的體現出化實為虛的自由美：

　　　　上邪！我欲與君相知，長命無絕衰。山無陵，江水為竭，冬雷震
　　　　震，夏雨雪，天地合，乃敢與君絕。

其結構分析表為：

```
┌─泛：「上邪」三句
│         ┌─因（條件）：「山無陵」五句
└─具─┤
          └─果（結果）：「乃敢」句
```

全篇皆在抒發「我欲與君相知」的願望，作者於前三句先泛述欲永遠相知相愛的心願，接著再以「山無陵」等六句，透過虛擬，以五種自然界不會發生的狀況，具寫誓言之堅定，因此，全詩不但是以「全虛」的結構寫成，其自由的美感更是由內在心靈的情思，直至想像的種種異常現象，層層勃發。

　　總之，由實導入虛，將實抽象化，能使文章的意涵擴大、深化，而

不會只停留於淺層的實相，落入僵化、死硬的「以實寫實」，反能藉此獲得一種抽象而自由的美感與較高的藝術境界。

三　虛實交錯的靈動美

　　「虛實交錯」在這裡指的是「虛」與「實」兩者相互結合，同時呈現於辭章中，也就是能夠在結構分析表裡，清楚的表現出有虛有實的結構成分。這種虛實交錯並用的結構類型，包括有「一般型」中的「先虛後實」及「先實後虛」兩種，和「變化型」中的「雙虛夾實」、「雙實夾虛」、「虛實雙疊」等結構[89]；其中，一般型的虛實結構，符合了章法四大原則中的「秩序律」，「變化型」則是源自於「變化律」，而這兩種寫作原則也各自形成了不同風貌的靈動美。

　　首先，所謂「秩序律」，是作者依據空間、時間、或事理展演的自然過程，來安排寫作材料[90]，就虛實法而言，「先虛後實」及「先實後虛」兩類皆屬之。張紅雨在《寫作美學》中談文章結構的美感，曾提到遞進式結構的協調美，其所謂遞進式結構，意味著循序漸進的隨著人們由淺入深、由小及大的審美規律，來進行謀篇布局，這就合乎了章法的「秩序律」，而其美感在於：

　　　　順應人們美感情緒發展的這一規律而結構的文章或作品，就會給人一種自然美，不緊不慢的輕鬆美。[91]

89 陳滿銘：〈詞的章法與結構〉，《詩詞新論》（臺北市：萬卷樓圖書公司，1994 年 6 月初版），頁 51-68。又參見陳佳君：《虛實章法析論》（臺北市：文津出版社，2002 年 11 月初版一刷），頁 271-291。
90 陳滿銘：《章法學新裁》（臺北市：萬卷樓圖書公司，2001 年 1 月初版），頁 22。
91 《寫作美學》，頁 236。

其實，只要合乎情感事理之展演或思維模式的順序性，無論是遞進或遞減，都會產生協調、自然的美。此外，由實入虛、先實後虛的謀篇類型，通常會讓全篇的意境有向外推開的美感效果，而先虛後實的結構類型，透過由虛入實的手法，則會獲致一種由外拉近的美感效果，兩者同樣構成具有秩序性的靈動美。以由實入虛的一類來說，張說的〈送梁六自洞庭山作〉即是一個鮮明的例子：

> 巴陵一望洞庭秋，日見孤峰水上浮。聞道神仙不可接，心隨湖水共悠悠。

其結構表為：

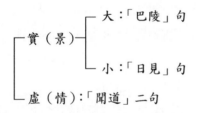

> ┌ 實（景）┬ 大：「巴陵」句
> │　　　　└ 小：「日見」句
> └ 虛（情）：「聞道」二句

詩之前二句先實寫巴陵、洞庭湖、洞庭山等圖景，後二句則虛寫心中對梁六的懷念之情。而前半的實寫，正符合古典詩論所說的「寫事境宜近」，是對客觀自然的真實描繪，而後半由實入虛，寫傳說中的神山仙女已渺然難尋，唯使滿腔的思念隨湖水悠悠遠去，此即所謂的「寫意境宜遠」[92]，這樣的虛實相生，無形中便將詩境由近而遠的推開。再以由虛入實者而言，如張炎的〈高陽臺・西湖春感〉即是一例：

---

92 李元洛：《歌鼓湘靈》（臺北市：東大圖書公司，1990 年 8 月初版），頁 26-27。

接葉巢鶯，平波卷絮，斷橋斜日歸船。能幾番遊？看花又是明
年。東風且伴薔薇住，到薔薇、春已堪憐。更淒然，萬綠西冷，
一抹荒煙。　　當年燕子知何處？但苔深韋曲，草暗斜川。見說
新愁，如今也到鷗邊。無心再續笙歌夢，掩重門、淺醉閒眠。莫
開簾！怕見飛花，怕聽啼鵑。

此詞主要是藉由春逝之愁來抒發亡國之痛，其中，自「能幾番遊」至
「春已堪憐」運用了時間的虛實法，此節段之結構表為：

```
┌ 虛（未）：「能幾番遊」二句
└ 實（今）：「東風」二句
```

作者在此先以「能幾番遊」二句，將時間伸向未來，感嘆花期已過，欲
再賞花只待明年[93]，而「東風」二句則又將時間拉回現在，發出挽留春
風伴薔薇的奇想，以暮春唯剩薔薇花開，暗示群芳皆凋，春景衰殘，所
以此處即透過「先虛後實」的手法，將傷情由放而收。

其次，所謂「變化律」，意指變化寫作材料安排的順序性[94]。由於
客觀外物紛呈，人的思緒瞬息萬變，使得審美心理除了會隨順規律性
外，亦存在著變化性，陳望道在《美學概論》中也論及：

人類心理卻都愛好富於變化的刺激，大抵喚起意識須變化，保持
意識底覺醒狀態也是需要變化的。若刺激過於齊一無變化，意識
對它便將有了滯頓，停息的傾向。[95]

---

93 陳滿銘：《詞林散步》（臺北市：萬卷樓圖書公司，2000 年 1 月初版），頁 377-378。
94 《章法學新裁》，頁 329，又，《篇章結構類型論》上，頁 6。
95 陳望道：《陳望道文集》第二卷（上海市：上海人民出版社，1980 年 5 月初版），頁

此即人們尋求變化美的心理基礎，張紅雨在《寫作美學》中亦談到客觀
世界的種種刺激和觸動，使得美感情緒有著跳躍和轉換：

> 人們生活在客觀世界裡，每時每刻都受到不同色調、不同意響、
> 不同狀態以及不同性質的事件的刺激和觸動，情緒總是隨之作出
> 相應的反映。這種美感情緒總是從不同的空間涉獵到不同的激情
> 物而為之波動。這便形成了人的美感情緒的跳躍和轉換這一特
> 點。[96]

辭章作品的豐富性和多變性，即來自於此，另外，他還論述說這種美感
跳躍轉換的形式是多樣的，但若表現在文章裡，並非任其雜亂無章的變
動著，而是必須要有條理。當其變化是以對比、調和、統一為前提時，
虛和實之間的轉移與銜接，也會形成環環相扣，連繫緊密的狀態。黃永
武將此種寫作的藝術技巧稱為「轉位」，他在《中國詩學——設計篇》
裡說：

> 轉位是指詩行之間、意象之間，利用形、聲、義某一點共通性，
> 作為媒介，觸類衍生，使二個彷彿是不連續的意象，相互引
> 接。[97]

也就是說，把握辭章的內容和結構成分間的共通性，使虛與實之間的轉
接順暢而不突兀，便能達到成功的轉位，事實上，此關係到章法四大

42。
[96]《寫作美學》，頁 238。
[97] 黃永武：《中國詩學——設計篇》（臺北市：巨流圖書公司，1999 年 9 月初版十三
刷），頁 28。

律，這點已在上文討論過。所以欲使各結構成分間的轉位順暢緊密，必須合乎四大規律，尤其是「變化」與「聯貫」二律；由此可見，成功的藝術形態是符合各種美學原則的，虛實結構的秩序和變化，也需以此為原則，這樣的有機整體才會有美感可言。

　　若將變化律鎖定虛實法來說，「夾寫」的「虛—實—虛」和「實—虛—實」，以及「虛實雙疊」的「虛—實—虛—實」及「實—虛—實—虛」結構，皆是將「虛」與「實」的結構成分，作了富有變化的組合。

　　以夾寫所反映的美感而言，仇小屏在《篇章結構類型論》談「凡目」結構時，便指出「凡、目、凡」及「目、凡、目」結構特別之處在於：

> 這兩種結構會像天平一般，特別具有對稱的美感（或者說是均衡的美感）。[98]

至於對稱美，陳望道在《美學概論》中論述「美的形式」時，即列有「對稱與均衡」一項，他在闡述對稱的意義時說：

> 對稱（Symmetry）是與幾何學上所說的對稱指稱同一的事實。都是將一條線（這一條線實際並不存在，也可假定其如此），為軸作中心，其左右或上下所列方向各異，形象相同的狀態。[99]

但運用在辭章的美感效果時，則不必如幾何學般嚴密，只要達到均衡的狀態即可，因此又可稱之為均衡美，陳望道也就此表示：

---

[98]《篇章結構類型論》下，頁 356。
[99]《陳望道文集》第二卷，頁 43。

所謂均衡（balance）雖與它（按：指對稱的形式）極類似，就
比它活潑得多；……均衡是左右的形體不必相同，而左右形體的
分量卻是相等的一種形式。[100]

若藉此擴大至整個虛實法來說，則可見「虛—實—虛」和「實—虛—實」
兩種結構型態，凸顯出如天平般的對稱（均衡）美，例如李白〈贈孟浩
然〉：

吾愛孟夫子，風流天下聞。紅顏棄軒冕，白首臥松雲。醉月頻中
聖，迷花不事君。高山安可仰，徒此揖清芬。

其結構表為：

```
    ┌─ 凡：「吾愛」二句
    │        ┌─ 一 棄官隱居：「紅顏」二句
    ├─ 目 ─┤
    │        └─ 二 迷花醉酒：「醉月」二句
    └─ 凡：「高山」二句
```

詩的開頭二句先泛述敬愛之意，再從「隱居」與「醉酒」，分目點明敬
愛之處，末二句再對孟浩然的品格，表達崇仰之意，而藉由結構表的呈
現，更突出了「凡—目—凡」的對稱美。

　　至於雙疊的方式，由於是虛與實兩度先後呈現，故頗能在形態上獲
致反復之美，陳望道的《美學概論》對於「反復」有如下的說明：

反復就是重複，也就是同一事物底層見疊出……這種齊一或反復
的法則，原本只是一個極簡單的形式，但頗可以隨處用它，以取
得一種簡純的快感。[101]

首先，其所謂之反復，是就「同一事物」的重複出現而言，但轉就章法
來說，它雖然在結構上以虛、實相迭呈顯，即以性質相同的結構成分形
成反復，但由於虛、實所指涉的內涵相當廣泛，因此，它在內容上也同
時具有多樣的風貌，從而使得虛實雙疊的美感有整齊的反復，也有多變
的靈動。例如李白的〈長干行〉之二：

憶妾深閨裡，煙塵不曾識。嫁與長干人，沙頭候風色。五月南風
興，思君下巴陵；八月西風起，想君發揚子。去來悲如何，見少
別離多！湘潭幾日到？妾夢越風波！昨夜狂風度，吹折江頭樹。
淼淼暗無邊，行人在何處？好乘浮雲驄，佳期蘭渚東。鴛鴦綠蒲
上，翡翠錦屏中。自憐十五餘，顏色桃花紅，那作商人婦；愁水
又愁風！

---

101 同前註，頁 41。

其結構表為：

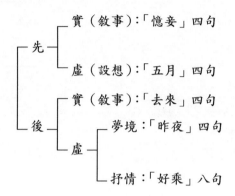

雖是以兩層「實—虛」疊寫，具有反復美，但其中實與虛的指涉又有所不同，它分別是以「先敘事（實）後設想（虛）」、和「先敘事（實）後夢境、抒情（虛）」組織成的，故又具有變化美，這就是跨用章法的妙處；另一方面，就算作者是以同樣的章法進行反復，如運用情景法形成「景—情—景—情」的結構，前一個景（情）和後一個景（情），雖統一於辭章的主旨之下，但透過作者匠心獨運的選材與安排，也不會有完全一樣的描寫出現，例如馬戴的〈落日悵望〉：

　　孤雲與歸鳥，千里片時間。念我何留滯，辭家久未還。微陽下喬木，遠燒入秋山。臨水不敢照，恐驚平昔顏！

其結構表為：

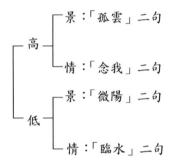

此詩先就孤雲和歸鳥寫眼前實景，由它們能片時到達千里外的家鄉，引發自己留滯異鄉的愁思，接著，再由近而遠，透過夕陽暗示詩人佇足之久與思鄉之切，末尾則以憂懼年華老去、家鄉難歸收束，一環扣一環，毫不板滯，充滿靈動之美。

其次，陳望道提出反復的形式美具有簡純的快感，乍看之下又似乎與靈動、變化的美感效果衝突，其實不然，變化律的成因來自辭章家以秩序律為基礎，進一步的順應美感情緒的波動，跳出框架，形成變化，但是在變化中，藉由章法的統整，很容易的幫助人們找到各部分的相互關係，化零為整，使辭章作品的主旨意涵和結構特色變得易於掌握，此即化繁為簡的快感，而這種簡純性，本身也是一種美感。

總之，雖然虛與實的結構成分有攤開而重複出現的狀態，但並不是各自為政、毫無關聯的，它們也是統一於主旨之下的，並且在大多數的虛實雙疊結構中，各部分又構成某種章法關係，能夠再往上一層以另一種章法來統整與組織，尤其是前後兩組「虛—實」（或「實—虛」）之間，更是如此。如歐陽脩的〈醉翁亭記〉：

環滁皆山也。其西南諸峰，林壑尤美。望之蔚然而深秀者，瑯琊也。山行六七里，漸聞水聲潺潺；而瀉出於兩峰之間者，釀泉也。峰迴路轉，有亭翼然臨於泉上者，醉翁亭也。作亭者誰？山之僧智僊也。名之者誰？太守自謂也。太守與客來飲於此，飲少輒醉，而年又最高，故自號曰醉翁也。醉翁之意不在酒，在乎山水之間也。山水之樂，得之心而寓之酒也。

若夫日出而林霏開，雲歸而巖穴暝，晦明變化者，山間之朝暮也。野芳發而幽香，佳木秀而繁陰，風霜高潔，水落而石出者，山間之四時也。朝而往，暮而歸，四時之景不同，而樂亦無窮也。

至於負者歌於塗，行者休於樹，前者呼，後者應，傴僂提攜，往來而不絕者，滁人遊也。臨谿而漁，谿深而魚肥；釀泉為酒，泉香而酒洌；山肴野蔌，雜然而前陳者，太守宴也。宴酣之樂，非絲非竹，射者中，弈者勝，觥籌交錯，起坐而諠譁者，眾賓懽也。蒼顏白髮，頹然乎其間者，太守醉也。

已而夕陽在山，人影散亂，太守歸而賓客從也。樹林陰翳，鳴聲上下，遊人去而禽鳥樂也。然而禽鳥知山林之樂，而不知人之樂，人知從太守遊而樂，而不知太守之樂其樂也。醉能同其樂，醒能述以文者，太守也。太守謂誰？廬陵歐陽修也。

其結構表為[102]：

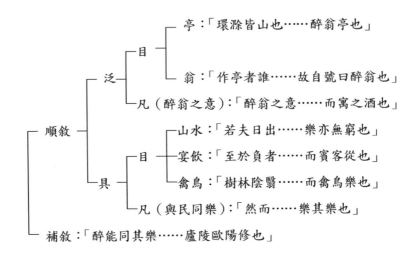

其正文的部分雖形成兩組「先目後凡」的結構，但前一組主要在泛泛的點出醉翁之意在於山水之間，而後一組則是具體的就山水之樂、宴飲之樂、禽鳥之樂，烘托出太守「與民同樂」的胸懷，因此，其間又具有「先泛後具」的關係，這種變化是極富美感的。

四　虛實相生的和諧美

　　所謂的「虛實相生」，意味著虛與實相互呼應、相互轉化，並共同襯托出某種藝術境界來。仇小屏在《篇章結構類型論》中，特別從虛實關係的各種章法中，抽繹出虛實法共通的美感特性，她除了提出具象美（實）和抽象美（虛）是所有虛實法都共有的美感外，也說到兩者所產生的調和美：

---

102 陳滿銘：《文章結構分析》（臺北市：萬卷樓圖書公司，1999 年 5 月初版），頁 270-271。

因為實與虛是緊密相應的，所以會產生調和的美感；也就是說具
象美和抽象美會形成和諧統一。這也是所有的虛實法都致力追求
的最高境界。[103]

透過前文之探究可得知，虛實法的美感特徵可以表現在許多方面，如在
篇內單寫「實」，卻能引出篇外「虛」的情意，從而獲得「化虛為實」
的含蓄美；它也可以體現在以現實為基礎的虛寫，並由此感受「化實為
虛」的自由美；再者，它也能透過虛實並用的謀篇方式，藉由各式各樣
的結構類型，呈現出虛實交錯的靈動美；因此，在一篇以虛實法布局的
佳作中，無論是就篇內、篇外，或是單用、並用，實際上都是虛實相生
的表現。曾祖蔭在《中國古代文藝美學範疇》解釋道：

從藝術創作上來講，所謂虛實相生，是指虛和實二者相互聯繫，
相互滲透，相互轉化，使藝術形象生生不窮，從而具有很高的審
美價值。[104]

是故藝術作品中的虛實相生絕不是死板的結合，或是將各部分硬湊在一
起，互無關聯，反而應該是有機的、自然的融合在一起；進一步來說，
既然虛與實之間是有機的融合，也就是辭章中的意涵、材料、組織等，
都是經過審美化的提煉，所以作品就會生發出渾成的和諧之美。

　　至於「和諧」，很早就受人注意，孔智光在《中西古典美學研究》
說：

103《篇章結構類型論》上，頁 264。
104《中國古代文藝美學範疇》，頁 177。

　　華達歌拉斯學派認為「美是和諧」，蘇格拉底、柏拉圖也認為為
「美在和諧」……蘇氏和柏氏……強調美與善的統一。[105]

他們認為「和諧」就是「美與善的統一」，張法即掌握了這個「善」，
在《中西美學與文化精神》中說：

　　和諧意味著一種最佳的生存狀態和最佳的發展狀態，和諧是人類
　　的一種理想追求。[106]

所謂「最佳」、「理想」，就是「善」的意思。而它所牽涉的範圍還包括
了在主體內部、以及主客體之間，都達到某種平衡而協調的關係，這是
人們所致力追求的人生最高境界。當然這也包含了藝術創作，正如陳騤
《文則》所說：「夫樂奏而不和，樂不可聞，文作而不協，文不可
誦」[107]；此外，張法還表示：中國和諧觀的最大特徵，便在於整體的和
諧，它是來自於一種對立而又不相抗的和諧關係[108]，而虛與實的對立統
一，正是和諧美產生的源頭。

　　固然虛與實是相對立的兩個概念，但藉由辭章家在構思時的審美心
理活動，以及創作時的有機組織，其所趨向的是一種和諧統一的狀態，
從而獲得虛與實由相反而相生相成的美感。張法在《中西美學與文化精
神》中談到「相反相成」的美學特性時說：

---

105 孔智光：《中西古典美學研究》（濟南市：山東大學出版社，2002 年 9 月一版一刷），
　　頁 38

106 張法：《中西美學與文化精神》（北京市：北京大學出版社，1997 年 2 月初版二刷），
　　頁 62。

107 陳騤：《文則》（臺北市：莊嚴出版社，1979 年 3 月初版），頁 6。

108《中西美學與文化精神》，頁 67-68。

在不同質的因素和事物中明顯地有些是對立的、排斥的。初一看
來，這是對和諧的否定，進而察之，它實為和諧的一種方式，古
人稱之為「相反相成」。[109]

經由作者精心營造的虛與實，便存在著這種又對立又和諧的關係。而李
元洛在《歌鼓湘靈》也表示：

「相反」，指的是情與景，以及景的大小、遠近、高低，筆墨的
虛實、巧拙、剛柔、奇平等等，處於一種對立和矛盾的狀態；
「相成」，是指這種矛盾狀態的藝術描寫，常常可以更動人地表
達詩作者的感情和生活的真實，達到更高意義的美的和諧。[110]

此處即把相反相成的意義和內容，闡述得十分明白。童慶炳在《中國古
代心理詩學與美學》裡，則是化用蘇軾的「反常合道」說，來解釋對立
統一：

「反常」是指情景的反常、超常組合，如把有與無、虛與實、黑
與白、大與小、長與短、悲與歡、苦與甜等等相異相反的情景組
合在一起，「合道」是指這種反常超常的藝術組合，卻出人意料
合乎了感知和情感的邏輯。[111]

因此他更深入的說明道：這種強調詩中對立面的統一，強調相反相成，
強調詩中相異或相反情景的藝術組合，不僅可以產生平衡感，而且可以

---

109 同前註，頁 68。
110《歌鼓湘靈》，頁 116。
111《中國古代心理詩學與美學》，頁 116。

產生無窮的「味外之旨」[112]。

不過，要達到虛實相生的和諧美，關鍵即在於如何處理具有對立性質的元素。張法於《中西美學與文化精神》裡，便闡述了防止對立面的衝突，是獲得和諧美的方式之一，他說：

> 必須防止對立面之間的相互排斥與衝突任意發展，結果導致對整體性質的否定。……中國整體和諧的一個重要原則就是把對立的因素加以調合，使對立的東西不變為衝突，而顯為相濟，相反相成。[113]

存有衝突，就不會形成有機的整體，陳望道在《美學概論》中也提到若作品呈現出來的是四分五裂、雜亂無章的現象，則不合乎審美原理了[114]，所以張法又主張調和對立面，化相反為相成的原則，此外，曾祖蔭也曾表示辭章家在進行創作時，必須胸懷全局，放眼整體，使虛實之間，「呼吸照應」，才會有虛實相生之妙[115]。總之，和諧美產生的根本需從整體著眼，但整體又是由各個部分所組織而成的，因此，張法在書中便指出：

> 中國文化的和諧首先強調整體的和諧，由整體的和諧來規定個體（部分），個體（部分）應該以一種什麼方式，有一個什麼樣的位置都是由整體性決定的。[116]

---

112 同前註，頁 118。
113《中西美學與文化精神》，頁 71。
114 陳望道：《美學概論》，收入《陳望道文集》第二卷，頁 51。
115《中國古代文藝美學範疇》，頁 184-185。
116《中西美學與文化精神》，頁 77。

這就是整體與部分之間，達到和諧、平衡的原理。陳望道在《美學概論》裡，以里普斯（Theoder Lipps）的「公相分化原則」來理清其間的關係，所謂的「公相」是指：

> 全體間大抵是有統一的要素為各部分所公有，且在全體間佔著重要的位置。此種公有的要素，就是所謂公相。[117]

虛和實在文章中的關係，無論是所取的材料或所運用的結構形式，皆是扣緊「主旨」（綱領）而來，章法四大原則之一的「統一律」說的就是這個道理，而所謂「統一律」：「是就材料情意的統一來說的。……使文章從頭到尾都維持一致的思想情意，是每個作家所努力以求的；因此每個作家在寫一篇文章的時候，都必須立好明確的主旨，藉以貫穿全文，這樣才能使所寫的文章產生最大的說服力與感染力。」[118] 可以說主旨（綱領）的角色就如同「公相」一般，使虛與實的成分有機結合、緊密聯繫，形成和諧統一的美感。陳望道還提出公相在連繫各部分時，會形成主從關係，而且此公相除了是各部分的統率者外，也是生發各部分的根本[119]，故兩者又有源與流的關係，此即公相分化的原理。

　　此外，張紅雨在《寫作美學》中，則是提出「美感情緒的雙邊跳躍」，他說：

> 所謂美感情緒的雙邊跳躍，就是人們在審美過程中，在美感情緒發生波動的情況下，總希望要綜觀全局，鳥瞰整體。[120]

---

117 見《陳望道文集》第二卷。
118 見拙著《章法學新裁》，頁 47。
119 參見陳望道：《美學概論》，頁 51-52。
120 見《寫作美學》，頁 241。

辭章家也就是基於這樣的審美原則，以作者所欲表現的主旨意涵為統攝的根源，使虛與實皆受到關注，並因此而讓虛與實有了緊密的聯繫，達到互相烘托的和諧美。舉例來說，辛棄疾之〈沁園春〉一詞，就是藉由主旨與綱領來統一虛實實空的安排，詞云：

> 三徑初成，鶴怨猿驚，稼軒未來。甚雲山自許，平生意氣；衣冠人笑，抵死塵埃。意倦須還，身閒貴早，豈為蓴羹鱸膾哉。秋江上，看驚弦雁避，駭浪船回。　　東岡更葺茅齋。好都把、軒窗臨水開。要小舟行釣，先應種柳；疏離護竹，莫礙觀梅。秋菊堪餐，春蘭可佩，留待先生手自栽。沉吟久，怕君恩未許，此意徘徊。

其結構表為：

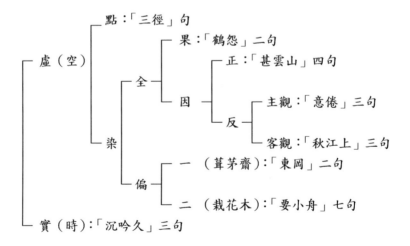

這闋詞題作「帶湖新居將成」，作於宋孝宗淳熙八年（1181）。此

所謂「帶湖新居」，在江西上饒縣，經始於作者第二次帥江西時
（1180）[121]。因作此詞時，作者正在江西帥任內，故一開篇即由虛空間
切入，以絕大篇幅（自篇首至「留待」句止）繞著「新居」來寫。它先
以「三徑」三句，突出將成之整個「帶湖新居」，交代好題目；再以「甚
雲山」四句，承上述「稼軒未來」，寫該來而未來的無奈；接著以「意
倦須還」六句，就主觀與客觀兩層，表出自己該來、欲來的的原因；這
是著眼於「全」（新居之整體）來寫的。然後以「東岡」九句（自「東岡」
句起至「留待」句止），針對「帶湖新居」，仍不離虛空間（含虛時間），
依序寫要在它適當的地點葺茅齋、栽花木的一些打算；這是著眼於
「偏」（新居之局部）來寫的。至於「沉吟久」三句，則由虛轉實，寫
此刻此地在仕隱之間，猶豫不決、難以言宣的心意[122]，呼應篇首的「未
來」作收；這主要是就實時間來寫的。

　　作者就這樣在「先虛（空）後實（時）」的框架下，將自己矛盾的
心理活動作了生動的呈現[123]。可見全詞皆是扣緊「此意徘徊」之主旨、
綱領而寫，並且也依據需要，靈活的安排材料的虛實實空，從而令其主
旨、綱領鮮明，以統整各個部分，使全文獲得虛實相生之妙。

　　總之，具有對待性質的虛與實，在以整體來統攝部分，並經調和而
達到有機組織與平衡狀態後，即能產生和諧的美感效果。張紅雨在《寫
作美學》裡，不僅認為和諧是對立的統一、多樣的統一，並且也闡明它

121 洪邁有〈稼軒記〉詳述此事，見鄧廣銘：《辛稼軒年譜》（臺北市：河洛圖書出版社，
　　1979 年 6 月臺影印初版）頁 82-83。
122 常國武：「『沉吟久』三字，寫自己左思右想，在去留之間，心情仍然十分矛盾。『怕
　　君恩未許』，說明對孝宗還存有幻想，對仕宦仍有所留戀。從全詞的藝術結構來看，
　　作者當時的心情確很矛盾，然而矛盾的主要方面依舊是用世思想。」見《辛稼軒詞
　　集導讀》（成都市：巴蜀書社，1988 年 9 月一版一刷），頁 159-160。
123 喻朝剛：「此詞通篇寫心理活動，從不同側面表現用世與退隱的矛盾。」見《辛棄疾
　　及其作品》（長春市：時代文藝出版社，1989 年 3 月一版一刷），頁 156。

表現於文章時所獲致的美感，其云：

> 表現在文章上，是內容的歸類和集中，是形式的比例相稱和協
> 調。這樣，便給人以輕鬆、明朗、通暢的美感。[124]

當作品達到和諧的極致，即能收到輕鬆、明暢的效果；由於辭章中具有
整體的統一性，故能化對立為和諧，使主旨得以凸顯，材料和結構也能
夠有機組織，意境更可以加深、加廣；虛與實是對立的統一，「實」要
有「虛」的補充和配合，才能實而不滯，而「虛」也要有「實」的基礎
和引導，才能虛而不妄；因此，在一篇以虛實法來謀篇布局的佳作中，
必定是虛實相生相成，進而達到和諧統一的美感境界[125]。

---

[124]《寫作美學》，頁 232。

[125] 以上「就個別言」一節內容，均參見陳佳君：《虛實章法析論》(臺北市：文津出版社，
　　2002 年 11 月初版一刷)，頁 311-334。

第六章
比較章法

　　修辭學界在一九八二年十二月，推出了鄭頤壽所著《比較修辭》一書，受到學術界之重視。他「觀察各種修辭現象，用比較的方法加以分析、歸納」，以「生動地說明修辭的方法和規律」；且認為「比較修辭有兩大分野，一是內部比較，一是外部比較」[1]。既然修辭有加以比較之需要，章法當然也不例外。不過，受到篇幅之限制，在此，僅粗略地從內部，就「求異」與「求同」兩點，稍作比較，以見其梗概。

第一節　就求異言

　　天下所有的學問，不外是在探究萬世萬物之「異」、「同」而已。而「異」、「同」本身，又形成「二元對待」的螺旋關係，也就是說，「求異」多少，即可以徹上「求同」多少；同理，「求同」多少，即可以徹下「求異」多少，這樣循環不已，就拓展了學問的領域與成果。這種道理落到「章法」來說，照樣適用。因此「求異」與「求同」，看似兩回事，其實是兩相對應，成為一體的。

　　就「求異」來看，所有的章法，都是由不同之「二元對待」所形成的，照理說，都可以區分得清清楚楚，可是就一篇辭章而言，在「二元」類型的認定上，卻會有相互替代或重疊的情形。這有兩種現象：一是章法本身彼此有關涉，以致有所重疊或替代者，如因果章法與一些其

---

[1]　見《比較修辭》（福州市：福建人民出版社，1983 年 10 月一版二刷），頁 1、257。

他章法，由於因果是邏輯關係中最基本、最普遍的一種，所以往往和其他章法有所關聯，陳波在其《邏輯學是什麼》一書中說：

> 因果聯繫是世界萬物之間普遍聯繫的一個方面，也許是其中最重要的方面。一個（或一些）現象的產生會引起或影響到另一個（或一些）現象的產生。前者是後者的原因，後者就是前者的結果。科學的一個重要任務就是要把握事物之間的因果聯繫，以便掌握事物發生、發展的規律。[2]

所以在約四十種的章法之中，有一些是關涉到因果的，也就是說，它們是都可以用因果來代替的。如杜甫的〈曲江〉詩：

> 一片花飛減卻春，風飄萬點正愁人。且看欲盡花經眼，莫厭傷多酒入唇。江上小堂巢翡翠，苑邊高塚臥麒麟。細推物理須行樂，何用浮名絆此身？

這是歌詠及時行樂的作品。作者先在首、頷兩聯，藉飛花減春、翡翠巢堂、麒麟臥塚的殘敗景象，暗寓萬物好景無常的盛衰道理，為第一軌。而在頸聯表出其珍惜光陰、及時行樂的思想，為第二軌；這是「目」（因）的部分，而這個「目」（因）的部分，又以「果（目一）、因（目二）、果（目三）」之條理加以安排。然後以「細推物理須行樂」一句，將上六句的意思作個總括，這是「凡」（果）的部分；又由此引出「何用浮榮絆此身」一句，發出感慨收束。針對「浮名絆此身」這一事，霍松林在《唐詩大觀》中說：

2　見《邏輯學是什麼》（北京：北京大學出版社，2002 年 1 月一版一刷），頁 167。

絆此身的浮榮何所指？指的就是「左拾遺」那個從八品上的諫官。因為疏救房琯，觸怒了肅宗，從此為肅宗疏遠。作為諫官，他的意見卻不被採納，還蘊含著招災惹禍的危機。這首詩就是乾元元年（758）暮春任「左拾遺」時寫的。到了這年六月，果然受到處罰，被貶為華州司功參軍。從寫此詩到被貶，不過兩個多月的時間。明乎此，就會對這首詩有比較確切的理解。[3]

這樣詠來，真是一筆兜裹全篇，律法精嚴極了。其結構分析表為：

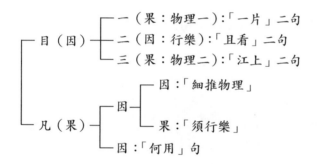

可見作者在此詩，將主旨「細推物理（因）須行樂（果）」安置於篇末，採「先因後果」與「果、因、果」的結構，以雙軌貫穿全詩，其「邏輯思維」，十分清晰。又如李白的〈黃鶴樓送孟浩然之廣陵〉詩：

故人西辭黃鶴樓，煙花三月下揚州。孤帆遠影碧空盡，惟見長江天際流。

這首詩的結構很簡單，可分為兩個部分：一是敘「事」部分，即起

3　霍松林評析，見蕭滌非主編：《唐詩大觀》（香港：商務印書館香港分館，1986 年 1 月一版二刷），頁 470。

二句，敘的是故人西辭武昌前往廣陵—揚州的事實，為「因」為「事」；
二是寫「景」部分，即結二句，寫的是故人乘船遠去，消失於天際的景
象，為「果」為「景」。作者就單單透過「事」與「景」，從篇外表出
無限的離情來。喻守真在《唐詩三百首詳析》中說：

> 首句標出送別之地是「黃鶴樓」，二句標出送別之時是「三月」、
> 送往之地是「揚州」。結構即非常綿密。三句始寫離情，望斷碧
> 山，目送孤帆行人已去，長江自流。景物可畫，別情難遣。[4]

將一篇之作意把握得很好。其結構表可呈現如下：

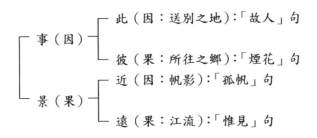

此詩以「先事後景」、「先此（近）後彼（遠）」、「先近後遠」形成其
篇章結構，卻都可用「先因後果」來代替，以呈現其層次邏輯。

可見「因果」章法的確帶有其母性，能相當普遍地替代其他的章
法[5]。這樣，章法似乎只要「因果」一法即可。但是，以「因果」這一
邏輯，就想要牢籠所有宇宙人生、事事物物，形成「二元對待」既精且

4 喻守真：《唐詩三百首詳析》（臺北市：臺灣中華書局，1996 年 4 月臺二三版五刷），
頁 275。
5 陳滿銘：〈論因果章法的母性〉，《國文天地》18 卷 7 期（2002 年 12 月），頁 94-101。

細之層次關係[6]，實在是不可能的。更何況還有一些章法，如「左右」、
「大小」、「並列」、「知覺轉換」等，是很不容易找出其「因果」關係
來的。因此「因果」章法只能用以「兼法」（如同修辭之「兼格」）之
方式，輔助其他的章法，而其他章法的開發與研究，以尋出其心理基礎
與美感效果，仍然有其迫切性之需要，而且也希望能由此而充實層次邏
輯的內容。

又如點染法與凡目法，「點染」本用於繪畫，指基本技巧[7]。而移用
以專稱辭章作法的，則始於清劉熙載[8]。但由於他的所謂的「點染」，指
的，乃是「情」（點）與「景」（染），和「虛實」此一章法大家族中的「情
景」法[9]，恰巧相重疊，所以就特地借用此「點染」一詞，來稱呼類似
畫法的一種章法：其中「點」，指時、空的一個落足點，僅僅用作敘
事、寫景、抒情或說理的引子、橋樑或收尾；而「染」，則指真正用來
敘事、寫景、抒情或說理的主體。也就是說，「點」只是一個切入或固
定點，而「染」則是各種內容本身。至於「凡目」，是指總括與條目的
邏輯關係，其中的「凡」，往往用「情」或「理」來統合各「目」，是
一篇綱領或主旨之所在，與「點」不涉及「情」或「理」的，有所不同。

6 陳滿銘：〈論章法的哲學基礎〉，臺灣師大《國文學報》32 期（2002 年 12 月），頁
　87-126。
7 《顏氏家訓・雜藝》：「武烈太子偏能寫真，坐上賓客，隨宜點染，即成數人，以問童
　孺，皆知姓名矣。」見李振興、黃沛榮、賴明德等：《新譯顏氏家訓》（臺北市：三民
　書局，1993 年 9 月初版），頁 386。
8 劉熙載《藝概・詞曲概》：「詞有點有染，柳耆卿〈雨霖鈴〉云：『多情自古傷離別，
　更那堪、冷落清秋節。今宵酒醒何處，楊柳岸，曉風殘月。』上二句點出離別冷落，
　『今宵』二句乃就上二句意染之。」見《劉熙載文集》（南京市：江蘇古籍出版社，
　2000 年 12 月一版一刷），頁 147。
9 虛實法涵蓋真假、敘論、情景與時（今昔與未來）、空（目見與設想）等章法，形成
　一大家族。見陳滿銘：〈談運用詞章材料的幾種基本手段〉，《章法學新裁》（臺北市：
　萬卷樓圖書公司，2001 年 1 月初版），頁 89-145。又參見陳佳君：〈虛實章法析論〉
　（臺北市：文津出版社，2002 年 11 月初版一刷），頁 1-355。

屬點染法的，如賀鑄的〈石州慢〉詞：

> 薄雨收寒，斜照弄晴，春意空闊。長亭柳色纔黃，倚馬何人先
> 折？煙橫水漫，映帶幾點歸鴻，平沙銷盡龍荒雪。猶記出關來，
> 恰如今時節。　　將發。畫樓芳酒，紅淚清歌，便成輕別。回首
> 經年，杳杳音塵都絕。欲知方寸，共有幾許新愁？芭蕉不展丁香
> 結。憔悴一天涯，兩厭厭風月。

　　此詞旨在寫別情。首先以「薄雨」句起至「平沙」句止，具寫自己
在關外所見雨後「空闊」之初春景象，藉所見雨霽、柳黃、鴻歸、雪銷
等自然景與折柳贈別之人事景，來襯托別情；這是頭一個「染」的部
分。其次以「猶記」六句，採「先今後昔」的逆敘方式，交代自己在去
年年底與一美人[10]在關內餞別後，即出關而來，以呼應前、後，使自己
在此之所見所感，有一明顯的落腳點；這是「點」的部分。然後以「回
首」七句，採「先情後景」的順序，先拈出「新愁」，而以丁香、芭蕉
作譬喻，再結合空間的虛與實，以景結情[11]；這是後一個「染」的部
分。其結構表為：

10　吳曾：「方回眷一妹，別久，妹寄詩云：『獨倚危欄淚滿襟，小園春色懶追尋。深恩
　　縱似丁香結，難展芭蕉一片心。』賀因賦此詞，先敘分別景色，後用所寄詩成〈石州
　　引〉云。」見《詞話叢編〔一〕‧能改齋詞話》（臺北市：新文豐出版公司，1988 年
　　2 月臺一版），頁 139。

11　唐圭璋：「『憔悴』兩句，以景收，寫出兩地相思，視前更進一層。」見《唐宋詞簡釋》
　　（臺北市：木鐸出版社，1982 年 3 月初版），頁 119。

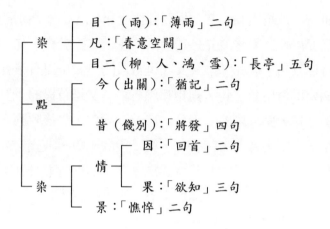

依此看來，它在「篇」這一層，是形成「染、點、染」的結構的。屬凡目法的，如文天祥的〈跋劉翠微罪言藁〉：

> 崔子作亂於齊，太史以直筆死，其弟嗣書而死者二人，書者又不輟，遂舍之。崔子豈能舍書己者哉？人心是非之天，終不可奪；而亂臣賊子之暴，亦遂以窮。
>
> 當檜用事時，受密旨以私意行乎國中，籠弄威福之柄，以鉗制人之七情，而杜其口。胡公以封事貶，王公送之詩，陳公送之啟俱貶。檜之窮凶極惡，自謂無誰何者矣。而翠微劉公，猶作罪言以顯刺之，公固自處以有罪，而檜卒無以加於公。噫！彼豈舍公哉？當其垂歿，凡一時不附和議者，猶將甘心焉。公之罪言，直未見爾。由此觀之，賊檜之逆，猶浮於崔；而公得為太史氏之最後者。祖宗教化之深，人心義理之正，檜獨如之何哉？
>
> 公之孫方大，出遺藁示予，因感而書。

本文凡分三段，其中末段補敘作跋因由，可以把它放在一邊，不予

理會。而一、二兩段為正文,僅就呼應上來說,則顯然兩兩比並,前後映照,條理清晰異常。首先是首段的「崔子作亂於齊」句,與二段「當檜用事時」五句,彼此呼應。其次是首段的「太史以直筆死」句,與二段的「胡公以封事貶」句,兩相呼應。再其次是首段的「其弟嗣書而死者二人」三句,與二段的「王公送之詩」兩句,先後呼應。又其次是首段的「崔子豈能舍書己者哉」句,與二段的「噫,彼豈舍公哉」六句,兩兩照應;最後是首段的「人心是非之天」四句,與二段的「由此觀之」七句,遙相照應。若就整個篇章來看,則首段屬「凡」、二段為「目」,而兩者都以「先敘後論」的結構寫成。其結構表為:

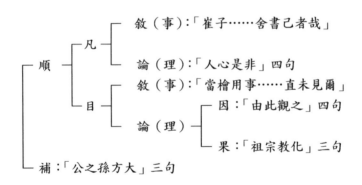

在上一首〈石州慢〉的「點」,只交代了前此「出關」、「餞別」之事,而不涉及「情」或「理」,以充作前後抒寫情景的依據;而後一篇〈罪言藁〉的「凡」,則凸出「人心是非之天,終不可奪」的論點,以統合「目」的部分。一「點」一「凡」,是有所不同的。

二是切入角度彼此有關涉,以致有所重疊或替代者。分析一篇文章的篇章結構,由於沒有絕對的是非可言,而必須從不同角度切入,看看那一種角度最足以呈現它內容與形式的特色,所以掌握切入的角度便成為分析篇章結構成敗的關鍵所在。底下就舉幾篇辭章為例,作概略的說

明。

　　首先看劉禹錫的〈陋室銘〉：

　　　　山不在高，有仙則名；水不在深，有龍則靈；斯是陋室，惟吾德
　　　　馨。苔痕上階綠，草色入簾青。談笑有鴻儒，往來無白丁。可以
　　　　調素琴，閱金經。無絲竹之亂耳，無案牘之勞形。南陽諸葛廬，
　　　　西蜀子雲亭。孔子云：「何陋之有？」

　　此文若從「敘論」的角度切入，則篇首至「無案牘之勞形」止，為
「敘」的部分；「南陽諸葛廬」四句，是「論」的部分。其結構分析表為：

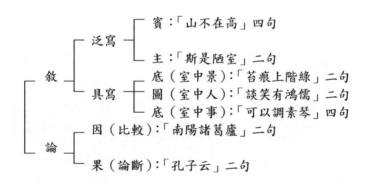

這樣切入，確實可以凸顯「何陋之有」的意思，卻埋沒了「惟吾德馨」
的一篇主旨；因此從這個角度切入，是仍有它不足之處的。而如果從
「凡目」切入，則剛好可彌補這個缺陷。其中「山不在高」六句，屬頭
一個「凡」，乃用「先賓後主」、「先反後正」的結構，由「山」、「水」
說到「室」，十分技巧地引用《左傳》中〈宮之奇諫假道於虞以伐虢〉
一文所謂「惟德是馨」句，扣到自己身上，凸顯一個「德」字來貫穿全
文。而「苔痕上階綠」八句，則屬「目」的部分，依次以「苔痕」二句

寫室中景、「談笑」二句寫室中人、「可以調」四句寫室中事，將自己在「陋室」中安然自適之樂充分地表達出來。至於「南陽諸葛廬」四句，乃屬後一個「凡」，以「先因後果」之結構，透過事典與語典之使用，作一番頌揚，暗含「君子居之」的意思，回報頭「凡」之「德」字收結，結得高古有力。其結構分析表為：

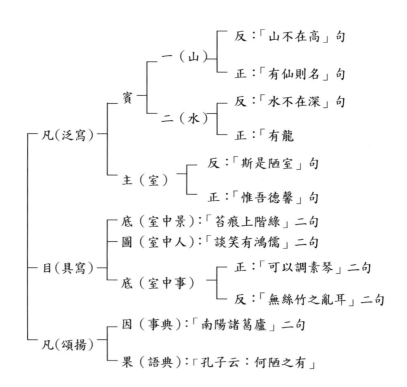

如此使前一個「凡」（總括）的「惟吾德馨」與後一個「凡」所含「君子居之」的意思作了完密的照應[12]，當然會比以「敘論」切入的好得多。

---

12 陳滿銘：《文章結構分析——以中學國文課文為例》（臺北市：萬卷樓圖書公司，1999年5月初版），頁65。

其次看岳飛的〈滿江紅〉詞：

怒髮衝冠，憑闌處、瀟瀟雨歇。抬望眼、仰天長嘯，壯懷激烈。
三十功名塵與土，八千里路雲和月。莫等閒、白了少年頭，空悲
切。　　靖康恥，猶未雪。臣子恨，何時滅。駕長車、踏破賀蘭
山缺。壯志饑餐胡虜肉，笑談渴飲匈奴血。待從頭、收拾舊山
河，朝天闕。

　　這首詞由於主旨「臣子恨，何時滅」出現在篇腹，大可以用「凡目」
的角度切入，看成是採「目、凡、目」的結構所寫成的作品。其結構分
析表為：

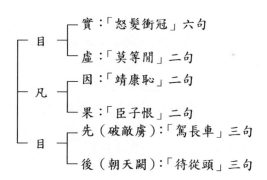

如此切入，當然很容易掌握主旨，但假設與事實卻無法分清，因為透過
假設、伸向未來的部分，除了「莫等閒」二句外，尚有「駕長車」五句；
而此七句卻被「凡」的部分割裂了，以致無法看出它們之間的密切關
係。所以由這個角度切入還不算最好。
　　如果要看清這種關係，則必須從「虛實」（時間）的角度切入，用
「先實後虛」的結構來呈現。其開端四句，藉憑闌所見「瀟瀟雨歇」的

外在景致與當時「怒髮衝冠」、「仰天長嘯」的本身形態，以具寫壯懷
之激烈。「三十」兩句，由果而因，就過去，分敘「壯懷激烈」的頭一
個原因在於征戰南北，勛業未成。「莫等閒」兩句，承上兩句，就未
來，分敘「壯懷激烈」的另一個原因在於時日已無多，深悲自己會「等
閒白了少年頭」。換頭四句，承上片的「壯懷激烈」，總括了上兩個分
敘的部分，寫國恥未雪的憾恨，拈明一篇主旨，大力地將一片壯懷，噴
薄傾吐。「駕長車」三句，則由實而轉虛，透過設想，虛寫驅車滅敵、
湔雪國恥的情景，真可謂「氣欲凌雲，聲可裂石」。結尾兩句，依然以
虛寫的手法，進一層寫雪恥後朝見天子的理想結局，以反襯主旨作收。
詠來真可令人起頑振懦。陳廷焯說此詞「千載後讀之，凜凜有生氣焉」
（《白雨齋詞話》），的確是如此，這是呈現剛健之美的佳作[13]。其結構
分析表為：

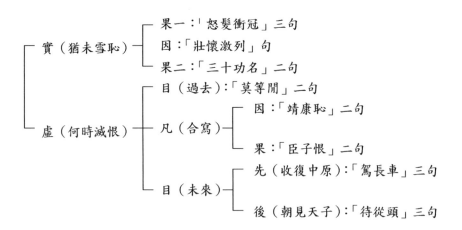

這樣以虛實形成對比，而藉插敘的方式帶出主旨，雖不是完美無瑕，卻

---

13 陳滿銘：《詞林散步——唐宋詞結構分析》（臺北市：萬卷樓圖書公司，2000 年 1 月
初版），頁 269-270。

比較能凸顯此詞之特色。

又其次看歐陽修的〈縱囚論〉：

> 信義行於君子，而刑戮施於小人。刑入於死者，乃罪大惡極，此
> 又小人之尤甚者也。寧以義死，不苟幸生，而視死如歸，此又君
> 子之尤難者也。
> 方唐太宗之六年，錄大辟囚三百餘人，縱使還家，約其自歸以就
> 死；是以君子之難能，期小人之尤者以必能也。其囚及期，而卒
> 自歸，無後者：是君子之所難，而小人之所易也。此豈近於人
> 情？
> 或曰：「罪大惡極，誠小人矣。及施恩德以臨之，可使變而為君
> 子；蓋恩德入人之深，而移人之速，有如是者矣。」曰：「太宗
> 之為此，所以求此名也。然安知夫縱之去也，不意其必來以冀
> 免，所以縱之乎？又安知夫被縱而去也，不意其自歸而必獲免，
> 所以復來乎？夫意其必來而縱之，是上賊下之情也；意其必免而
> 復來，是下賊上之心也。吾見上下交相賊，以成此名也，烏有所
> 謂施恩德，與夫知信義者哉？不然，太宗施德於天下，於茲六年
> 矣，不能使小人不為極惡大罪；而一日之恩，能使視死如歸，而
> 存信義；此又不通之論也。」
> 「然則，何為而可？」曰：「縱而來歸，殺之無赦；而又縱之，
> 而又來，則可知為恩德之致爾。」然此必無之事也。若夫縱而來
> 歸而赦之，可偶一為之爾。若屢為之，則殺人者皆不死，是可為
> 天下之常法乎？不可為常者，其聖人之法乎？是以堯舜三王之
> 治，必本於人情；不立異以為高，不逆情以干譽。

這篇文章，如就一般論說文的慣用角度切入，則第一、二段為緒

論，第三段與第四段前半的問與答為申論，而第四段的後半為結論。其
結構分析表為：

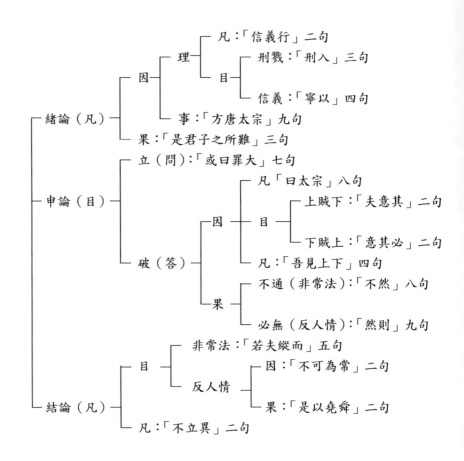

從此角度分析[14]，本無不可，但為了凸顯它的翻案性質，則不如改由
「立破」的角度加以分析，如此則形成「破、立、破」的結構。其中頭
一個「破」，由開篇起至「此豈近於人情」止，以「先目後凡」為其邏

14《文章結構分析——以中學國文課文為例》，頁 248-249。

輯層次，先就「目」，用正反對比之手法，分「理」與「事」兩面，指出「大辟囚」卻能「視死如歸」，比起「君子」來，更為「難能」；從而斷定此為不近人情之事，以「破」領出「立」的部分。「立」的部分，即「或曰罪大惡極」七句，針對唐太宗縱囚之事，特立一個「恩德入人」之案，為「破」交代因由。而由「曰太宗為此」起至篇末，則屬後一個「破」的部分。這個部分，用「先因後果」的結構加以組合，其中的「因」，採「先實後虛」之邏輯層次，先說明所謂「恩德入人」是假的，其實乃「上下交相賊」之結果；然後以此斷定這是「不通之論」、「不無之事」，將大辟囚視死如歸乃「恩德入人」的說法駁得體無完膚。至於「果」，則承接上述之「因」，並總結全文，得出縱囚這件事乃非「常法」而反「人情」的結論。結得完足而有力，具有很強的說服力。其結構分析表為：

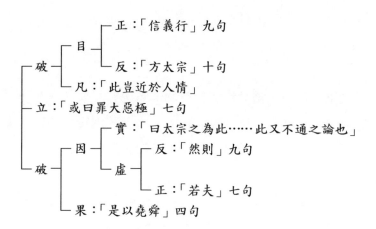

如此形成「破、立、破」的結構，將唐太宗縱囚的美事駁得體無完膚，而首尾照應的特點也由此呈現得更為清楚。

　　再其次看王安石的〈讀孟嘗君傳〉：

世皆稱孟嘗君能得士，士以故歸之，而卒賴其力，以脫於虎豹之
秦。
嗟呼！孟嘗君特雞鳴狗盜之雄耳，豈足以言得士！不然，擅齊之
強，得一士焉，宜可以南面而制秦，尚何取雞鳴狗盜之力哉！雞
鳴狗盜之出其門，此士之所以不至也。

　　這一篇短文，首就「抑揚」的角度來看，可以形成「先揚後抑」的
結構，其中「揚」的部分是指「世皆稱」四句，「抑」的部分是指「嗟呼」
至末。其結構分析表為：

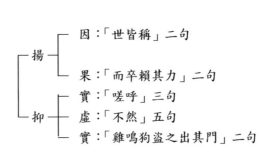

由於「抑揚」具有兩者並重或偏重的性質，實在無法呈現此文之特色，
所以從這個角度切入，是有點問題的。次就「虛實」的角度來看，可以
形成「實、虛、實」的結構。其結構分析表為：

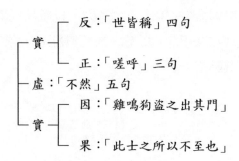

由此角度切入，雖可將「不然」五句之假設性質加以表明，卻忽略了此文「質的張而弓矢至」的特點，因此還是不夠好。再就「正反」的角度來看，可以形成「先反後正」的結構。其結構分析表為：

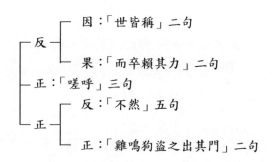

這樣以孟嘗君「能得士」為反、「特雞鳴狗盜之雄」為正來加以議論，確實比「抑揚」或「虛實」更能表現此文之某些特色，但還是無法刻畫出「質的張而弓矢至」的特殊效果，所以依然不能說最好。末就「立破」的角度來看，可以形成「先立後破」的結構。它一開頭就直接以「世皆稱」四句，先立一個案，採「先因後果」的條理，藉世人之口，對孟嘗君之「能得士」，作一讚美，並從中拈出「卒賴其力，以脫於虎豹之秦」，隱含「雞鳴狗盜」之意，以作為「質的」，以引出下文之「弓矢」。再以「嗟呼」句起至末，在此用「實、虛、實」的條理，針對「立」的

部分，以「雞鳴狗盜」扣緊「卒賴其力，以脫於虎豹之秦」，予以攻破。所謂「質的張而弓矢至」，真是一箭而貫紅心，雖文不滿百字，卻有極強的說服力。其結構分析表為：

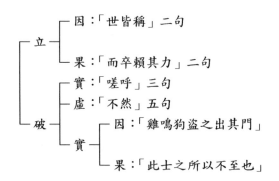

這顯然就比「正反」更能把握此文翻案之特色，真是一箭而貫紅心，雖文不滿百字，卻有極強的說服力。

最後看蘇軾的〈念奴嬌〉詞：

> 大江東去，浪淘盡，千古風流人物。故壘西邊，人道是三國周郎赤壁。亂石崩雲，驚濤裂岸，捲起千堆雪。江山如畫，一時多少豪傑。　遙想公瑾當年，小喬初嫁了，雄姿英發。羽扇綸巾，談笑間，檣櫓灰飛煙滅。故國神遊，多情應笑我，早生華髮。人生如夢，一尊還酹江月。

此詞先就「今昔」的角度看，可以形成「今、昔、今」的結構。其結構分析表為：

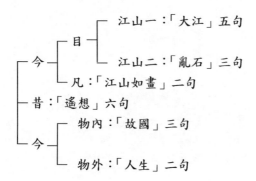

如此由時間切入，拿下半闋來說，不成問題；而上半闋，則雖主要用以寫眼前之景，但還是嵌入了歷史人物，所以用「今」來統括，是有點籠統的；而最重要的是不能看出主旨究竟在哪裡？再就「虛實」（情景）的角度來看，此詞可以形成「實、虛、實」的結構。其結構分析表為：

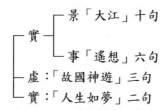

這是說此詞主要先用以寫景、敘事，再用以抒情，然後才以「以景結情」的方式來收束。這樣就情、景（事）來分析，的確能表示此詞的某些特色，並且讓人注意到「多情」這個主旨[15]，但是以「周郎自況」的這一層卻完全看不到，因此由這個切入也不是最好的。另就「正反」的角度來看，它可以形成「先反後正」的結構。其結構分析表為：

15《文章結構分析——以中學國文課文為例》，頁 258-259。

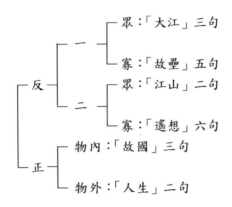

這所謂的「眾」，是指眾人，即「千古風流人物」與「多少豪傑」；而「寡」，是指「周郎」、「公瑾」。如此以出現在赤壁的人物為主來分析，有它的好處，因為這首詞雖寫了「景」，卻以「人」為重心；而這個「人」即周瑜。他是當時主帥，年紀正輕卻成就不朽事業，正可用以反襯出作者時不我與、英雄無用武之地的悲哀。不過對情景的關係卻完全忽略了，這是不很妥當的。最後就「天」、「人」的角度來看，篇首二句為「天（物外）」，由「故壘」句起至「早生華髮」止為「人（物內）」，而結二句為「天（物外）」。也就是說它是採「天（物外）、人（物內）、天（物外）」的結構所寫成的。

　　此詞題作「赤壁懷古」，為神宗元豐五年（1082）作者謫居黃州時所作。頭一個「天（物外）」的部分，為起二句，從眼前東去的「大江」（長江）想入，用江中的「浪」、「淘」作媒介，由「空」而「時」，作無限之推擴，回溯到「千古」，扣到無數被浪淘去的「風流人物」身上，揉雜著宇宙人生之哲理，抒發了無限的興亡感慨[16]。而如此由眼前之

---

16 徐中玉說：「詞一開頭便氣勢豪邁，高唱入雲，包含無限興亡之感和宇宙永恆、人生短暫的感嘆。」見《蘇東坡文集導讀》（成都市：巴蜀書社，1990 年 6 月一版一刷），頁 246。又，顧易生：「詞的開端便氣勢浩瀚，前人評曰：『覺有萬里江濤，奔赴眼前，千年興感，齊上心頭。』這裡還蘊藏著有關宇宙人生的無限與有限的深層哲理。」見《詞林觀止》上（上海市：上海古籍出版社，1994 年 4 月一版一刷），頁 276。

「有限」（物內）延伸到千古之「無限」（物外），營造出浩瀚的氣勢，既為後一個「天」（物外）將感慨昇華的部分作前導；又為轉入下個「人」（物內）將感慨深化的部分作鋪墊；充分發揮了強化全詞情意的作用。

「人」（物內）的部分，自「故壘西邊」句起至「早生華髮」句止，針對著當年「赤壁」之戰與眼前正在「懷古」的自己，用「先底（背景）後圖（焦點）」的順序，加以敘寫。其中的「底（背景）」，成功地藉眼前赤壁周遭的江山勝景，帶出當年在赤壁之戰裡贏得勝利的一些英雄豪傑，而將重心置於「周郎（公瑾）」身上，有意凸顯他的年輕有為，以反襯出自己之年老與一事無成。在此，作者又用「圖（周郎）、底（眾豪傑）、圖（周郎）」的順序，來組合材料：即先以「故壘」二句，一面藉一「故」字，扣緊了「懷古」（題目）之「古」，將時間倒回到「三國」時候，一面藉又「人道是」三字，將口吻略染存疑的成分，指出當年赤壁之所在，從而將主帥「周郎」帶出，為自己之借題發揮，找到一個最好的藉口[17]。這樣留下思索空間，不但不是個缺憾，反而增添了作品的文學情韻；這是前一個「圖（周郎）」的部分。再以「亂石」三句，就眼前的「赤壁」，寫它週遭的景物，特別凸出山崖之險峻與濤浪之洶湧，呈現驚心動魄之氣勢，緊緊地和當年的赤壁大戰場接合。佈景如此，震撼力自然就大，足以為下片敘「周郎」的英雄形象與不朽事業，作有力的襯托。接著以「江山」二句，總括上敘江山勝景和風流人物（含周郎），為下片「周郎」之「圖」，提供最佳背景[18]。這種束上起下

---

17 木齋：「一個『故』字，又輕輕引示出題目的『懷古』。但蘇軾元豐五年所在黃州之赤壁，到底不是歷史之真赤壁，東坡自己也未必真相信此地為三國大敗曹軍之赤壁，以他人之酒杯，澆自己胸中之塊壘，姑且信之吧！一個『人道是』三字，就巧妙地將這個問題留給歷史學家去考索吧！」見《唐宋詞流變》（北京市：京華出版社，1997 年 11 月一版一刷），頁 149。

18 木齋認為在此二句：「詞人與詞首一句呼應，江人合一，總括上片……同時也就開了

的安排，的確很巧妙。以上是「底（赤壁）」的部分。

　　然後以「遙想」五句，承上片之「圖」（周郎），鎖定周郎（公瑾），用「先點（引子）後染（內容）」的順序來寫。它由「遙想」句切入當年，為下面之敘寫作引，是「點」（引子）；而由「小喬」四句，具寫「懷古」內容，為「染」（內容）。就在「染」的四句裡，首以「小喬」句，用插敘手法，寫其年輕得意。次以「雄姿」兩句，成功地塑造出剛柔互濟的儒將形象，一面既傾注了作者對「周郎」的無比追慕、嚮往之情，一面也和自己一事無成而「早生華髮」的衰頹樣子，作成強烈對比[19]。這種由對比所產生的「反襯」作用，是非常顯著的。末以「談笑間」句，承上寫「周郎」從容破曹的儒將意態與英雄偉業；值得特別注意的是：在此緊緊抓住了這次火攻水戰的戰爭特點，用「檣櫓灰飛煙滅」六字，將曹軍慘敗之情景形容殆盡，有無比的概括力，以見「周郎」不朽之成就[20]。以上是後一個「圖（周郎）」的部分。

　　如此以「圖（周郎）、底（眾豪傑）、圖（周郎）」的結構呈現了大「底」（背景），便順勢地帶出「故國神遊」三句，以寫本詞核心的大「圖（作者）」。在此，作者由「三國」回到眼前，「自笑年華老大，功業無成，而偏偏多情善感，早生華髮」（徐中玉《蘇東坡文集導讀》）。這所謂「多情」，有人以為是指「周郎」或作者亡妻，雖也說得通，但遠不如指作者自己來得好，因為「多情應笑我」，該是「應笑我多情」的倒

　　下片『懷古』撫今的具體內容。是上片的結束又是下片的開端，極妙！」見《唐宋詞流變》，頁 150。

19　常國武：「將周瑜形象刻畫得愈是『雄姿英發』，就愈加反襯出自己遭到貶謫而不能為國為民有所作為的悲哀與憤懣。」見《新選宋詞三百首》（北京市：北京人民文學出版社，2000 年 1 月一版一刷），頁 89。

20　鄒紀孟：「對於這一場大戰，作者僅以『強擄（檣櫓）』等六個字加以概括，而且那麼準確、傳神，作者之筆，也可謂有舉重若輕的非凡力量。」見《中國歷代詩歌名篇鑑賞辭典》（北京市：農村讀物出版社，1989 年 12 月一版一刷），頁 870。

裝句，而此「多情」，是說自己「感慨萬千」的意思。作者由「周郎」之年輕有為，反照自己「早生華髮」的衰頹失意，會湧生無限的悲憤之情（多情），是很自然的事。而「笑」，則帶著無奈與解嘲意味，為底下的「人間如夢」，築了一座由「物內」（人）通向「物外」（天）的橋樑。作這樣的解讀，似乎會比較合理一些。

　　後一個「天（物外）」的部分，指「人間」二句。它的上句「人間如夢」，承上一句之「笑」，由實推向虛，由有限推向無限，以為人間只不過是一場夢而已。有了這種「如夢」的提升，便使作者一下子從「多情」（無限悲憤）中脫身而出，趨於高曠，遂有下句「一尊還酹江月」的動作；而作者透過這個動作，就自然而然地和開篇「天（物外）」部分互相呼應，而與天地合而為一了[21]。

　　由此看來，作者在這首詞裡，表達的雖是自己時不我與、英雄無用武之地的悲慨，但在悲慨之中，又蘊含著超曠的意致，所以如此的原因，固然很多，然而單就謀篇布局來說，則顯然和所用「天（物外）、人（物內）、天（物外）」的結構，有絕大關係。其結構分析表為：

21　葉嘉瑩：「如其『赤壁懷古』之一首〈念奴嬌〉，其開端數句『大江東去，浪淘盡、千古風流人物』，其氣象固然寫得極為高遠，結尾的『人間如夢，一尊還酹江月』兩句，語氣也表現得甚為曠達。但事實上則在『公瑾當年』之『談笑間、強虜（檣櫓）灰飛煙滅』，與自己今日之遷貶黃州，志意未酬而『早生華髮』的對比中，也蘊含著很多的悲慨。」見《靈谿詞說》（臺北市：國文天地雜誌社，1989 年 12 月初版），頁212。

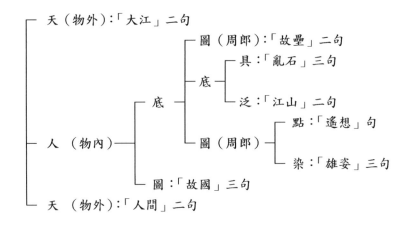

由這個角度，再配合其他角度，如圖底、泛具、點染等加以梳理，雖無法突出眾寡這一特點，但透過「夢」使作者由物內之「多情」超脫於物外，達於物我合一的境界，卻可以由此呈現，這樣是比較可以顧到各個角度而照應全篇的。

由以上的說明，可知分析一篇文章的結構，要多方嘗試，從不同的角度切入，作最好的分析。而這種角度的掌握，則非掌握內容之究竟與熟悉各種章法之理論與實際不可，所謂「工欲善其事，必先利其器」，就是這個意思。這樣，有些章法會相互疊合或替代，可藉以相互比較，以定取捨。

第二節　就求同言

在第二章談到，到目前為止，已經發現和確立的章法，將近四十種，即：今昔、久暫、遠近、內外、高低、大小、視角變換、知覺轉換、狀態變化、本末、淺深、因果、眾寡、並列、情景、敘論、泛具、凡目、詳略、虛實（時間、空間、時空交錯、設想與事實、願望與實

際、夢境與現實、虛構與真實）、賓主、正反、立破、抑揚、問答、平
側、縱收、張弛[22]、偏全、點染、天人、圖底、敲擊[23]……等。而每種
單一的章法，皆有其個別的「特性」（異），因此有它們獨立存在的必
要，以適應千變萬化的辭章作品。然而，一個具有科學化和系統性的學
科研究，實應兼顧「異」與「同」，將「往下分析深入」的鎖細與「往
上融貫提升」的統整形成互動之關係[24]，因此，除了一一確立個別的章
法之外，還必須往上就其「共性」（同），化繁為簡，有體系的整合出
章法的幾大家族，一方面使學科邁向精緻化和系統化，一方面亦使章法
能利於應用。

　　家族的「共性」（同），即「族性」，而所謂的「族性」，指的即是
某些章法所共同具有的特色。在目前所開發出來的近四十種章法中，依
其族性，大致可分為圖底、因果、虛實、映襯等四大家族。在此，即鎖
定章法四大家族的部分，歸納其主要內涵，並理清各族的共性及其美
感。

一　章法之圖底家族

　　所謂「圖」，指的是焦點，所謂「底」，則是背景，「底」的作用乃
在烘托焦點，而「圖」則有聚焦的功能。「一般說來，作者在辭章中所
用之時、空（包括色）材料，有一些是充當『背景』用的，也有某些是
用來作為『焦點』的。就像繪畫一樣，用作『背景』的，往往對『焦點』
能起烘托的作用，即所謂的『底』；而用作『焦點』的，則對『背景』

22　以上章法之定義及例證，見《章法學新裁》。又，仇小屏：《篇章結構類型論》上下（臺
　　北市：萬卷樓圖書公司，2000 年 2 月初版）、陳佳君：《虛實章法析論》。
23　以上五種章法之定義及例證，見陳滿銘：《章法學論粹》（臺北市：萬卷樓圖書公司，
　　2002 年 7 月初版），頁 68-112。
24　《章法學新裁・卻顧所來徑——代序》，頁 10。

而言，都會產生聚焦的功能，即所謂的『圖』。」[25] 由此可見，圖底章法可就時間與空間而言，它可以收編各種時空類的章法，形成一大家族。

（一）圖底家族之主要內涵

這一家族的內涵，主要有：

1　時間類

時間類章法包括今昔、久暫、問答等章法。

（1）今昔法

今昔法是將時間面向中的現在與過去，在篇章中作適當安排的章法。另外，尚有一種「先後法」，亦屬今昔法的範疇，這是指辭章內容在時間上構成短暫的今昔關係，因其歷時較短，故仍有其特殊性。如杜甫的〈江南逢李龜年〉，前二句追述多年前出入顯宦之家的往事，後二句回到眼前的江南，寫當下之時令與相逢之事，可見「昔」是一個加強「今」的背景，而焦點乃在透過昔今對比中，所突出的「同是天涯淪落人」[26]之感。

（2）久暫法

在辭章中所涉及的時間要素，相較而言會有歷時長與短之不同，而兩者相互搭配即成久暫法。例如賀知章〈回鄉偶書〉，前二句寫久客他鄉，歷時長，後二句是返鄉遇童，歷時短，故在時間設計上形成「由久而暫」的形式，焦點亦漸漸集中在途中與兒童相見和問話的剎那間。

---

25 《章法學論粹》，頁 90。

26 喻守真：「用一『又』字，有前後比較之意，大有『同是天涯淪落人』之感。」見《唐詩三百首詳析》，頁 298。

（3）問答法

　　問答法是以提問與回答來組織篇章的一種方式。大致說來，在一問一答之間，會有時間上的先後關係，故歸於圖底家族的時間類章法。如宋玉〈對楚王問〉，正是以一問一答構成。文中先是楚襄王對宋玉的問話，然後是宋玉分別以曲子、鳥、魚為喻，回答其問，表明受謗乃由於不合俗，不合俗又因俗不能知之況，故答的部分是文章重點所在。

2　空間類

　　空間類章法包括由空間的長、寬、高等維度所構成的遠近、大小、內外、高低等章法，以及非單一角度所形成的視角變換法，和運用知覺、狀態來描摹空間的章法類型。

（1）遠近法

　　遠近法是以空間的遠近變化為條理的謀篇方式。像是李白〈菩薩蠻〉，首二句先寫遠處淒清的平林與寒山，再拉近至高樓上佇立發愁的人，最後再透過宿鳥，將空間推擴出去，以茫茫的歸程，抒發不見歸人的愁思，是為「遠、近、遠」結構。而全詞的「圖」，正在寫近處的愁人身上。

（2）大小法

　　大小法是安排空間中大範圍與小範圍之間，或擴張或凝聚的一種章法。如柳宗元〈江雪〉，首二句用「千山」和「萬徑」，由高而低的營造出一個廣闊的大空間，而藉著「鳥飛絕」和「人蹤滅」，亦蘊蓄出寂靜、孤寒的氛圍，後二句則將焦點縮小到垂釣的「簑笠翁」，使其孤獨傲岸的形象，躍然可感[27]，所以此詩在空間布置上，是「由大而小」、

---

27 《章法學論粹》，頁 116。又，仇小屏：〈論「圖底」章法的空間結構──以幾首唐詩

「先底後圖」的。

（3）內外法

　　將透過建物或設施，隔成內與外的空間，在篇章中作適當安排的章法，即為內外法。如李白的〈玉階怨〉，開篇二句的空間在室外，而後二句的空間則轉入室內，將怨情從玉階久立到望月思人的過程中，逐漸透露出來[28]。

（4）高低法

　　高低法是以空間的高低變化為條理的謀篇方式。如王維〈竹里館〉，先就「低」，寫獨坐彈琴的幽獨之人，是本詩的焦點所在，接著再分就「低」與「高」，透過深林與月色等幽獨之景來烘托主角，是背景所在，形成「先圖（低）後底（低——高）」的結構。

（5）視角變換法

　　視角變換法是利用多重的視角，以多種空間變化互相搭配的章法。如張繼〈楓橋夜泊〉，首句先就高處寫仰觀所見，次句再就低處寫平視所見，這裡不但拈出「愁」字來統括全詩，在客船上愁不成眠的主人翁，更是詩中的焦點，三句則就遠景寫寒山寺，末句再把空間順著寺裡所傳來的鐘聲，移回近處的客船上，屬於由「高低」而「遠近」的結構。

　　為例〉，《國文天地》17 卷 5 期（2001 年 10 月），頁 100-101。又，李浩：「柳宗元〈江雪〉一詩在結構上也採用了層進聚焦的方式……它把讀者的審美注意力由遠而近、由大而小地集中到孤舟獨釣者的形象上。」見《唐詩的美學詮釋》（合肥市：安徽大學出版社，2000 年 4 月一版一刷），頁 92。

28　喻守真：「將說不出的種種怨意，都歸納到『望』字中去。」見《唐詩三百首詳析》，頁 283-284。

（6）知覺轉換法

　　知覺轉換法是運用視覺、聽覺、嗅覺、觸覺、味覺、心覺等知覺，來組織篇章的章法[29]。如劉長卿〈逢雪宿芙蓉山〉，詩先就視覺，寫行路之艱遙和宿處之寒貧，三四句由「暮」至「夜」，分就聽覺和視覺，寫門外犬吠與雪中之歸人[30]，詩中之「圖」，當然就在末句。

（7）狀態變化法

　　狀態變化法是透過事物在狀態上的變化為條理的一種章法，一般以動、靜變化為最常見。如周密題作「吳山觀濤」的〈聞鵲喜〉，詞中即是用了「動」與「靜」的轉換和對比，來描寫錢塘潮。上片由遠而近的先渲染出一片秋色以為背景，再以「鰲戴」二句，極言錢塘潮的騰湧高立，以上為動態；下片也是由遠而近，藉遠山、雲霞、鷗鷺、笛聲等，繪出大潮過後的平靜之景，以上為靜態。而焦點則在相應於題目，也就是寫「動」（潮起）的部分[31]。

（二）圖底家族之特色

　　前文已述及在辭章中所運用之時間或空間材料，有一些是作為「背景」用的，也有某些是篇章的「焦點」所在。因此，章法中的圖底家族，可以歸納出一個共同的特色，那就是辭章家在創作時，會運用背景

---

29 視角變換法一般以視覺和聽覺的搭配為最普遍。陳望道曾表示：與「美」最有關係的就是視覺和聽覺，這兩種感覺又可稱為「高等感覺」或「美的感覺」。參見陳望道：《美學概論》，收入《陳望道文集》第二卷（上海市：上海人民出版社，1980 年 5 月初版），頁 21、35。

30 《章法學新裁》，頁 127。

31 《章法學論粹》，頁 47-48。又，李祚唐：「上片依人的視覺，由遠及近，潮來時雷霆萬鈞之勢，已全在眼前。下片復由上片的劇烈動態轉為平緩，逐漸消失為靜態。」見《詞林觀止》（上），頁 694。李祚唐還表示靜態也是在襯托出錢塘江潮的格外壯觀。因此，「靜」也可以說是烘托「動」的背景。

材料來突出焦點材料，以成功的表達情意。此外，圖底家族的章法還有一個特性，即被凸顯的「圖」應在所營造的「底」當中，也就是說，「圖」與「底」應是一個整體，而非不交集的兩個元素。

　　既然這些章法歸屬於圖底家族，那麼運用在辭章當中，通常就具有某種程度的主從關係，而能判別出何者為「圖」、何者為「底」，以進一步掌握辭章作品的核心情意及其美感效果。大致而言，不論時空，只要是切近於所描述的主人翁者，多半是「圖」。就時間而言，通常一篇辭章的焦點會在寫「今」、「暫」、「答」的內容中；就空間而言，則較易出現在「近」、「小」、「內」、「低」的空間中。而起著烘托作用的背景，通常會在較外圍的內容中，如時間類的「昔」、「久」、「問」，以及空間類的「遠」、「大」、「外」、「高」等部分。不過，有時必須要落到個別的辭章作品來確定圖底，尤其是視角變換法、知覺轉換法、狀態變化法等，比較而言，知覺轉換法（以視覺與聽覺為主）的焦點，較多在寫視覺的部分出現[32]，但嚴格說來，還是應以作者所欲強調的部分為「圖」，此外，由於各種知覺又統合於心覺之下，故若辭章作品有出現心覺之摹寫，通常即為「圖」之所指。再就狀態變化法（以動靜變化為主）而言，通常會以「動」為圖、「靜」為底，這是因為動態較能夠產生美感所需的力度。當然，以上是就普遍的情形而言，由於辭章世界繽紛多元，亦不能因而排除特例的可能性，總之，若能從篇章題目、主旨、所用的寫作材料等作周詳的考量，較能適當的判別出「圖」與「底」之所在。

　　在圖底家族的美感特色方面，大致來說，時間類章法不論是順敘或

---

32 阿恩海姆在〈視覺思維辨〉中曾表示：「知覺的思維趨向於可視的」，認為視覺是唯一可使空間聯繫較為完備的感覺樣式，提出「思維主要的是視覺思維」，其說可用以說明視角變換法中，通常以視覺為圖，其他知覺為底的情形。參見（美）魯·阿恩海姆：《藝術心理學新論》（北京市：商務印書館，1999 年 9 月三刷），頁 184-207。

逆敘，都具有接續性的流動美，而空間類的章法則具有或擴或縮等三維向度的推移美。合而言之，當圖與底這兩種寫作材料有著極相反的性質時，則易獲得對比美，相對的，當兩者有較為相似的性質時，則易產生調和美[33]，但就整體而言，在透過背景的烘托，使焦點凸顯的同時，就如同平面中有個特別躍升的形象，吸引著閱讀者的注意力，因此多會獲得立體美[34]。

二　章法之因果家族

由於根據事（情）理的展演來組織篇章，會在辭章作品中，形成極具特色的邏輯條理，而且這一類的章法，皆具有廣義的因果關係，因此，也就有了因果家族。

（一）因果家族之主要內涵

因果家族之內涵，主要有：

1　本末法

本末法是就事理的始末原委來安排篇章內容的章法。如《中庸》首章，這段文字可分為兩部分，前半自「天命之謂性」到「修道之謂教」，是由本而末的順敘《中庸》的綱領，後半從「道不可須臾離也」至文末，是由末而本的逆敘修道的要領和目標，總體而言，此章即形成「本—末

---

[33] 仇小屏：「『底』對『圖』所產生的烘托作用，有時是從對比而來，有時則是從調和而來。」見〈論章法的對比與調和之美——以正反法、賓主法、圖底法為考察對象〉，收入《修辭論叢》第四輯（臺北市：洪葉文化事業公司，2002 年 6 月初版一刷），頁127。

[34] 蒲基維在〈論「圖底」章法的空間結構——以高中國文課文為例〉提出：圖底法無論在空間或時間結構上，都可形成一種特殊的立體感。參見蒲基維：〈論「圖底」章法的空間結構——以高中國文課文為例〉，臺灣師範大學國文研究所「章法學研討」（2001.9-2002.6）課堂報告，見《章法學研討論文集》（自印），頁 127-138。

「一本」結構[35]。

2 淺深法

淺深法是以文意的淺深層次為條理的章法。如〈吳聲歌曲‧子夜歌〉之二十一，從首句的「涕流連」，至末尾的「腹糜爛」與「肝腸斷」，可見其情感由淺而深的層層遞進，並以二句的「相思情悲滿」作一統括，將別後相思之情清楚呈現[36]。

3 因果法

運用原因與結果的邏輯關係來謀篇布局者，即為因果法。如《韓非子‧外儲說》裡，一則寫「鄭人買履」的寓言故事。此文是就事件發生的先後順序來鋪陳，並將非議世人捨本逐末的主旨置於篇外，而各節段間亦形成「因、果、因」結構，也就是前面的「自度其足」與「忘而歸取」，以及文末的問答，是「因」，中間則是記敘買不成履之「果」。

4 縱收法

就題旨而言，以放開而不緊扣與抓住而回返本題這兩種模式來寫作的章法，即為縱收法。如李商隱〈夜雨寄北〉，上聯實寫現在夜聽秋雨的孤寂，而在下聯虛寫未來的二句中，便有一縱一收的關係，其中，「何當」句是盪離主線，懸想剪燭相對的情景，「卻話」句則又繞回主題，預想將來回家共話巴山夜雨中的寂寞情懷，而全詩也在由實入虛、欲收先縱的筆法中增強情意。

---

35 《章法學新裁》，頁 129-130 及 406-407。
36 陳佳君：〈論辭章內容結構之單一類型——以其所適用的章法為考察重心〉，收入《修辭論叢》第四輯，頁 672。

（二）因果家族之特色

　　章法的因果家族，主要是與事（情）理的展演相關，它包括有本末法、淺深法、因果法、縱收法等。其中，就單一章法而言的「因果」，是狹義的，它會在篇章結構上，形成「原因」與「結果」之相對的結構成分，而只有各部分的內容具有鮮明的因果關係者，才適用因果法來分析；而就族性來說的「因果」，則是廣義的，指的是此家族中的章法，所各自具有的主客關係，也就是說，因為有源（本）而有流（末），因為有「淺」為基礎，才能進而推向「深」，因為有「縱」為手段，而能達「收」之目的[37]，此外，因果法更是不待贅述。不過，這樣的原理並不代表這些章法在運用時，只能有順推式的結構類型，而是會隨著作者匠心運度之種種手法，可以或順或逆，甚至雙向的結合順和逆的敘述次序，呈現出各種結構類型，以達到寫作的最好效果。

　　因果邏輯可以說是人們最基本的一種思維模式[38]，所以因果族的各種章法，也很普遍的被運用於辭章作品中[39]。而這一家族的章法特色，是在於能夠很明白的理清辭章內容的始末原委、淺深層次、前因後果，

37　魏怡：「『縱』是手段，『擒』是目的。」見魏怡：《散文鑑賞入門》（臺北市：國文天地雜誌社，1989 年），頁 143。另見成偉鈞、唐仲揚、向宏業主編：《修辭通鑒》（臺北市：建宏出版社，1996 年 1 月初版），頁 760；及王凱符、張會恩主編：《中國古代寫作學》（北京市：中國人民大學出版社，1992 年 9 月初版），頁 273。

38　因果邏輯之所以是人們最基本的思維模式之一，乃由於因果關係普遍存在於萬事萬物之中。朱志凱主編的《邏輯與方法》即說：「因果聯繫是一種普遍聯繫，在自然界和社會中，任何現象都是由一定的原因引起的。」見朱志凱主編：《邏輯與方法》（北京市：北京人民出版社，1995 年 8 月初版），頁 313。

39　由於因果關係是普遍存在的，而章法又是相應於宇宙自然規律的，故運用因果邏輯來思考、謀篇的情形，亦屢見不鮮。歷代即有許多關於因果章法的理論，如唐彪《讀書作文譜》和來裕恂《漢文典》之「推原法」、曹冕《修辭學》之「因果推理」法、成偉鈞等《修辭通鑒》在「篇章修辭」中列有「因果式結構」等。此外，彭漪漣的《古詩詞邏輯趣談》，也從多首詩作的分析中，論古典詩詞常以因果邏輯推理成篇，如李清照〈如夢令〉、白居易〈夜雪〉等。

以及針對主軸，在放開和拉回之間突出重點，增強美感[40]，也就是能夠藉著掌握理路之進程，使創作者有效的表情達意，或使欣賞者能充分深入義旨。

　　再就其美感效果而言，合乎秩序律的「先因後果」和「先果後因」，一為順推式結構，一為逆推式結構，前者因符合事理演進的過程，故通常會產生規律美，後者則因顛倒了發生次序，故多半會獲致新奇感。其次，合乎變化律的「因、果、因」或「果、因、果」，是將「順」和「逆」作雙向結合的結構，這種型態能夠在使條理更趨於曲折的同時，一方面對於推深情意有很大的作用，一方面也容易具有變化的美感[41]。但總的來說，因果家族的章法在實際運用時，都會產生一種極具邏輯性的層次美。

三　章法之虛實家族

　　在人所寓居的宇宙中，萬事萬物皆存在著對立的統一，而「虛」與「實」的關係即是其一，落於篇章而言，古今辭章家同樣也會運用這樣的邏輯條理來謀篇布局，形成各式各樣具有虛實屬性的章法。

　　虛實家族可以說是章法中的一大家族，其所牽涉的範圍相當廣泛，幾乎佔了章法內涵的一大部分。在歸屬於這一族類的眾多章法中，又可統攝為具體與抽象類、時空類、真實與虛假類三種。

40　仇小屏：「放開、收束的交互作用，可以藉著因落差而產生的力量，來推深作品中的情意，增強美感。」見《篇章結構類型論》（下），頁 548。

41　以上所論秩序與變化之美感，參見《章法學論粹》，頁 20-33。又，仇小屏：《篇章結構類型論》（上），頁 223-224。又，宗廷虎等《修辭新論》中提及：「語言形式的齊整和變化來源於美學上的形式統一和變化這一原理。」認為統一與變化是美的對象的要質所在。見《修辭新論》（上海市：上海教育出版社，1988 年 3 月初版），頁 222。

（一）虛實家族之主要內涵

虛實家族之內涵，主要有：

1 具體與抽象類

「具體與抽象」這一類，包含泛具法、點染法、凡目法、情景法、敘論法、詳略法等。其中，具寫、主體（染）、分目、寫景、敘事、詳述，皆是具體的，是「實」；而泛寫、引子（點）、總括、言情、議論、略談，則是抽象的，是「虛」。

（1）泛具法

泛具法指的是「泛寫」與「具寫」在辭章中的布局安排。最早，廣義的泛具法包含情景法、敘論法、凡目法、詳略法等，這些章法皆以「抽象」和「具體」關係形成對應，但由於這些章法都有其特殊性，且在辭章中的運用也很廣泛，因此也就一一抽離出來，而所餘之狹義的泛具法意為：「泛」是泛泛的敘寫，「具」則是具體的描述或細寫。另外，因寫景與敘事是具體的，而議論和抒情則是抽象的，故泛具法也包括「即景說理」或「敘事抒情」等情形。舉例而言，如《世說新語·言語》篇中，有一則寫支遁好鶴的故事，開篇先泛泛的提出「支公好鶴」一事，接著再具體的敘寫支公由「鎩其翮」至「養令翮成，置使飛去」的轉變，全文即透過「先泛後具」的結構，將支公好鶴之情表現得很深刻。

（2）點染法

「點染」一詞原來是中國繪畫的兩種筆法，後來也被運用於寫作上，「其中『點』，指時、空的一個落足點，僅僅用作敘事、寫景、抒情或說理的引子、橋樑或收尾；而『染』，則指真正用來敘事、寫景、

抒情或說理的主體。」[42] 因此,「點」是一個時空定點,一個引子,而「染」則是內容主體。例如流行於北方的民間敘事詩〈木蘭詩〉,首段以敘述木蘭代父從軍的緣由作為引子,主體的部分則是依時間先後,由木蘭離鄉、出征、封賞、到榮歸的順敘法來表現,而末段是一個尾聲,詩中以兔為喻,再次表達對木蘭的英勇與智慧由衷的佩服,因此,全詩是以「點─染─點」結構,來歌詠一尋常女子因孝心而寫下的不凡事蹟[43]。

(3)凡目法

「凡目法」這個名稱,於十一年(1992)前提出,所謂「凡」,指的是「總括」,所謂「目」,指的是「條分」[44]。如以「凡─目─凡」成篇的劉禹錫〈陋室銘〉,在「山不在高」以下六句,由「山」、「水」說到「室」,並點出「德」字為全文綱領,是第一個「凡」,中段分由室中景、室中人、室中事,表現自適之樂,屬於「目」的部分,而「南陽諸葛廬」四句,暗以「君子居之」呼應首段的「德」字,是為第二個「凡」[45]。

(4)情景法

虛實就情、景來說,是以具體所見的景物或畫面為「實」,而以所抒發的抽象情思為「虛」。例如王維〈山居秋暝〉,此詩採「先景後情」的方式寫成,前六句先就「天」(雨後、明月、清泉)再就「人」(浣女、

---

42 《章法學論粹》,頁 75-76。

43 此詩的主旨在歌詠一尋常女子因孝心而寫下的不凡事蹟。見《文章結構分析》,頁 69。

44 「凡目法」於 1992 年 4 月在「第一屆臺灣地區國語文教學學術研討會」發表〈凡目法在高中國文課文裡的運用〉一文時提出。此文亦收於《國文教學論叢‧續編》(臺北市:萬卷樓圖書公司,1998 年 3 月初版),頁 191-222。

45 《文章結構分析》,頁 65。

漁舟），寫山居秋日的美景，末二句則承空山雨後的清幽之景，抒其閒
淡之情。

（5）敘論法

敘論法是指敘述具體事件（實）與闡發抽象道理（虛）相結合的謀
篇方式。舉例而言，如陶淵明的〈五柳先生傳〉，文中前兩段先敘事，
末段再作論贊，形成「先敘後論」結構。敘事的部分先以五柳先生的來
歷為引子（點），再由「不慕榮利」、「賦詩樂志」之因，歸結出「忘懷
得失」之果（染），「贊曰」以下的議論，則一一呼應前面「染」之內容，
對五柳先生的高尚性行，作一番頌揚。

（6）詳略法

所謂「詳略法」，意為辭章中以「概括略寫」與「具體詳述」兩種
筆法，來組織篇章的方式。如范仲淹〈岳陽樓記〉，在敘述樓外景觀的
二、三、四段中，就出現了「先略後詳」的章法現象，自「予觀夫巴陵
勝狀」至「前人之述備矣」，是將岳陽樓的「常景」做一簡單的交代，
而三、四段即分別從「雨悲」、「晴喜」，詳細述說岳陽樓之「變景」，
再由悲、喜帶出「古仁人之心」的主意，故「變景」需詳寫，而「前人
之述備矣」之「常景」只用略筆即可。

2　時空類

這裡是特別將具有虛實性質的時空類章法，歸於虛實家族，期與圖
底家族中的時空類章法作一區隔。

（1）時間的虛實法

虛實就時間來說，寫過去或當前的，是「實」；透過設想，伸向未
來的，則為「虛」。如張籍的〈感春〉即是一例，作者由回想過去的悠

悠歷程，寫至今日逢春，再將時間推向明年[46]，把三個時間面向做了順敘性的組合，形成「先實（昔──今）後虛（未來）」的結構。

（2）空間的虛實法

　　虛實就空間來說，寫目力所及的空間，是「實」；而透過設想，寫非視野所見之遠處情況者，則是「虛」。如王維的〈九月九日憶山中兄弟〉，前二句寫自己身處異鄉，逢九九佳節而思親，末二句卻轉而從對面寫兄弟之憶己，全詩即透過「先實後虛」的空間設計，帶出異鄉客深切的思念。

（3）時空交錯的虛實法

　　時空交錯的虛實法是指：時間的虛實與空間的虛實，在辭章中交互運用，形成豐富多變的章法現象，如實時空、虛時空、或虛實交錯迭用的時空結合等。如戴名世〈數峰亭記〉，文章前半先實寫空間，言所居之南山無大山大流，接著，由近而遠，言看遠山更佳，後承前述提出未來欲鑿池、種竹、築亭的計畫，是「實空間」與「虛時間」結合的佳作[47]。

3　真實與虛假類

　　真與假是另一組虛實相應的概念，依虛構的性質與程度等方面的不同，有如下幾種章法。

46　黃永武：「作者現在站在謝家的池上，回想過去的悠悠歷程，預想明年的看花情景，這過去現在未來三個分隔的時空，被溶合到眼前的春光裡，人的聚散、花的開謝、世間的滄桑變化，在短短的四句中，有著良好的溶合效果。」見黃永武：《中國詩學──設計篇》（上海市：上海教育出版社，1988 年 3 月十三刷），頁 71。

47　林景亮：「前以近處無大山襯說，後以鑿池種竹等襯說。前用實寫，後作虛想，是為前實後虛法。」見林景亮：《評註古文讀本》（臺北市：臺灣中華書局，1969 年 1 月臺一版），頁 161。

（1）設想與事實的虛實法

「設想與事實」是指虛的假設、代謀、料想等，與實際上確實發生過的事情，相互組織而成的章法。如蘇洵〈六國論〉闡述「不賂者以賂者喪」一段，從「齊人未嘗賂秦」起，分舉齊與燕、趙等國為證，再從「向使三國各愛其地」至「或未易量」一節，用假設的方式，代六國籌畫一番[48]，以加強其論點，這樣先舉事實，再做一假設的布局方式，將「不賂者以賂者喪」的道理論述得十分清楚。

（2）願望與實際的虛實法

以願望與實際相結合的章法現象，是虛實法的內涵之一，其中，抒發心願為「虛」，敘寫實情則為「實」。例如杜甫的〈望嶽〉，作者先從泰山青色連綿，靈秀匯聚，山南山北昏曉分明，極言其壯麗，再寫望泰山使心胸與眼界開闊的感受，末二句轉入虛想，盼望有機會能登上最高峰一覽群山，如此由實入虛，亦擴大了作品的意境。

（3）夢境與現實的虛實法

夢境的虛幻與醒覺的實在，是人的兩種相對的心理狀態，落於辭章章法而言，則成夢境與現實的虛實法。如蘇軾的〈後赤壁賦〉文末，以「須臾」二句寫就睡，自「夢一道士」至「道士顧笑」是記一段夢境，而「予亦」三句則寫醒後，由此可見，作者正是運用夢境與現實的章法，在文中逼出一片奇情逸趣，並借鶴與道士，寄寫曠達胸次[49]。

---

48 作者「接著以『向使三國各愛其地』起至『或未易量』，用假設的方式，代六國籌畫一番，以見『不賂秦』的勝算所在。」見《文章結構分析》，頁239。

49 吳楚材、王文濡：《精校評註古文觀止》（臺北市：臺灣中華書局，1988年10月臺十二版），頁26-27。

（4）虛構與真實的虛實法

　　「虛構」指透過藝術想像，以不會出現在現實世界的事物為寫作材料，而「真實」則是指在篇章中運用確實出現於現實世界的材料，若以此兩者來謀篇布局，則屬於虛構與真實的虛實法。如《戰國策・荊宣王問群臣》，全文是以「先問後答」的結構成篇，而在「答」的部分，從「虎求百獸而食之」至「以為畏虎也」是藉狐假虎威的寓言來做比喻，自「今王之地」以下則轉入正題，提出昭奚恤僅是假楚王之威的實情，形成「先虛（虛構）後實（真實）」結構。

（二）虛實家族之特色

　　以虛實概念所構成的章法現象，包括有：以泛寫為虛、具寫為實的「泛具法」，以引子為虛、主體為實的「點染法」，以總括為虛、條分為實的「凡目法」，以抽象情思為虛、具體景物為實的「情景法」，以論理為虛、敘事為實的「敘論法」，以略寫為虛、詳寫為實的「詳略法」；亦含括就時空而言的虛實法，其中，限於過去或當前的是實、透過設想伸向遠處或未來的是虛；此外，還有以設想、願望、夢境、虛構為虛，而以事實、現實為實的各種虛實章法。因此，無論是具體與抽象類的章法，或是針對虛實而言的時空類章法，以及真實與虛假類的章法，都極具「虛」與「實」的相對關係，故可歸類為章法的「虛實家族」。

　　這一族類的章法，通常會經由「虛」與「實」的相反相成，產生一些美感上的共性。這包括：當辭章實寫的部分，引起人們對於情意、思想、道理等虛的境界，有所填補與體會，則常會獲致「化虛為實」的含蓄美[50]；相對而言，當辭章作品由「化實為虛」，進一步的凸出虛寫的

50「化虛為實」是虛實法的美學特徵之一，辭章中所表現的「實」，能喚起一種審美想像和聯想，並生發出「言有盡而意無窮」的美感效果。曾祖蔭在探討文藝美學之「虛

部分時，則能使作品生發出自由騰飛的美感[51]；再以虛實交錯並用的結構類型來說，不管是符合秩序律的一般型，或是符合變化律的變化型，都能各自形成不同風貌的靈動美[52]；但無論如何，虛與實必須是由對立而統一，才能生發出「虛實相生的和諧美」，而這也可以說是章法之虛實家族，最極致的美感特徵[53]。

四 章法之映襯家族

在目前所能掌握的三十多種章法中，有一大類是利用人事物之間相對、相反，或相類、相似的性質為內容材料，來組織篇章，凸顯主要義旨，故各章法單元之間，有些會呈現映照、對比的關係，有些則會呈現襯托、調和的關係，統括來說，這類章法皆是通過對比或調和的方式，構成相互映襯的關係，故稱之為「映襯家族」[54]。

實論」時，即把「化虛為實」列為美學特色之一，並解釋說：「化虛為實就是把無形的思想、情趣、心理等轉化為具體生動的藝術形象。」而張少康則表示：「在藝術形象塑造中要使實的描寫能引導人產生某種必然的聯想，從而構成一個虛的境界，使實的境界和虛的境界相結合，從而形成更加豐富的生動藝術形象。」以上見曾祖蔭：《中國古代文藝美學範疇》（臺北市：文津出版社，1987年8月初版），頁172；張少康：《中國古代文學創作論》（臺北市：文史哲出版社，1991年6月初版），頁229。

51 張紅雨：「這種寫作可以使美感情緒縱橫馳騁，海闊天空，自由而輕鬆。」此即化實為虛的自由美。見張紅雨：《寫作美學》（高雄市：麗文文化事業公司，1996年10月初版），頁224。

52 「虛實交錯的靈動美」是虛實法的美學特徵之一，它是指虛與實的結構成分，在相互轉位的過程中所帶出的美感。如「一般型」中的「先虛後實」、「先實後虛」，分別會有由外拉近及向外推開的一種符合秩序性的靈動美；而「變化型」中的「虛——實——虛」、「實——虛——實」、「虛實雙疊」等結構，一般會有對稱、均衡、反復等美感。

53 以上詳見《虛實章法析論‧虛實法的心理基礎與美感效果》，頁251-270。

54 羅君籌曾於《文章筆法辨析》中提出所謂「襯筆」，並表示：「為渲染文情，擷取與題相稱之事物，以反映或襯托本文，謂之襯筆。」見羅君籌：《文章筆法辨析》（香港：上海印書館，1971年6月出版），頁534。又，成偉鈞等人針對「襯托」之篇章修飾法說：「襯托是利用事物與事物之間或相類、或相似、或相對、或相反的關係，兩物并出，形成對照、對比或烘托，使要突出的事物更為突出。」見成偉鈞等：《修辭通鑒》，頁814。由於「襯托」一詞，一般較偏向質性接近的兩事物間，相形相襯的作

（一）映襯家族之主要內涵

映襯家族之內涵，主要有：

1 映照類

這是指在章法單元間，具有相對、相反之性質，而形成對比關係者，包括正反法、立破法、抑揚法、眾寡法、張弛法。

（1）正反法

正反法是透過正面材料與反面材料的相互為用，以彰顯義旨的一種章法。如杜秋娘〈金縷衣〉，此詩作意乃在勸人珍惜年少的大好時光，首句先就反面，言尚可再得的外在財寶不足耽溺，二句之後回到正面論述主要義旨，作者在此先泛論人應珍惜、把握一去不復返的年少時光，再具體的藉象徵美好的花，由正而反的提出少年時應及時努力的道理[55]。

（2）立破法

立破法的「立」，指的是「立案」，而「破」則是針對文章中所立的案來進行駁難。如王安石著名的一篇翻案文章〈讀孟嘗君傳〉，開篇即就「世皆稱孟嘗君能得士」立案，接著再扣緊其不過只是「雞鳴狗盜之雄」的論點，予以層層駁難，使孟嘗君不能「得士」的論斷，有著無比的說服力[56]。

用，故此處使用較寬泛的「映襯」一詞，作為章法家族之名稱，以總納因不同類事物而形成對比關係的章法，與同類事物而具有調和關係的章法。比如譚永祥《漢語修辭美學》就說明「映襯」是映照與襯托，並提出：對照側重於一個「比」字，而襯托則側重在一個「襯」字。參見譚永祥：《漢語修辭美學》（北京市：北京語言學院出版社，1992 年 12 月初版），頁 367-374。

55 陳佳君：〈論辭章內容結構之單一類型──以其所適用的章法為考察重心〉，收入《修辭論叢》第四輯，頁 674。

56《章法學新裁》，頁 135。

（3）抑揚法

　　運用貶抑和頌揚的筆法，來論人議事，以形成結構者，即為抑揚法。如韓愈的〈圬者王承福傳〉末段，就是以抑揚迭用的結構發出評論，其中，「愈始聞而惑之」一段，是就「淺」，先抑王承福言行有令人疑惑之處，又揚其可稱上能獨善其身的人，而「然吾有譏焉」一段，是就「深」，先抑其為己過多、為人過少，再揚其善於貪邪亡道之人[57]，而文章也在抑揚互見之下，全面的展現圬者的形象，並藉此深刻的批判社會現象。

（4）眾寡法

　　利用多數與少數之間相映成趣的關係，來謀篇布局的方法，即為眾寡法[58]。例如《史記・子世家贊》，此文是以「凡、目、凡」結構成篇，第一個「凡」，先提出「心鄉往之」為全文綱領，末尾以拈出「可謂至聖矣」的主旨作收，是第二個「凡」，而中段條分的地方則是分三層，寫作者本身、孔門學者、和全天下讀書人對孔子的「鄉往」之情，因此文章也在由「最眾」、到「眾」、再到「寡」的層層相映中，湧生出無限的仰止之意[59]。

（5）張弛法

　　張弛法是在辭章當中，調配緊張與鬆弛之節奏的一種章法。如岑參〈逢入京使〉，首二句寫望鄉傷懷，調子是和緩的，但後二句卻由「弛」轉「張」，寫匆匆相逢中，僅能以「平安」二字為口信，喻守真在分析

---

[57]《章法學新裁》，頁 139。
[58]《篇章結構類型論》（上），頁 227。
[59]《章法學新裁》，頁 69、198。

此詩時，便說道：「上半敘事是緩慢的，下半卻是匆遽的。」[60] 而先弛後張，亦能製造全詩之高潮，引起閱讀者注意。[61]

2 襯托類

襯托類指的是在章法單元間，具有相似、相近之性質，並因而形成調和關係者，包括賓主法、平側法、天人法、偏全法、敲擊法、並列法。

（1）賓主法

賓主法是以輔助材料（賓）來烘托主要材料（主）的一種章法。如〈企喻歌辭〉其二，「放馬大澤中，草好馬著膘」是先就「賓」，寫戰士趁著短暫的安定時機，放馬於大澤，使之更加健壯，「牌子鐵裲襠，金互鉎鶴尾條」則是就「主」，寫披著軍裝，手持武器的戰士形象，詩中不僅可見在戰鬥中，戰馬與戰士生死相依的關係，更可見其以著膘之戰馬（賓），來襯托英勇騎兵（主）的良好效果。

（2）平側（平提側注）法

平提側注法是指在辭章當中，以平等地位提明幾個重點，並為了照應題面，而對其中一、兩項加以關注的篇章修飾法[62]。故此法必須包含「平提數項」與「側注於其中幾項」兩個部分。比如顧炎武〈廉恥〉前兩段，作者在此連續用了兩次平側法，即首段先平提「禮、義、廉、恥」，再側注於「廉、恥」，並且又在次段，再度側注於全文的焦點—「恥」字上面，使得文意之重心表露無遺。

60《唐詩三百首詳析》，頁 297。
61《篇章結構類型論》（下），頁 553。
62《章法學新裁》，頁 435。

（3）天人法

　　所謂「天」，指的是「自然」；所謂「人」，指的是「人事」。如就寫景來說，是指自然之景與人事之景，若就說理而言，則分屬天道與人道[63]。譬如張可久的〈梧葉兒・春日書所見〉，即是以「先天後人」的結構來謀篇。曲中先呈現的是「自然之景」，依次是徑、闌之旁的薔薇、芍藥，啼叫的鶯鶯燕燕，以及小雨後的紅芳與紫陌，形成知覺轉換法中的「視─聽─視」結構；接著是春色中的「人事之景」，也就是閒靜的繡窗和立於秋千畫板上的人，而作者正是藉由這些和相思有關的景語，將自己的懷人之情寄託於篇外。

（4）偏全法

　　所謂的「偏」，是指局部或特例，而「全」，是指整體或通則。用「局部」與「整體」、「特例」與「通則」的相應條理來組合情意材料者，即為偏全法[64]。如李文炤的〈勤訓〉，全文是以「正、反、正」的結構，來論述「勤」之重要，而在文章最後回到正面來作結論的部分，就用到了「先全後偏」的結構來呈現。作者先就「全」，論說「天地之化，日新不敝」的現象，然後再就「偏」，言人之心與力亦復如此，並舉大禹、陶侃之例，強調人應尚勤的道理，如此透過「偏」與「全」的相互補充，使結尾相當有力。

（5）敲擊法

　　敲擊法是指在寫作角度上，運用從旁側寫與直接正寫的不同事物，來表達義旨的章法[65]。如賈誼〈過秦論〉，在第二段寫「秦強之漸」的

63《章法學論粹》，頁 83。
64 同前註，頁 69。
65「敲」專指從旁而「打」，「擊」通指一般的「打」，在用力的方向上，前者僅指側面，

部分，就出現了敲擊法，從「孝公既沒」至「北收要害之郡」，由秦謀六國的措施和成果，正寫秦國的強大，其次，以「諸侯恐懼」到「扣關而攻秦」，寫六國抗秦的強大力量，這對表現「秦強」的主題而言，是一個側寫的筆法，而非以弱來對比強的反襯，最後自「秦人開關延敵」至「弱國入朝」，再度由側寫轉為正寫，從秦國獲得最後的勝利，來極寫秦國的強大，形成「擊—敲—擊」的篇章結構[66]。

（6）並列法

　　為闡明主旨而服務的各部分內容，是以平等的關係並列於篇章中，而不具有主從等相對性質者，便構成所謂的並列法。如〈企喻歌辭〉其三，詩云：「前行看後行，齊著鐵襦襠。前頭看後頭，齊著鐵金互鉾。」前二句是一個單元，後二句是另一單元，作者運用樸實的語言和重複的句式，透過齊著鐵甲與頭盔的壯盛軍容，將軍隊出征、行伍整齊的情況，真實的描述出來，足見這是一首以並列法寫成的詩作。

（二）映襯家族之特色

　　章法之映襯家族，是除虛實家族之外，另一個關涉多種章法的大家族。其最大的特色，就在於各個章法單元間，具有明顯的映襯關係。唐彪在《讀書作文譜》中，即曾提出文有「用襯」之法，且亦表示「襯之理不一」[67]，就大處而言，映襯家族包括透過相對、相反的寫作材料，使其間極具對比關係的章法，以及藉由相似、相近的人事物，使彼此呈現調和關係的章法。前者有正反法、立破法、抑揚法、眾寡法、張弛

後者可指正面或側面。移於章法時，「敲」為側寫，「擊」為正寫。而用敲擊定名，乃為區隔其與正反、平側、或賓主等章法，在性質和名詞上的糾葛。詳見《章法學論粹》，頁 95-96。

66 《章法學論粹》，頁 102-104。

67 唐彪：《讀書作文譜》卷七（臺北市：偉文圖書出版社，1976 年 11 月初版），頁 83。

法；而後者則有賓主法、平側法、天人法、偏全法、敲擊法、並列法。

　　細部而言，在偏於對比關係的映照類章法中，正反法很明顯是以一正一反的材料，兩相比較，使辭章在對比互映中增強說服力；而立破法的對比性也很強，在立案與翻駁之間，自然會有「質的張而弓矢至」[68]的特性，且透過「立」與「破」的針鋒相對，亦能令案子更加是非分明[69]；抑揚法則是藉由貶抑和褒揚兩種相對的筆法，使事件或主角形象能夠全面展現；此外，眾寡法和張弛法，一是以多數與少數相映，一是以緊張和鬆弛造成反差，也都是對比性質鮮明的章法。

　　再就偏於調和關係的襯托類章法而言，在抽離正反對比的賓主法中，賓位與主位是建立在相似聯想、接近聯想等心理基礎上[70]，且「賓」之作用乃是站在輔助之角度，以陪襯出「主」，因此兩者之間會形成調和感；天人法的「天」和「人」之間，都是構成畫面或事理整體協調的要素，具有彼此依存的調和性；而平側法中「平提數項」與「側注於其中幾項」，和偏全法中「局部」與「整體」、「特例」與「通則」之間，同樣在具有包孕性的集合中，相互映襯；敲擊法主要在透過不同事物以表達同類情意時，藉「敲」加以引渡或旁推，來呼應「擊」的部分[71]，所以「敲」對於「擊」所產生的襯托作用，也是建立在調和關係上；此外，並列法在映襯族裡可說是很特別的一種章法，它在平等擺開的各項內容中，不具有主從、正反、淺深等關係，但彼此在辭章中呈現的同時，就有了互相映襯的效果。

　　由於這一族類的章法具有上述特徵，故表現在美感效果上，通常會

68　《章法學新裁》，頁429。

69　《篇章結構類型論》（下），頁438-439。

70　夏薇薇：《賓主章法析論》（臺北市：文津出版社，2002年11月初版一刷），頁51-55。

71　《章法學論粹》，頁110。

產生映襯美[72]，再進一層而言，這種映襯美包含了對比美與調和美。陳望道在《美學概論》中，論述「調和與對比」之美時，即提出對比是：「兩個極不相同的東西並列在一起，其間相去很遠，便多成為對比（Contrast）的形式。」並且針對其所產生的美感論述道：「這種對比底的形式，因為變化極顯，每每帶有華美、鮮活、健強及闊達等情趣。」也因為各部分內容間的對立性，使得辭章情意更加鮮明而強烈，透顯出對比的美感。陳望道也就調和的成因與美感說道：「兩個極相接近的東西並列在一處，其間相差很微，便多成為調和（Harmony）的形式。……凡是調和的兩件東西，總是互相類似的，並無甚麼觸目的變化。所以我們接觸到它時，也就每每覺得它有融洽、優美、鎮靜、深沉等情趣。」[73] 經由陪襯、對照、補托的過程，不僅能使辭章內涵更加豐富，也會在各部分相形相依的關係中，達到一種調和的美感。

　　為求章法學之精緻化與系統化，在繽紛如百花的各種章法中，就必須進一步地由掌握大範圍的族性中，往上統整出章法的大家族。根據上文的探討，可以大致歸納出章法四大家族，首先是就時空章法而言，其族性為具有背景與焦點關係的「圖底家族」，由於「圖」會在「底」的烘托之下凸顯出來，故它在美感上的最大特點，即為立體美；其次是與事（情）理的展衍相關，且含有廣義因果關係的「因果家族」，在運用時，則特別會產生較強烈的層次美；再次則是以虛實特性所構成的「虛實家族」，其最大的美感特點，就在於虛與實之間的變化美，並進而達到虛實的和諧統一；最後是透過內容材料間相互映襯的作用，來表現情

---

72 唐彪：「作文能知襯貼，則文章克滿光彩，何待言哉？」見唐彪《讀書作文譜》卷七，頁 83。又，成偉鈞等提出：彼此映襯的事物間，會呈現一種彼此相及相受的雙向作用，在用以表達意蘊深遠的情境、強化道理，凸顯詩文主旨的過程中，具有廣泛、直接的美學意義。參見《修辭通鑑》，頁 408-410。

73 以上引文見《美學概論》，收入《陳望道文集》第二卷，頁 46-48。

意的「映襯家族」，而此章法家族的美感特色，也就在於映襯美。

　　雖然這些章法家族的族性鮮明，並且有其獨特的美感效果，但章法與章法之間，原本就存在著一些藕斷絲連的關係，因此，探討族性的工作，可以說是就宏觀的角度，來歸納某些章法一般性的共同特色，也就是從通則來作大致的分類，是故將某章法歸入某族，雖有其根據，但並非意味著一種絕對性的劃分，事實上還需注意某些特例，以及跨族性的章法，或是各章法、各家族之間細微的重疊性等層面，而此部分的研究，是要進一步加以全面探討的[74]。附章法家族分類表如下：

家族	章法			美感
圖底家族	（一）時間類	1.今昔法　　2.久暫法　　3.問答法		立體美
	（二）空間類	1.遠近法　　2.大小法　　3.內外法 4.高低法　　5.視角變換法 6.知覺轉換法 7.狀態變換法		
因果家族	1.本末法　2.淺深法　3.因果法　4.縱收法			層次美
虛實家族	（一）具體與抽象類	1.泛具法　　2.點染法　　3.凡目法 4.情景法　　5.敘論法　　6.詳略法		變化美
	（二）時空類	1.時間的虛實法　2.空間的虛實法 3.時空交錯的虛實法		
	（三）真實與虛假類	1.設想與事實的虛實法 2.願望與實際的虛實法 3.夢境與現實的虛實法 4.虛構與真實的虛實法		
映襯家族	（一）映照類	1.正反法　　2.立破法　　3.抑揚法 4.眾寡法　　5.張弛法		映襯美
	（二）襯托類	1.賓主法　　2.平側（平提側注）法 3.天人法　　4.偏全法 5.敲擊法　　6.並列法		

---

74 以上論述「章法族性」之部分，參見陳佳君：〈論章法的族性〉（福州市：海潮攝影藝術出版社，2002年12月一版一刷），頁145-163。

　　以上章法的四大家族，都包含了「調和」與「對比」的兩種類型。如果由此切入，則近四十種章法，則顯然又可以用「調和」與「對比」加以統合。也就是說，在「（0）一、二、多」邏輯原理的涵蓋下，章法結構所體現的正是取「二」為中，以徹上徹下的現象，因此必然會呈現二元對待的情形，所以從二元對待的角度切入，突出「調和」與「對比」，最能掌握章法結構在徹上、徹下時所起的關鍵的聯貫作用。

　　因此，近四十種章法[75] 所形成的二元對待的結構，雖看似型態紛繁，而實則可以用「對比」與「調和」加以統括[76]。將此種「對比」與「調和」的觀念，落實到章法上，則意味著章法的二元結構不是以對比的方式、就是以調和的方式來造成對待；所以從這個角度，掌握了「二」（「調和」與「對比」），對章法加以分類，當然就容易往下統合各種章法結構所形成之「多」，並且往上貫通章法二元對待的「一（0）」源頭，以凸顯主旨，從而探求出所造成的美感效果來。

　　基於上述的推論，章法除上述四大家族外，又可依此大致分作三類：對比類、調和類、中性類。運用前二類章法時，在材料的選取上，就必然會選用對比或調和的材料，因此毫無疑問地會造成對比美或調和

---

75 納入統合之章法如下：今昔法、久暫法、遠近法、內外法、左右法、高低法、大小法、視角變換法、時空交錯法、狀態變換法、知覺轉換法、本末法、淺深法、因果法、眾寡法、並列法、情景法、論敘法、泛具法、空間的虛實法、時間的虛實法、假設與事實法、凡目法、詳略法、賓主法、正反法、立破法、抑揚法、問答法、平側法、縱收法、張弛法、插敘法、補敘法、偏全法、點染法、天人法、圖底法、敲擊法。

76 所謂「對比」，就是兩個極不相同的東西並列在一處，其間相去很遠，形成很大的反差；而「調和」就是兩個極相近的東西並列在一處，其間相差很微，便多成為調和的形式。「對比」與「調和」是造成美感的兩種基本的類型，夏放談到總體組合關係時說道：「從構成形式美的物質材料的總體關係來說，最基本的規律是多樣的統一。平時所謂的和諧美，意即是多樣而統一。……多樣的統一包括兩種基本類型：一種是多種非對立因素相互聯繫的統一，形成一種不太顯著的變化，謂之調和式統一，一種是各種對立因素之間的相反相成，對立造成和諧，形成對立式統一。」見《美學：苦惱的追求》（福州市：海峽文藝出版社，1988 年 5 月一版一刷），頁 108。

美；而且在此二類之下，針對材料的來源，還可再分成三類，即同一事物造成對待者、不同事物造成對待者，以及皆有可能者。至於第三類章法則是二元所造成的對待關係尚未確立，可能是對比、也可能是調和，必須進一步檢視所選用的材料，才可以確定造成的是對比或是調和的關係，因此稱作中性類；而且此類所涵蓋的章法甚多，其中又以用「底」來襯托「圖」者最多，因此可以區分出圖底類[77]，無法歸入此類者，皆歸入其他類。

　　不過需要說明的是：插敘法、補敘法無法列入此三類中。那是因為此二種章法是與文章的主體產生對待關係，無法單獨明確地抓出對比或調和的關係，所以不加以分類。

　　關於各個章法詳細的歸類，可以參看下表[78]：

---

[77]「圖底類」與「圖底法」並不等同。若以「集合」的觀念來說明，則圖底類是一個大集合，圖底法是一個小集合，圖底法從屬於圖底類之下，因此其相同點在於都是以「底」襯「圖」，不過此「底」與「圖」若是能從今昔、久暫、遠近……等其他章法的角度切入來分析，就歸入今昔、久暫、遠近……等其他章法，無法用其他章法切入的，就歸入圖底法。

[78] 這種歸類表，由仇小屏所提供。

對比類	1. 同一事物：立破法、抑揚法、縱收法
	2. 不同事物：正反法
	3. 皆可：張弛法
調和類	1. 同一事物：本末法、淺深法、因果法、泛具法、凡目法、平側法、點染法、偏全法
	2. 不同事物：賓主法、並列法、情景法、論敘法、敲擊法
	3. 皆可：知覺轉換法
中性類	1. 圖底類：
	(1) 時空類：今昔法、久暫法、遠近法、內外法、左右法、高低法、大小法、視角變換法、時空交錯法
	(2) 虛實類：空間的虛實法、時間的虛實法、假設與事實法
	(3) 其他類：詳略法、天人法、眾寡法、圖底法
	2. 其他類：狀態變換法、問答法

　　以上兩種統合章法的角度，都各有其依據，可助大眾對章法的認識與了解。此外，如此藉由「比較」深入章法現象，來嘗試理清其內在的理則，相信對於章法學的研究，也是會有助益的。